THANATOS

Za hipnotyczną kurtyną podświadomości

Tytuł oryginału:
THANATOSE
Aux confins du subconscient
Autor: Pascal Rayer

Tłumaczenie z języka francuskiego:
Sylwia Kozłowska

Redakcja:
Sylwia Kozłowska

Projekt okładki:
Sylwia Kozłowska

„Nie udało im się, ponieważ nie zaczęli od snu”
Wiliam Shakespeare

W mitologii greckiej Hypnos i Thanatos są braćmi bliźniakami, uosobieniem snu i śmierci. Możemy czerpać z ich mocy, ale z umiarem!
Thanatos pozwala nam świadomie sfałszować śmierć, aby na chwilę jej uniknąć, ale nie powinniśmy przesadzać z takim zachowaniem. Z kolei Hypnos pozwala nam ukryć się za zasłoną snu i odkryć tajemnice skrywane w naszych głębiach. Jeśli jednak zdobędziemy tę moc, powinniśmy stosować ją rozsądnie i z ostrożnością.
Lektura obowiązkowa dla tych, którzy boją się śmierci, ale mimo to chcą poznać bliżej tego pożeracza dusz. Czyta się ją jednak tylko w ostatnich chwilach życia… tuż przed „śmiercią".

Uwaga: ta powieść zawiera wiele załączników umieszczonych na końcu książki. Zdecydowanie odradza się wcześniejsze z nimi zapoznanie, ponieważ mogą one zdradzić niektóre kluczowe elementy oraz wpłynąć na odbiór historii jak i ujawnić dodatkowe tajemnice.

Rok 2012.

Dla niektórych rok 2012 miał być kataklizmem, miał być apokaliptyczny! Dokładnie 21 grudnia, data ogłoszenia przez wielu tabloidowych dziennikarzy jako nie mniej, nie więcej niż koniec świata! Teraz wiemy, że był to odczyt przybliżony i tym bardziej zła interpretacja kalendarza Majów, a dokładnie tego o nazwie „Długa Rachuba".

Rok 2012 wybrzmiewał „tylko" jako koniec cyklu zwanego Baktun w języku Majów i koniec świata rozłożonego na 5125 lat. Zaczął się 11 sierpnia 3114 roku przed narodzinami Chrystusa, mniej więcej w tym czasie, gdy w Egipcie pojawiły się pierwsze hieroglify.

"La Corona" to stanowisko archeologiczne znajdujące się w Gwatemali, w dolinie Pasión. W 2005 roku archeolodzy z uniwersytetu Harvarda ogłosili, że odkryli tam niespotykany dotąd tekst, w którym pojawia się odniesienie do tego właśnie cyklu. Stało się ono jednym z najważniejszych odkryć związanych z kulturą Majów w XXI wieku.

Rok 2012 nie był zatem końcem naszego, ale końcem Jednego Świata.

Jeśli chcemy być jeszcze bardziej dokładni, końcem czwartego świata według „Popol Vuh", który jest znany także jako Rękopis z Chichicastenango. Jest to główny tekst mitologiczny Majów... uznawany za lokalną biblię - Księgę Rady Narodów.

Koniec cyklu i początek nowej ery? Piąty świat zostałby zatem otwarty od niedawna, zaledwie od kilku lat.

Przypomnijmy zatem jakie są korzenie słowa apokalipsa: ze starego greckiego apokalypsis, pierwotnie oznaczający „akt objawienia", on sam wywodzący się z apocaluptein, co wyraża dosłownie „odsłaniać" lub „ujawniać". Apokalipsa nigdy nie była tak bardzo końcem świata wizji jak początkiem innego świata, innej wizji. Według teoretyków New Age lub innych okulistów, istoty ludzkie powinny doświadczać radykalnych, duchownych i biologicznych zmian. Wzmocniono tą teorię z inną, tą z „wyrównaniem galaktycznym", czyli koniunkcją.

Podsumowując - wtedy, kiedy to ziemia, słońce i centrum drogi mlecznej są bardzo wyrównane. Centrum drogi mlecznej będącej bardzo imponującą, czarną dziurą, Strzelec A*.
Piękna, duża siatka przyozdobiona bzdurami i nonsensami, mówiąc łagodnie, żeby zachować uprzejmość, zarezerwowana dla oświeconych. Tak pomyślało większość ludzi!

Trzynasty Baktun zakończony, rok 2013 może się rozpocząć: operacja Serval w Mali, papież Benedykt XVI ustępuje ze stanowiska, przyjęcie małżeństwa dla wszystkich we Francji, David Cameron ogłasza głosowanie za lub przeciw wyjściu Wielkiej Brytanii z Unii Europejskiej, śmierć Nelsona Mandeli i europejski dramat migrantów na Lampedusie. To były wielkie wydarzenia tego „pierwszego roku" nowego cyklu! Apokalipsa, która zaczęła się więc powoli... bardzo powoli.

Minęło 10 lat i najwyraźniej tak naprawdę nic się nie zmieniło, domek na prerii, w telewizji wciąż leci ten sam program, kot powoli zajada się krokietami z kurczaka, a w przyszły weekend pojedziemy autem do dziadków.

Rok 2013.

Gdzieś w małym prowincjonalnym miasteczku, gdzie dominują jednolite, prostokątne, parterowe domy, które są pokryte purpurowo czerwonymi cegłami, nachodząc jedna na drugą. Bez wątpienia jesteśmy w popularnej dzielnicy brytyjskiej. Szkocka flaga jest przymocowana i powiewa nad drzwiami.

W jednym z tych domów w słabo oświetlonym pokoju rodzinnym na pierwszym piętrze, w nogach łóżka, leży ciało mężczyzny po trzydziestce. Leży skulony, w pozycji na kolanach z twarzą w dół. Jego twarz jest blada, na skórze fioletowe plamy. Jego koszula jest przesiąknięta potem. Obok bezwładnego ciała otwarta jest duża skrzynia wykonana prawdopodobnie z drewna. Na jej wieku widnieje prymitywnie nakreślony krwisto czerwonymi literami napis: Puszka Pandory. Drzwi do sypialni otwierają się i do pokoju wchodzi kobieta powyżej 60 lat. Zaczyna biec w stronę ciała, unosi lekko głowę i zaczyna panikować. Z bólem wymawia: „Jason... Jason! Obudź się! Wstań!" Próbuje zmierzyć puls nieożywionego ciała, zanim gestem ręki dotknie przodu nosa, aby sprawdzić, czy oddycha. Kobieta wpada w poważną panikę, wstaje i pośpiesznie wybiega z pokoju, aby na parterze dołączyć do męża.

Gdzieś, w innym domu, nagle budzi się trzydziestu kilku letni mężczyzna. Szybko zapala lampkę nocną, wyjmuje długopis i mały notatnik. Zaczyna pisać na pełnych obrotach: ...gdzieś w małym miasteczku z małymi, jednolitymi, prostokątnymi domami. Po kilku minutach zamyka zeszyt, gasi światło i ponownie zasypia.

Tym razem znajdujemy się w dużej sali konferencyjnej z setkami osób, siedzących twarzą do sceny. W obliczu tej publiczności i dziennikarzy stoi mężczyzna. Przedstawia siebie oraz przedstawia swoja działalność. To Larry Page, założyciel Google. Ogłasza on utworzenie Calico, skrót od California Life Company. Ta nowa firma, która zostanie uruchomiona jeszcze w tym roku, będzie miała wyznaczenie, jej wyzwaniem będzie walka przeciwko starzeniu się i

związanymi z tym chorobami. Zapowiada, że głównym celem firmy i oznajmionym teatralnie hasłem jest: „Zabijemy Śmierć!"
Po raz kolejny trzydziestu kilkulatek budzi się w pośpiechu zapala lampkę nocną, bierze notatnik, ołówek i pisze: ...przed publicznością dżentelmen, średniego wzrostu przedstawia się i szybko przedstawia swoja firmę.
Trzy minuty później zamyka zeszyt i ponownie wraca do łóżka.
Zasypia.
Następnego ranka nasz seryjny marzyciel wchodzi do dużego biura, gdzie inny mężczyzna blisko pięćdziesiątki podchodzi by uścisnąć mu dłoń.

Marzyciel: „Dzień dobry profesorze, jak się pan czuje?"
Profesor: „Czuję się dobrze Malioth, a ty? Dobrze spałeś?"
Malioth: „W miarę, ale to oczywiście z tego też powodu przychodzę do pana dziś rano."
Profesor wskazując na fotel: „Usiądź więc i opowiedz mi wszystko. Wydajesz się bardzo podekscytowany."
Malioth: „To dlatego, że noc była niesamowicie owocna. Miałem kilka snów. Może pan to sobie wyobrazić? Miałem sny, które były trochę bardziej zdumiewające niż zwykle, nawet trochę przerażające. W jednym z nich, z tych moich snów, byłem świadkiem prezentacji prasie i publiczności firmy Calico. Larry Page, szef Google ogłosił wtedy, że chce on zabić śmierć! Następnie wyszukałem w Internecie, aby sobie to udokumentować i odkryłem, że to ogłoszenie miało miejsce w 2013 roku w Kalifornii w siedzibie Google!"
„Tej samej nocy znalazłem się w małym brytyjskim domu, w którym mężczyzna prawdopodobnie nie żył a niedaleko od niego znajdowała się puszka Pandory. Cóż nie wiem, czy to była prawdziwa puszka Pandory, ale w każdym razie tak było na niej napisane. Czerwonymi literami! Starsza kobieta weszła do pokoju, tego w którym leżało to ciało. To musiała być jego matka, a jej syn miał na imię Jason. W Internecie znalazłam wiele artykułów na temat śmierci młodego Szkota o imieniu Jason. Ciało znajdowało się obok pudełka, na

którym widniał napis krwisto czerwony: Puszka Pandory! Nikt nigdy nie poznał przyczyny jego śmierci. Ta sytuacja miała miejsce w Carlile w hrabstwie Cumbrie na południu Szkocji… wiosną 2013 roku! Wreszcie trzeci i ostatni sen tej nocy, przeczytam panu bezpośrednio notatki, które zrobiłem zaraz po przebudzeniu, ponieważ są one bardzo bogate. Byłem w stanie dość wiernie zanotować te wymiany zdań. Dokładnie tak jak to robiłem kiedyś decydując się na wyjście ze snu, gdy budziłem się i od razu wszystko notowałem! W końcu wie pan, rutyna. Oto co widziałem i słyszałem:
Pewien badacz robi obserwacje na swoim mikroskopie:

„Fascynujące! Całkowicie fascynujące! To przecież niesamowite!" - krzyczy i następnie skinieniem głowy przywołuje swoją współpracowniczkę z drugiego końca laboratorium.
„Chantal, proszę zadzwoń do Didiera!"
„Proszę" - mówi Chantal podając mu telefon, „Profesor Raoult na linii"
Po chwili badacz chwyta słuchawkę: „Didier słuchaj, tym razem to potwierdzone… Megawirus nie jest już największym z wirusów! Mam jeszcze dwa inne pod ręką, dużo ważniejsze! 25000 genów!!! Czy ty sobie zdajesz z tego sprawę? To tyle co Homo Sapiens Sapiens, nie muszę ci przypominać. Wirus grypy ma nieznacznie około dziesiątki. A tu, 25000 genów na takie maleństwo!?
Nawet jeśli jest on znacznie większy od innych członków swojej rodziny. Jeden mikron! Jeden mikrometr! Ten wirus ma przerażającą złożoność! Ponad dziewięćdziesiąt procent jego genów nie są identyfikowalne! Nie istnieją w żadnej innej formie życia czy to zwierzęcej, roślinnej, bakteryjnej… to będzie zgroza! To potrząsa wszystkimi poprzednimi wzorcami… Widząc jego kształt… biorąc pod uwagę jego złożoną formę i jego skomplikowaną, prawie nieznaną naturę. Drzewo życia na pewno zostanie bezczelnie wstrząśnięte! To wywoła szambo w naszej wiedzy o życiu w ogóle i w szczególności o wirusach. Wywoła to gwałtowną mordęgę.

Nazwiemy go: Pan... Do... Ra... Pandorawirus!"

Malioth do profesora: „Czyż to nie jest całkowicie szalone? Znowu!!!"
Profesor: „Hmmm... i oczywiście to odkrycie pochodzi z 2013 roku, prawda?"
Malioth: „Absolutnie profesorze, naprawdę nie możemy niczego przed panem ukryć. To prawdopodobnie Jean Michel Claverie oraz jego zespół z Laboratorium Informacji Genomowej i Strukturalnej (IGS) w CNRS, Narodowym Centrum Badań Naukowych w Aix Marseille. Claverie jest jednym z największych wirusologów na świecie. Miałem już przerażające sny, ale tu trzy na raz! Dlaczego tej samej nocy!? To są wydarzenia z przeszłości! 2013 rok! Puszka Pandory? Wydarzenia, z którymi apriorycznie nie miałem bezpośredniego związku. Co o tym sądzisz profesorze?"
Profesor: „To rzeczywiście bardzo zaskakujące mieć trzy sny... o przeszłości, która nie jest twoja! Trzy sny mniej więcej w krótkiej przestrzeni czasu. Jest to całkowicie nieprawdopodobne, tym bardziej już ze względu na tą wizualizacje kilku maleńkich fragmentów przyszłości. Nie znam podobnego przypadku. Ledwo moglibyśmy zrobić tutaj analogię z trzema snami Kartezjusza. Trzy sny tej samej nocy. Trzy sny, których nigdy nie uda się wyjaśnić, nawet przez Freuda. I pomyśleć, że wszyscy pracujemy jak szaleni, aby szukać i identyfikować, uwierzytelniać sny o niezwykłych przepowiedniach a ty wpadasz tutaj z wydarzeniami z przeszłości. Ahhhhhh... no poważnie, wydaje mi się, że nawet dobrze nafaszerowana jest ta twoja sprawa. Zrobiłeś coś specjalnego przed pójściem spać? Czy oglądałeś może ten „wspaniały" film „2012" i jego beznadziejny katastrofizm, typowo hollywoodzki?"
Malioth: „Nie, nic szczególnego... miałem inne sny bardziej standardowe, które nie działy się w 2013 roku. Przed położeniem się spać oglądałem kilka wideo i skonsultowałem kilka artykułów na temat Senoi. Właściwie to mitologii krążącej na temat tego ludu, ale myślę, że nauczyłem się więcej od pana na ten temat."

„Nie widzę żadnego połączenia z 2013 rokiem i z puszką Pandory. Ewidentnie nie ma żadnego" - mówi profesor.

Rok 1928. Wiosna

Rozdział 1. Senoi (część 1)

Na wyżynach malezyjskiej dżungli, na skraju lasu deszczowego usytuowana jest nieduża, rdzenna wioska Temiar. Całkowicie odosobniona. Temiarowie tworzą jedną z największych grup etnicznych, senackich na półwyspie. Senoi to lud łowców zbieraczy. Tworzy go około dwadzieścia chat różnej wielkości. Zbudowanych na palach od czterech do dwudziestu stóp nad ziemią, wykonanych z bambusa. Wszystkie chaty są pokryte strzechą z palmy. Jedna z nich szczególnie się wyróżnia swoim rozmiarem. Ma ponad 30 metrów długości, prawdopodobnie musi służyć i pełnić rolę izby biesiadowej, z głównym sień otwartym na zewnątrz. Może przyjmować do dziesięciu rodzin na raz. Słońce powoli chyli się ku horyzontowi i wkrótce zajdzie, w ten sposób kończąc piękny i słoneczny dzień. W centrum wioski skąpani w miękkim, filcowym świetle niektórzy aborygeni kończą posiłek przy ognisku. W błogim spokoju siedzą na ziemi i dzielą się pożywieniem na dużych liściach. W językach senoickich rozmowy tu i tam są przerywane licznymi uśmiechami, a czasem nawet gromkimi wybuchami śmiechu. Jeden z obecnych mężczyzn wstaje nagle, przypuszczalnie wydaje się dość młody. Jest nieco wyższy i nieco bardziej muskularny niż inni. Jego krótka przepaska biodrowa, składająca się głównie z liści odsłania jego ciało i jego muskulaturę, Na przegubach nosi skórzane bransolety. Pozdrawia wszystkich obecnych, którzy ciepło odpowiadają mu tym samym. Słowo „Impian" słychać tu i tam.
Mężczyzna idzie powoli, spokojnie podąża do swojej chaty. Ma wygląd wojownika, liczne tatuaże zdobią jego naprężone ciało, a nozdrza poprzebijane są ozdobami z kolców jeżozwierza. Zanim wróci do swojej chaty dogania go dwoje 10-letnich dzieci. Zwracają

się do niego po imieniu, są bardzo podekscytowani. Podskakują w miejscu ledwo łapiąc oddech: „Impian! Impian! Zamierzasz wrócić dziś wieczorem by zmierzyć się z panterą? Nie boisz się?" Impian uśmiecha się po czym odpowiada: „Taką mam nadzieję, że ponownie zmierzę się z Hitam i tym razem uda mi się jej uciec. Nie możemy się bać. Duchy lasu są po to, aby nas uczyć, nas wzmacniać. Musimy zacząć od przezwyciężania naszych lęków tam, gdzie są one najliczniejsze..., kiedy śpimy... i nieważne, że nam się nie uda raz, dwa razy, wiele razy. To jest zupełnie nieważne, bo możemy zacząć od nowa. Tyle razy, ile chcemy. Zawsze zakończy się to zwycięstwem. To kwestia opanowania tego mistrzostwa. Dobranoc dzieci. Jutro opowiem wam o moich nowych przygodach. Życzę wam również słodkich snów, pełnych wyzwań, siły i odwagi".
Dzieci: „Dobranoc Impianie!"

Impian w końcu wraca do swojej chaty i opada delikatnie na swój materac z gałęzi, nakryty dużym, grubym płótnem. Sen nadchodzi bez zwłoki i zanurza go w krainie marzeń. Po dwóch godzinach ciężkiego i regenerującego snu, aktywność mózgu Impiana reaktywuje się. Otwiera oczy - tyle, że jest we śnie.
Impian znajduje się w środku gęstego lasu deszczowego. W ciemności, która wydaje się nieprzenikniona. Mętna. Porusza się on powoli między drzewami, słysząc cichy, ale niepokojący syk. Następnie warkot zbliżającej się pantery, którą w końcu dostrzegł w półmroku tego lasu. Rozróżnia te dwoje zielonych oczu na szczycie jej bardzo ciemnej, krępej sylwetki. Najprawdopodobniej czarnej i lśniącej, która sprawia, że jest ona całkowicie niewidoczna w tej otchłani cieni...
Trzask gałęzi!
Pantera pędzi w kierunku Impiana, który natychmiast odwraca się i zaczyna biec tak szybko jak tylko potrafi. Przemykając między drzewami, licznymi roślinami, przeszkodami, które znajdują się przed nim. Biegnie, skacze, pochyla się, znów skacze, po raz kolejny rozkłada ramionami gałęzie, robi uniki. Próbuje utrzymać równowagę

na wilgotnych liściach. Nic, absolutnie nic nie działa na jego korzyść, a pięćdziesiąt metrów, które dzieliło go od pantery jakby wyparowało. Po około stu, stu pięćdziesięciu metrach biegu, gdy słyszy i czuje niebezpieczeństwo za sobą... Potężny oddech bestii zdaje się muskać jego skórę. Nagle las się rozprasza i ukazuje się wąwóz o rozpiętości około dziesięciu metrów. Owładnięty chęcią ucieczki, Impian w rozpędzie spada w przepaść, równocześnie zauważając, że tuż obok, na prawo od niego, martwe drzewo umożliwiało przejście z jednego brzegu na drugi. Spada na dno wąwozu, rozbija się!

Budzi się spocony. Serce mu łopoce i ledwo łapie oddech. Cały zlany potem... z całych sił stara się ustabilizować swoje oddychanie. Uspokaja się przed powrotem do łóżka i ponownie zasypia. I oto po raz kolejny, w tym samym miejscu, tym samym lesie. Szuka przenikliwego spojrzenia pantery i gdy tylko go dostrzega, zaczyna krzyczeć, aby ją przestraszyć. Natychmiast odwraca się i biegnie w stronę wąwozu na identycznym kursie. Z pewnością zyskał bardzo cenne sekundy. Jego gesty są bardziej płynne, delikatniejsze, bo przechodził już tędy kilka minut temu. Po stu metrach kieruje się nieznacznie w prawo i znajduje się tuż przed martwym drzewem, nad wąwozem. Ma czas, żeby się odwrócić i zobaczyć panterę jeszcze jakiś dobry kawałek z tyłu. Dalej decyduje się ruszyć po pniu, sprężystym i wymuszonym krokiem. Drzewo nie jest długie ani nie jest zbyt szerokie. Jego gałęzie są wieloma przeszkodami do ominięcia. Posuwa się szybko, ale presja jest bardzo duża. Pustka pod jego stopami powoduje poważny niepokój w jego koncentracji. Dwa metry z drugiej strony słyszy potężny ryk, który sprawia, że odwraca się w połowie, głową przez ramię. Sprawdza. Pantera stoi na skraju drzewa z otwartym pyskiem, przerażającymi, spiczastymi kłami. Wskakuje na drzewo i porusza się po nim z największą swobodą. Dosłownie jakby zespolona z pniem dzięki swym ostrym pazurom. Leniwie, wręcz majestatycznie, jak największa, najpiękniejsza z królowych na pokazach mody. Cicho i miękko. Impian odwraca się wytrącony z równowagi przez gałąź drzewa, która ponownie zrzuciła go na dno wąwozu.

Budzi się, wstrzymuje przyspieszony oddech i uspokaja się. Po kilku minutach powtórnie zapada w sen. Znajduje się jak poprzednio w tym samym miejscu. Wciąż ta sama sytuacja. Nie szuka już pantery natomiast biegnie w stronę wąwozu i zmurszałego pnia, obiera ten sam kurs. Ta sama ścieżka. Nadzwyczajny sposób. Jest perfekcyjny w swoich ruchach, przewiduje każdą przeszkodę. Kiedy dociera na skraj przepaści nie waha się ani sekundy i szybko posuwa się po pniu drzewa. Musi mieć teraz znaczną przewagę nad dzikim kotem. Na końcu drzewa zwalnia, by delikatnie minąć ostatnią gałąź, tak źle usytuowaną, a która spowodowała, że pośliznął się poprzednio. Udało mu się. Jest po drugiej stronie wąwozu. Impian ponownie spogląda na ten nowy las, który stoi przed nim. Wciąż równie zwarty, mroczny i z pewnością pełen nowych niebezpieczeństw. Następnie postanawia przejść w kierunku dolnej części pnia drzewa. Chcąc wrzucić go do wąwozu, próbuje go podnieść, stara się przechylić, jednak jest on bardzo ciężki. Mobilizując całą swoją energię w końcu go podejmuje. Próbuje nim potrząsać, ale wciąż jest zbyt masywny by umiejętnie nim obrócić. Pantera przybyła zbyt szybko. Posuwa się po pniu drzewa. Dwa metry od krawędzi przeskakuje z jednej na drugą, ostatnią gałąź. Impian ma akurat tyle czasu, żeby zejść jej z drogi. Pantera następnie kontynuuje swój wyścig w lesie. Ku wielkiemu zdziwieniu wojownika, który pozostaje, jak skamieniały, bardziej ze strachu niż z nieporozumienia. Spogląda jak kot oddala się i powoli pogrąża się w ciemności, kiedy nagle zostaje popchnięty i rzucony do przodu. Na ziemi rani go inne ogromne stworzenie, gwałtownie szarpie mu plecy, niezwykle potężnymi pazurami. Straszny ryk rozdziera mu bębenki w uszach! Kątem oka może odkryć, że jego katem jest ogromny, kolosalny tygrys. Przy każdym przeraźliwym wdechu wyczuwa wilgotny, dziki zapach jego futra. W tym samym czasie tygrys chwyta go swoją paszczą za gardło. To kończy się fatalnie.

Impian leży w łóżku… bardzo wzburzony i co najmniej przerażony, ale zdeterminowany bardziej niż kiedykolwiek. Ponownie obniża swoje napięcie zanim wyruszy po raz enty. Wojownik znowu biegnie i posuwa się jak węgorz, skrada się powolnym, ale pewnym krokiem. Przechodzi przez wąwóz przy pniu drzewa, patrzy w roślinność na ziemi i podnosi dużą gałąź. Cofa się o dwa, trzy metry od pnia i chowa się za kolejnym drzewem. Obserwując to prowizoryczne przejście, przepuszcza panterę, która idzie prosto przed siebie. Kilka sekund później to tygrys próbuje przejść po pniu, porusza się wolniej. Gdy już jest gotowy do skoku by minąć ostatnią gałąź, Impian rzuca się na niego krzycząc i mocno trzymając przed sobą gałąź. Tygrys jest zaskoczony i wydaje się panikować! Próbując się odwrócić… ślizga się na pniu. Ledwie utrzymuje się swoimi, potężnymi pazurami co udaje mu się zrobić tylko w kilka sekund przed upadkiem w próżnię. Impian krzyczy z radości, gdy nagle słyszy cichy choć wciąż niepokojący pomruk pantery. Odwraca się i widzi ją tuż za sobą, bardzo powoli zbliża się z głową pochyloną do ziemi, aby pokazać swoją uległość. Formę szacunku. Podchodzi do niego i pociera pyskiem jego nogi zanim poliże go po raz kolejny. Patrzy na niego, a potem komunikuje się telepatycznie. „Uratowałeś mnie przed jednym z największych niebezpieczeństw w tym lesie snów, jesteś teraz moim przyjacielem. Tutaj jak i gdziekolwiek indziej. Będę blisko ciebie, kiedy naprawdę będziesz tego potrzebował."
Odwraca się i ucieka do dżungli.

Paryż, dzisiaj

Rozdział 2. IPNOS

Znajdujemy się w „IPNOS": Paryskim Instytucie Neurobiologii Fal Skalarnych. Wchodzimy do pokoju Waltera, oznaczonego małym szyldem zawieszonym na jednych z dwóch drzwi. Sala, która wygląda jak amfiteatr w małym formacie, są tu trzy rzędy szerokich i z pewnością bardzo wygodnych siedzeń, rozmieszczonych półkolem i

przesuniętych z jednego poziomu na drugi. Po sześć, siedem siedzeń w rzędzie. (siedem w pierwszym, sześć w drugim i kolejne siedem w trzecim.) Pokój jest słabo oświetlony, sufit jest inspirowany sklepieniem niebieskim tworzącym rodzaj kopuły prawdopodobnie niebiesko-granatowej lub granatowej, wysadzanej gwiazdami. Po obu stronach drzwi umieszczone są dwie całkowicie pozłacane statuy Buddy, wielkości człowieka. Ich oczy są zamknięte, są w pozycji lotosu ze złożonymi rękoma opartymi na stopach.
Za chwile będzie przemawiał atrakcyjny mężczyzna po pięćdziesiątce w białym fartuchu. To profesor Nathan. Zabierze on głos stojąc na środku sali, na tak zwanej scenie. Zwrócony jest twarzą do foteli, a za nim ustawiło się już kilku asystentów. Zwróci się do swoich gości, którzy zajęli już, każdy swoje miejsce.

„Panie i panowie!" - zaczyna.

„Witamy w naszej prestiżowej sali Matthiew Walker, nazwie oddającej hołd dla słynnego profesora psychologii i neuronauki, wykładającego na Uniwersytecie Barkley w Kalifornii. Sala jest doskonale wyciszona i wentylowana. Pomieszczenie jest ogrzewane lub chłodzone, wszystko po to, aby osiągnąć idealne warunki do izolacji, relaksu a nawet medytacji. Jesteście całkowicie odcięci od świata zewnętrznego i mam nadzieję, że wygodnie się zainstalowaliście, aby można było z łatwością uzyskać dostęp i przeniknąć do waszego wewnętrznego świata, a to już dziś wieczorem! Może przeniknąć nawet i do NASZEGO wewnętrznego świata. Obecni tu asystenci (kilkanaście osób ubranych również w białe fartuchy) są tutaj po to, aby zapewnić państwu wszelakie niezbędne wygody w zakresie poczęstunku i cateringu oraz opieki medycznej. Nawet jeśli z góry jest założone, że nie ma absolutnie żadnego zagrożenia. Jesteście tutaj jak w kokonie specjalnie spowitym, aby nie być niepokojonym. Nie może być tutaj bardziej harmonijnie i bezpiecznie. Prawdziwa oaza spokoju. Wy śpicie, a my was obserwujemy. Tak na wszelki wypadek.

Zostaliście wybrani podczas różnorodnych programów, w których hipnoza zajmowała drugorzędne miejsce na liście. Wtedy, kiedy to nie było przedstawienie oparte wyłącznie na hipnozie. Wykazaliście się wszystkimi cechami niezbędnymi do doświadczenia, które zaoferujemy wam dzisiejszego wieczoru. To znaczy i co jest najważniejsze, posiadacie wielką a nawet całkowitą podatność na hipnozę. Wszystkie osoby mogą być zahipnotyzowane, niektóre znacznie łatwiej niż inne. Oczywiście preferujemy osoby wrażliwe, otwarte i przede wszystkim te które, miały już styczność raz lub więcej w rozstrzygających doświadczeniach. Jesteście doskonała treścią, jeśli tak można by to ująć, dla naszego doświadczenia ze względu na doskonały skład. Z szybkim zasypianiem na początku i następnie z wielką umiejętnością oddawania się, aby tą hipnozę przeżyć w jak najlepszych warunkach.

Mam nadzieję, że każdemu z was jest wygodnie, najpierw przedstawię się zanim opowiem szczegółowo o tym doświadczeniu i tego co wam oferujemy. Nazywam się profesor Nathan, mam pięćdziesiąt dwa lata i z wykształcenia jestem biologiem. Przerzuciłem się na neuronaukę. Wiedza na ten temat, dzięki coraz bardziej wydajnym technologiom w ostatnich latach gwałtownie wzrosła. Wielorakie poszukiwania wydają się nie mieć końca, ponieważ to co odkrywamy, otwiera nam drzwi, które same otwierają się na jeszcze inne drzwi i te z kolei na następne. Mówiąc prościej wyspecjalizowałem się w badaniach snów i wokół nich oraz różnych, zmodyfikowanych stanach świadomości naszego mózgu. W szczególności podczas snu lub medytacji. Cały ten budynek i kompletny zespół, który wokół siebie zebrałem, tych wspaniałych specjalistów (odwrócił się lekko wskazując prawa ręką ekipę stojącą za nim) jest temu poświęcony. Współpracujemy ze sobą już od około trzech lat i nasze rezultaty są bardzo ciekawe… bardzo, bardzo ciekawe.

Posiadamy niezwykle obiecujące wyniki, które zaczniemy rozpowszechniać w mediach. Chodzi nam o przekroczenie progu.

Zebraliśmy dużo danych, które mogą teraz otworzyć pozytywne perspektywy dla każdego z nas a zatem ostatecznie dla całej ludzkości. Zarówno na płaszczyznach biologicznych, fizycznych i psychologicznych... jak również na płaszczyznach psychofizjologicznych, odnoszących się do różnych aspektów związanych z interakcją między psychiką a funkcjonowaniem fizycznym organizmu. Ciało i Duch są jak zapewne wiecie, ściśle ze sobą powiązane. Mają ogromne konsekwencje dla zdrowia i samopoczucia a także nowych możliwości rozwoju psychicznego i fizycznego. Dla niektórych także duchowo.

Napotykamy się jednak na pewne trudności w naszym podejściu naukowym, które wymagają od nas przestrzegania zasad niematerialnej możliwości obalania hipotez (ang. non-falsifiability), unikania sprzeczności oraz dążenia do odtwarzalności wyników. Nasze doświadczenia i obserwacje, które nie spełniają tych kryteriów, mogą być uważane jedynie za anegdotyczne lub przykładowe. Zarezerwowane dla garstki doświadczających, którzy prawdopodobnie jawią się opinii publicznej co najwyżej jako oryginały, ekscentrycy, jeśli nie wizjonerzy i mistycy. Szybko byśmy uchodzili za członków sekty, słodkich szaleńców, wariatów. Jesteśmy bardzo daleko od możliwości weryfikacji, uprawomocnienia czegokolwiek. W końcu pozostajemy ściśle ograniczeni między sobą. Protokoły naukowe jakie są dzisiaj, zostały ostatnio ulepszone w celu zwiększenia bezpieczeństwa co do jakości wyników, wykluczając nas całkowicie z walidacji przez społeczność naukową.
Jeśli zawiążesz komuś oczy, z pewnością nic nie zobaczy, ale to, że nie może on zobaczyć rzeczy, nie oznacza, że one nie istnieją. Być może to jest grzech pierworodny świata, który eksplorujemy. Mieć zamknięte oczy... dosłownie mam na myśli. I odwrotnie... to nie znaczy, że widzisz pewne rzeczy, to one istnieją. Poza tym nigdy nie ma pewności, że to co cię otacza, to co widzisz istnieje. Bo to co postrzegasz to... „w najlepszym razie" światło odbijające się w twojej siatkówce a następnie tłumaczone przez twój mózg.

Szczęśliwie dla nas, te ostatnie kilka lat zaznały również pojawienie się Hipnozy... w dużym przedstawieniu! Czy to w teatrach, czy w salach kinowych czy nawet w programach telewizyjnych. Mimo, że duża część społeczeństwa jest nadal sceptycznie nastawiona do rzeczywistej autentyczności tej „praktyki". Choć z pewnością jest to jedna z najstarszych medycyn i terapii znanych ludzkości!!! Inna rosnąca część tej publiczności wyznaje i stosuje hipnozę a nawet ciepło ją przyjmuje. Ta publiczność nadaje się do gry a wy jesteście tego idealną ilustracją, ponieważ zrekrutowaliśmy was właśnie w ten sposób. To jest powód, dla którego tu jesteście. Ponieważ hipnoza jest najlepszym sposobem na otwarcie bram do Snu. W sposób szybki... szybciutki.

Korzystam przy okazji, ale czy tak naprawdę jest to konieczne? Aby przypomnieć, że Hypnos jest Bogiem Snu wśród Bogów starożytności. Hipnoza powinna pozwolić nam zrobić krok naprzód w dalszych badaniach, ponieważ możemy uśpić kilka osób jednocześnie. Dzisiaj około dwudziestu, jutro setkę, może i nawet tysiąc za jakiś czas.
Teoria, która zadowoli „zwolenników wizji spiskowych", których liczba eksploduje, chciałaby abyśmy wszyscy jak jesteśmy, byli pod hipnozą? Czy życie byłoby wtedy snem, jak każdy inny sen? Ale jeśli życie jest snem, to kto jest marzycielem? I tutaj szybki ukłon w stronę Moniki Belluci, ale przede wszystkim w stronę Davida Lyncha. Trzeba przyznać, że jest on najwybitniejszym, najbardziej utalentowanym, najbardziej płodnym marzycielem na tym świecie. Zanim został tym wspaniałym filmowcem, którego znamy. Często mówiłem sobie, że właściwie jego jedynym, prawdziwym talentem było całkowite połączenie ze światem snów. Może jest on opiekunem lub przewodnikiem? Będę musiał spróbować z nim się spotkać.

Jak dotąd wszystkie nasze doświadczenia bez względu na to jakie by niezwykłe one były oraz jak niewiarygodne mogłyby być... pozostaną całkowicie indywidualne i osobiste... i dlatego zostają koniecznie

poddane wątpliwości. Pozostają zatem wyrazem jednej osoby ze wszystkimi uprzedzeniami, które ta indywidualność może generować. W swoich emocjach, w swoim tłumaczeniu, w swojej interpretacji. Oczywiście obrazowanie medyczne, rezonans magnetyczny, skanery magnetyczne, postępują bardzo szybko i będzie to zupełnie możliwe, aby czytać w mózgu każdego człowieka. Widzieć ich sny podobnie jak ich myśli w czasie rzeczywistym. To nie jest nawet science-fiction, ale ta lektura pozostaje na razie bardzo skrótowa, nawet trochę przypadkowa.
Oczekując na to…
Albo i nie!

Będziemy przeprowadzać te grupowe doświadczenia z hipnozą a raczej nowe doświadczenia hipnozy grupowej, bo nie tyle hipnoza sama w sobie nas interesuje, ale umiejętności każdego z was. Generowanie nowych zdolności umysłowych, psychicznych a także fizycznych, żeby być bardziej precyzyjnym, które zawsze były w was, ale nigdy z nich nie korzystaliście, w każdym razie nigdy świadomie. Chodzi tutaj dokładnie o ich odblokowanie i uwolnienie.
Oczywiście zanim zaczniemy, jeśli macie jakiekolwiek pytania dotyczące tego eksperymentu, nie wahajcie się zapytać, ponieważ dzisiejszy eksperyment nie jest trywialny i dokładamy wszelkich starań, aby to zaznaczyć. Chcemy ten eksperyment oprawić w miękką okładkę i uczynić przyjemnym i ekscytującym. Oczywiście chcemy żebyście tu i teraz zajęli swoje miejsce…, ale również żebyście nieustannie tutaj wracali i wciąż powracali na nowo. Przejdźmy jednak do sedna sprawy.

Zahipnotyzujemy was, uśpimy po raz pierwszy tak, jak już byliście gdzie indziej. Uśpimy ciebie i drugiego hipnotyzera. Tak, tak… można zahipnotyzować hipnotyzera!!! Uśpimy was wszystkich dwudziestu. Zaśniecie i obudzicie się a raczej reaktywujecie swój umysł w tym samym pokoju, który może wam się wydawać nieco zmodyfikowany, ale ledwie co. Będziecie wtedy całkowicie w stanie hipnozy, ale świadomi lub raczej półprzytomni. Mnie już tam nie

będzie i to wtedy drugi hipnotyzer, którego łatwo rozpoznacie, bo cały ubrany na żółto zainterweniuje i tym samym zahipnotyzuje was po raz drugi. Hipnoza w hipnozie, trochę tak jak Incepcja, jeśli znacie ten smakowity film. Rodzaj podwójnej hipnozy, którą nazwaliśmy Hypnothalamosą.
Słownictwo, które nie powinno wyjść z tego Instytutu (mały uśmieszek). Już teraz uchodzimy za ekscentryków, więc tym bardziej będziemy unikać jak tylko się da, za branie nas za Harry'ego Pottera. Niemniej jednak, krótko mówiąc, skrót od: hipnoza i thalamus (wzgórze), który mógłby również z radością przywodzić na myśl podwzgórze hypothalamus.
Dosłownie przetłumaczone ze starożytnej Grecji jako sypialnia, izba. Taka ilustracja naukowo-poetycka, dlatego, że thalamus podobnie jak hypothalamus są strefami w mózgu szczególnie istotnymi w regulacji świadomości, czujności...i oczywiście snu! Wśród innych ważniejszych rzeczy mógłbym wam opowiedzieć o melatoninie, szyszynce, trzecim oku, kryształach apatytach, cyklu okołodobowym, ale zostańmy przy tym, bo nie chciałbym was zbyt szybko uśpić.

Hipnoza w hipnozie, Hypnothalamosa - dlaczego?
Celem tego jest uwolnienie was bardziej od pewnych ograniczeń. Po pierwsze, czasu. CZAS to coś co wszyscy doskonale znają, ale trudno nam go skwalifikować. Idealna iluzja dla Einsteina.

Hipnoza w hipnozie... sen we śnie to przejście do wymiaru, w którym wszystko dzieje się znacznie szybciej. Trochę przesadzając. Jedna minuta tutaj zmienia się w godzinę tam. Każdy skok w dodatkowy sen lub dodatkową hipnozę przyśpiesza czas z poprzedniego poziomu. To przyspieszenie czasu nie jest jednak jasno ustalone, zwłaszcza, że podobnie jak fizyka kwantowa może zostać zakłócone lub nawet zatrzymane w przypadku zewnętrznej interakcji z otoczeniem. Przyjmijmy więc zasadę, że wszystko dzieje się dużo szybciej, a więc oferuje dużo większą amplitudę, jeśli chodzi o głębię naszych doznań.
Po drugie, aby bardziej uwolnić się od fizycznych ograniczeń, istnieje przede wszystkim okres, tak zwany hipnagogiczny. Skrajny stan

między jawą a snem. Bardzo krótki, ale który może tworzyć i wywołać duże nieporozumienia oraz zamieszanie w twoim umyśle. Gdzie mogą pojawić się halucynacje lub iluzje. Bo po pierwsze, umysł wciąż jest trochę w prawdziwym świecie a trochę już we śnie. Coś pomiędzy dwoma światami. Moment, który zdarza się z nieskończoną delikatnością dziewięćdziesiąt dziewięć razy na sto dzięki szerokim, miękkim i bardzo przyjaznym rekom Morfeusza. Czasami jednak zdarza się, że zejście jest bardziej strome, choć bez realnego zagrożenia.

Podczas „podstawowej" hipnozy, ciało osoby w końcu uśpionej, a raczej rozłączonej, może jeszcze reagować na wiele bodźców zewnętrznych. Oczywiście to ze względów bezpieczeństwa. Możecie również być zaniepokojeni najmniejszym hałasem. Miauczeniem kota, dzwonkiem, spuszczaniem wody w toalecie i tak dalej… i tak dalej.
Podczas tej hipnozy „pierwszego poziomu" będzie stanowiło to problem a raczej zakłopotanie tylko dla was.

Jesteśmy właściwie w szerokiej perspektywie hipnozy z wieloma osobami i nie chcemy psuć tego doświadczenia przez to, że jedno z was obudzi się, ponownie podłączy się z prawdziwym światem z powodu jakiegoś dzwonka. Znajdujemy się, tylko przypominam w doskonale dźwiękoszczelnym pomieszczeniu. Równie dobrze może wam przeszkadzać coś wewnątrz was. Ewentualnie zwykłe chrapanie lub tylko twój sąsiad. Hipnoza w hipnozie oferuje doświadczenie, w którym odległość od świata rzeczywistego jest większa i bardziej zdystansowana. Co raz to bardziej oddalona, a zanurzenie w niej jest natomiast bardziej komfortowe, głębsze. Ponadto czas jest znacznie przyśpieszony. Zapewniamy i optymalizujemy bogactwo tej intensywności, tego doznania bez przedwczesnego, nieodpowiedniego przebudzenia lub innej ingerencji. Możecie mieć wrażenie, że przeżywacie cały dzień w kilku minutach w podwójnej hipnozie.
Po trzecie i ostatnie, wreszcie, aby uwolnić się od oporu psychicznego, który czasami może przedwcześnie przerwać doświadczenie. W stanie hipnozy zwracamy się bezpośrednio do twojej podświadomości. Wszystko co wam mówimy i sugerujemy, może od razu wydawać się czymś bardzo realnym. Możemy także

wpisać a nawet wyryć nowe idee, które nie są wasze. Ale mózg zawsze prędzej czy później skończy je oceniać, analizować... przed ich sortowaniem i czyszczeniem.
Zlikwiduje je, jeśli te sugestie są bardzo lub zbyt daleko odchodzące od tego kim jesteście i co jesteście w stanie znieść w przypadku przykrego doświadczenia. Jak oprogramowanie zabezpieczające na komputerze. Wszystko zależy od waszej osobowości, stopnia pewności siebie lub jej braku.
Z hipnozą w hipnozie nie pozbawiamy się całkowicie tego oprogramowania zabezpieczającego, niemniej jednak wasz umysł musi jasno przyjąć, że jest w stanie hipnozy. Raczej w dwóch niż w jednej.
W żadnym momencie nie powinniście sobie powiedzieć: „...Ale co ja tu robię?", „Czy to nierealne?", „To za dużo!". Nie, ponieważ będziecie psychicznie przygotowani na drugą hipnozę opierającą się na fakcie, że już jesteście w stanie hipnozy i jesteście tego pełni świadomi. Niemniej jednak wasze oprogramowanie zabezpieczające pozostaje aktywne w przypadku skrajnego niebezpieczeństwa. Mówiąc prościej, gdybyście poczuli się zagrożeni lub nawet musielibyście umrzeć wirtualnie w hipnozie jak we śnie, to obudzicie się bez problemu. Na niższym poziomie, tak jak w „Incepcji!". Zapewniam was jednak: w żadnym momencie nie będziecie w niebezpieczeństwie. W każdym razie nie bardziej niż w zwykłym śnie, którego dokonujemy średnio 10 do 12 razy w ciągu nocy, śpiąc przez 8 godzin. Mówię tylko o fazach snu paradoksalnego, ponieważ inne są trudne do zauważenia, zidentyfikowania czy zmierzenia. Hipnoza na ogół działa bardzo dobrze. Z trwałymi, korzystnymi skutkami... w terapii likwidujemy przede wszystkim traumę, potrafimy też niwelować wszelkiego rodzaju uzależnienia. Efekty są bardzo spektakularne do tego stopnia, że liczba terapeutów eksploduje. Szkoły pozwalają bardzo szybko nauczyć się języków obcych. Hipnoza pozwala nam celować w problemy i je korygować, ale jest niczym więcej niż tylko tym co nieustannie robimy w nocy podczas snu. Można powiedzieć, że hipnoza jest dla snów tym czym chirurgia dla medycyny.

Na sali panuje skupienie, gdzie nie gdzie widać lekkie skinienia głów, oznajmiające aprobatę.

W tym pierwszym doświadczeniu zaoferujemy wam coś bardzo prostego. To dla nas pierwszy raz z „obcymi". Chcemy postępować krok po kroku, podczas gdy wy będziecie się rozkoszować komfortem w tej wspaniałej przygodzie. Zapoznacie się stopniowo z tym wszechświatem. Wnikamy... Wy wnikacie w coś absolutnie cudownego, powoli..., ale pewnie.
Jakieś pytania?" Z lewej strony sali unosi się ręka.

Pan Martinez: „A jeśli to nie zadziała? Nie zadziała dla nas wszystkich, co mamy zrobić?"
Nathan: „Chce pan powiedzieć, co, jeśli ktoś z was nie zaśnie?"
Pan Martinez: „Właśnie tak"
Nathan: „Jeden z moich asystentów będzie wam towarzyszył w ciszy do wyjścia, ale nie mam wątpliwości, że najprawdopodobniej wszyscy w to wejdziecie. Chyba, że ktoś z was czuje się tutaj nieswojo? Korzystam z okazji, aby zapytać was wszystkich czy czujecie się komfortowo? Oprócz małego podniecenia, lęku związanego z nowym doświadczeniem? Generalnie jest to coś dość niezwykłego." Profesor patrzy po kolei na swoich gości.

„Nikt? Jakieś inne pytania? Może pani Croce?"

Pani Croce: „Czy może pan nam powiedzieć, dokąd tak na prawdę nas pan zabiera?"

„Jak powiedziałem, osobiście wprowadzam was w stan hipnozy, który zabiera was z tego pokoju... z powrotem do tego samego! W kolejnej fazie projektu, mój asystent zaoferuje wam coś bardziej treściwego, ale nie mogę tego ujawnić, ponieważ to on będzie wówczas z wami i przedstawi to osobiście. Wiedząc, że głos i zabieranie zdania są częścią alchemii tej podróży, mój asystent jest wśród nas i ujawni się, gdy tylko przejdziecie na „drugi poziom". Teraz proszę was wszystkich o zamknięcie oczu."

Profesor mówi wolniej, przybiera łagodniejszy i cieplejszy głos:

„Zamknij oczy i skoncentruj się na moim głosie. Słuchaj tylko mojego głosu. Oddychaj głęboko i równomiernie, wraz z każdym wdechem coraz bardziej się relaksując. Twoje powieki stają się coraz cięższe i cięższe, z każdym oddechem zapadając się coraz głębiej. Wdech, wydech... wdech, wydech. Pozwalasz sobie odejść, pozwalasz sobie zapaść w sen. Wdech, wydech. Jest ci wygodnie, jesteś dobrze usadowiony i zapadasz w głęboki sen. Mój głos ci towarzyszy. Robisz wdech, robisz wydech. Mój głos staje się twoim głosem, głosem twojego wnętrza. Wszystko jest w porządku, relaksujesz się, zasypiasz. Jestem twoim wewnętrznym głosem. Wkrótce wrócisz do pokoju, w którym wszyscy zasnęliście, ale to już nie jest ten sam pokój, bo śpisz. Możesz mieć przeczucie, że się obudziłeś, ale nadal będziesz spał. Śnisz, że wróciłeś do tego pokoju i teraz to Malioth, ubrany na żółto jako pierwszy otworzy oczy w tym słodkim śnie. Wstanie i zacznie cię prowadzić. Wszyscy będziecie go uważnie słuchać. Postępujecie zgodnie z jego instrukcjami. Słuchacie głosu Maliotha. Jego głos jest teraz twoim głosem."

W tym samym czasie, głos Maliotha przejmuje kontrolę, równie powoli.

„Witam wszystkich w tym niezwykłym pokoju Matthiew Walker. Albo raczej witam ponownie. Wszyscy jesteśmy razem w pierwszej fazie hipnozy, w której towarzyszył nam profesora Nathan. Jesteśmy we śnie. We śnie wspomaganym. We wspólnym śnie poprowadzonym najpierw przez profesora, a teraz przeze mnie. Stworzyliśmy ramy." Następnie Malioth liczy gości.
„Jedno krzesło jest puste, trzy inne zniknęły, czyli jest nas szesnaście i wraz ze mną, siedemnaście, co oznacza, że po drodze straciliśmy trzech gości. Kiedy mówię zgubiliśmy, znaczy to prawdopodobnie, że oni nie zasnęli albo nie trzymali się wystarczająco mocno słów profesora. Ale oczywiście możemy kontynuować. Rozglądając się wokół można zauważyć pewne różnice. I tak na przykład nie ma już drzwi, już ich nie potrzeba. Posągi Buddy również zniknęły. Wszyscy jesteśmy tak samo ubrani na biało. Zapraszam wszystkich, aby dołączyć do mnie na scenę."

Kilku gości, jeden po drugim, opuszcza swoje miejsce, idzie otoczyć Maliotha. Sześciu siedzi w swoich fotelach całkowicie zamarłych. Malioth wzywa ich po raz drugi, ale nikt się nie rusza.

„Wydawałoby się, że w rzeczywistości tylko połowie z nas udało się wejść w ten wspólny sen. Ten cel musi uwzględniać zarówno pewną rzeczywistość, to co profesor Nathan jest w stanie stworzyć w waszym umyśle, jak to co sami chcecie lub chcielibyście zobaczyć. Każdy z was pewnie myślał, że eksperyment zadziała na wszystkich… tak się jednak nie stało. Jest nas tylko jedenastu, a może nawet mniej. Chcę powiedzieć w sposób tak „naprawdę tutaj". Dowiemy się ilu z nas uczestniczyło w efektywny sposób w eksperymencie dopiero na końcu, a jesteśmy tylko w połowie. Najlepsze jest przed nami. Najlepsze dopiero nadejdzie, bo tutaj trzeba trzymać się takich rzeczy jakie są. Wszystko jest możliwe. Jedynymi ograniczeniami są granice waszej wyobraźni.

Zanim opuścicie ten pokój po raz drugi. Zanim was uśpię po raz drugi na kolejną podróż do miejsca docelowego tym razem bardziej ekscytującego. Podsumujmy trwający proces. Podczas waszej hipnozy… i przed nią… zostaliście zmuszeni do robienia niesamowitych rzeczy. Czasami uchodziliście za zwierzęta. „Człowieka kaczkę", który systematycznie mówił kwa, kwa, za każdym razem, gdy usłyszał charakterystyczny dzwoneczek lub kluczowe słowo. Człowieka pająka, który byłby w stanie pokonać ścianę wspinaczkową z dużą prędkością, nawet gdyby nigdy wcześniej tego nie praktykował… mężczyznę lub kobietę obdarzonymi wyjątkową wytrzymałością, którzy mogą udźwignąć 100, 200 a nawet 300 kilogramów lub znacznie więcej bez żadnego wzdrygnięcia się. Albo jeszcze bardziej niesamowite, gdy ustawiono was między dwoma krzesłami. Głowę na jednym, a nogi na drugim. Poziomo. Nie mając nic pomiędzy, mogliście wytrwać w tej pozycji w nieskończoność. Inni mogli wtedy na was usiąść, jak na ławce. Pozostawaliście wtedy całkowicie sztywni. Większość ludzi uważa, że te spektakle są sfałszowane! Tyle, że… wy tam byliście!
To wy zostaliście obdarzeni dziwnymi mocami. Chwilowo… tyle, że te moce macie… realnie. Trzeba tylko się o tym przekonać. Przekonać oczywiście na początek was, ale i sceptyków. W końcu po

prostu o tym się przekonać. A tutaj nic prostszego, skoro jesteście już we śnie. Poza tym teraz zaczniemy świętowanie.
Wszyscy będziecie teraz bardzo intensywnie myśleć o sławnej lub mniej znanej postaci, w którą chcielibyście się wcielić. Pomyślisz tak mocno, że przekonasz się nawet, że to ty jesteś tą postacią. Ponieważ tu wszystko jest możliwe. Możesz być tym kim zechcesz. Już teraz jesteś tym kim chcesz być. Jesteś… tym kim chcesz!"

I właśnie wtedy Malioth przemienia się w Wonder Woman… natychmiast dodając: „Tak, całkowicie akceptuję moją część kobiecości o ile to doświadczenie ma zacząć się od czegoś bardzo przyjemnego do oglądania a także nie jest nazbyt spektakularne ani przerażające!!!"

Jeden z gości pyta wtedy gorączkowo: „Naprawdę możemy wybrać kogo chcemy?"

Malioth: „Tak, pod warunkiem, że zmieści się w tym pokoju."
Po Wonder Woman pojawia się Bóg Thor, który natychmiast zabiera głos - „No i proszę zrobione!"
Całe uniwersum Marvela spotyka uniwersum DC" … „Ktoś miałby ochotę zmienić się w Thanosa, żebym mógł go raz zmiażdżyć?".

Dżungla malezyjska, rok 1928

Rozdział 3. Senoi (część 2)

Impian wchodzi do chaty Szamana Datu Bintunga. Ten ostatni siedzi na drewnianej ławce. Jest tak skąpo ubrany jak inni członkowie jego plemienia mimo to, głowę zdobi mu wspaniała korona, złożona z wyjątkowo kolorowych, ptasich piór.

Impian: „Pozdrowienia o wielki Szamanie, mistrzu natury, duchów i snów. Pozdrowienia o wielki przywódco naszego, potężnego, dostatniego plemienia… dzień dobry tato."

Szaman Datu Bintung powstaje z szerokim uśmiechem na twarzy i dwóch mężczyzn bierze się w ramiona, zanim usiądą do dyskusji.

Datu Bintung wręcza synowi miskę wypełnioną sokiem… „Proszę weź to, napij się i opowiedz mi o swoim ostatnim śnie. Wiem, że przyszedłeś się tym podzielić."

Impian: „Tak tato, tak jak przewidziałeś. W lesie znalazłem panterę Hitam. Piękna, dzika, hipnotyzująca. Z tymi dużymi, zielonymi oczami. Wyruszyliśmy w szaleńczy bieg przez dżunglę. Oczywiście nie miałem na myśli z nią walczyć lub ją skrzywdzić a już na pewno nie chciałem ją zabić. Naturalnie nie było o tym mowy. Po prostu chciałem uciec w jej sanktuarium jakim jest dżungla. Jeszcze jedna nauczka. W tym śnie ona jednak nie ścigała się ze mną! Próbowała natomiast uciec przed tygrysem. Tygrys, którego udało mi się zrzucić w przepaść, strasząc go dużą gałęzią, gdy ten stracił równowagę na martwym drzewie nad urwiskiem. Nie wiem, co oznacza ten sen, ale udało mi się uratować panterę. Ona serdecznie mi za to podziękowała. Wciąż czuję jej potężną wibrację głęboko w sobie. Co o tym myślisz? Co sądzisz o tym doświadczeniu?"

Datu Bintung: „Tylko najwięksi łowcy z naszego plemienia spotkali Hitam w tym teście szybkości lub w innym równie niezwykłym wyzwaniu. Przez większość czasu działo się to we śnie, ponieważ ona wciąż pozostaje bardzo tajemnicza i utrzymuje duży dystans w stosunku do ludzi. Wszyscy ci, którzy próbowali z nią walczyć doświadczyli później nieszczęść. Już nigdy nic dobrego im się nie przydarzyło. Taka klątwa. Duchy lasu całkowicie ich opuściły. Ty mogłeś ją spotkać, uszanować i uhonorować, a nawet wyprowadzić ją ze złej sytuacji. To trochę tak, jakbyś miał błogosławieństwo duchów lasu. Mówiąc dokładniej, za każdym razem, gdy będziesz śnił o Hitam, za każdym razem, gdy się do niej zbliżysz, zyskasz na zwinności i szybkości. Na miękkości i refleksie. Ona da ci swoją energię i ofiaruje ci część instynktu, którego posiadają wielkie koty. Ale to nie jest całkowicie darmowe… czyniąc jej energię swoją, akceptujesz wszystkie te wspaniałe zasady życia. Oczywiście z pełnym szacunkiem dla natury. Każdego dnia będziesz się tego po trochu uczył. To piękne i wspaniałe doświadczenie. Te instynkty będziesz mógł stale doskonalić, gdy tylko będzie to konieczne, aby osiągane wyniki były wciąż równie skuteczne. To jest część daru Królestwa Snów. Zignoruj je, a stracisz część z nich. Co w pewnych okolicznościach może być fatalne. Śmiertelne.

Gratuluję mój synu, jesteś na dobrej drodze. Moim obowiązkiem jest przypomnieć ci, że chociaż Królestwo Snów jest nieskończenie bogate, to może też zamienić się w piekło, jeśli nie będziesz przestrzegał pewnych zasad. Podbijając to królestwo na swój własny sposób, będziesz dostawał coraz więcej pewności siebie. Nigdy nie zapominaj, że już teraz możesz tam robić co zechcesz, jednak nie możesz urazić bezpośrednio lub pośrednio opiekuna i pana tego miejsca. Nie obrażaj nigdy Hipnosisa, strażnika snów, bo to jego kraina, jego wszechświat! To samo dotyczy Kematiana, jego brata bliźniaka, strażnika zaświatów. Obaj są bardzo czuli. Powtarzam ci to za każdym razem. Nigdy nie należy o tym zapominać, ponieważ przejście do krainy marzeń jest bardzo łatwe. Nic, małe nic… nawet drobnostka sprawi, że zostaniesz tam na zawsze i nigdy więcej się nie obudzisz. Nasze plemię rozwinęło głębokie poczucie spirytualności dzięki duchom snów, dzieląc się swoim wszechświatem, zbliżając się do nich i bawiąc się z nimi. Ale absolutnie musisz ich szanować, nigdy nikogo nie obrażać, zwłaszcza dwóch braci bliźniaków! Pierwszą rzeczą, którą musisz pamiętać, jest to, że sny dają ci dostęp do nieskończonego wszechświata. W tym świecie istnieją wielkie, bardzo wielkie umysły i zwykle dobre byty, ale są tam też mniej dobre i nawet przerażające istoty. W królestwie snów wszystko jest większe, dużo większe, olbrzymie… wspaniałe! Wszystko dzieje się znacznie szybciej. Wpływ tego co się tam dzieje ma na zawsze konsekwencje dla twojej psychiki, siły, energii psychicznej. Tak jak ci wskazałem, że trzeba szanować „te istoty", to trzeba je tam szanować za każdym razem, każdej nocy i cały ten wszechświat. Zawsze pokazuj się z jak najlepszej strony, ponieważ twój umysł może być bardzo zabiegany,

przekierowany. Złe duchy mogą doprowadzić cię do bardzo ciemnych stron, które cię osłabią.
Musisz zawsze zachować jasnowidzenie, minimum jasności umysłu, aby przejść przez te ciemne strony, które mogą wywołać u ciebie prawdziwe problemy. Konkretnie, unikaj przyjmowania substancji, które mogą zmienić twoje rozeznanie. Niektóre rośliny, które powodują haj czy nawet alkohol… wiesz, ludzie Zachodu… nawet jeśli obserwujemy się nawzajem... nawet jeśli wymieniamy się codziennie, aby rozwiązywać problemy, które mogą się zdarzyć. Może w końcu dojść do wypadku. Wystarczy raz, a nie będziesz w stanie uniknąć pułapki zastawionej przez złego ducha.
Wielu z nas tam zostało! Nigdy się nie obudzili! Umarli we śnie, kiedy byli młodzi w doskonałym zdrowiu! Aż do dnia, w którym prawdopodobnie coś im się nie udało! Trzeba zawsze pamiętać i umieć zachować pokorę! Siła natury i duchy są bardzo hojni w stosunku do ludzi. Możemy zrobić z tego najlepszy użytek! Ale nigdy go nie nadużywać! Nigdy się z nich nie naśmiewać. Nigdy ich nie wyśmiewać, chcę powiedzieć… z całą powagą!

Kraina marzeń dla wielu wydaje się krainą złudzeń. Coś nierealnego, często zabawnego, ale równie dobrze może stać się twoim ostatnim oddechem, twoim ostatnim westchnieniem. Granica między tym co jest, a tym czego już nie ma, jest jednym z najbardziej wrażliwych punktów w tym wszechświecie. O wiele więcej ludzi umiera we śnie niż podczas dnia, który przecież jest w sumie dłuższy. Musisz się uczyć, bo pewnego dnia mnie zastąpisz. A ja przekażę ci to, co mój ojciec, twój dziadek przekazał mnie… a co było przekazane przez jego ojca, mojego dziadka, twojego pradziadka. Możesz odkryć wiele tajemnic, możesz nawet je odkryć wszystkie samodzielnie.

Rozdział 4. IPNOS

W swoim dużym, paryskim biurze Instytutu IPNOS Profesor Nathan udziela wywiadu młodemu dziennikarzowi z „Totales Sciences". Po kilku zwyczajowych uprzejmościach dziennikarz zwraca się do profesora: „Przejdźmy jednak do sedna sprawy, czy może nam pan wyjaśnić jak i dlaczego pojawił się IPNOS?"

Profesor: „Czy jest panu wygodnie? Ponieważ ryzykujemy spędzenie tutaj dużej części dnia! Mam panu do powiedzenia na temat, co było źródłem powstania tego Instytutu, a co jest nieznane dla zdecydowanie większości społeczeństwa..., jednakże wszyscy jesteśmy ogromnie dotknięci wpływem jaki wynika ze snu.

Kiedy przywołujemy Sen, w ogóle, przynajmniej w naszym nowoczesnym, zachodnim społeczeństwie, mamy tendencję do wzbudzania obojętności, a często nawet pogardy. Czy obwiniać za to ignorancję? Wina szczególnie i prawdopodobnie jest z „wydajnością". Temat nie jest obeznany głównie naszej cywilizacji, cywilizacji „ruchu", „akcji", „działania", „sukcesów", gdzie trzeba być skowronkiem, takim rannym ptaszkiem! Gdzie trzeba dużo pracować i mieć widoczne rezultaty! Być zauważalnym, często przyklejonym do ekranów i to na coraz dłużej. Oczywiście to nowe zjawisko jest prawdziwą tragedią dla nastolatków, którzy potrzebują więcej odpoczynku niż dorośli. Sen jest coraz bardziej poświęcany. Mówimy o 2-3 godzinach snu mniej dla nastolatków, każdej nocy, jeśli porównamy ten wynik z teraz i zaledwie trzydzieści lat temu! Konsekwencje są poważne, bardzo poważne... życie w stresie... bez niezbędnego wytchnienia.

Bardzo długie westchnienie profesora. „Haaaaaa zamierzam... muszę tu też zaznaczyć i zacząć od namalowania dla pana bardzo ponurego obrazu. Przerażającego, niemal apokaliptycznego i przez to odrażającego. Po prostu jest to niezbędne do zrozumienia. Można by pomyśleć i stwierdzić, że sen jest punktem centralnym, rozdrożem, takim przedsionkiem lub strefą towarową między życiem a śmiercią. Między życiem a tym co będzie po śmierci.

Na ekranie, film przywołujący a nawet ucieleśniający, z pewnością najbardziej, uniwersum snów, pomimo tak wciągającego i nowoczesnego filmu jak „Incepcja", został i pozostaje nadal przerażającym thrillerem „Nightmare on Elm Street" w wersji oryginalnej, czyli „Koszmar z ulicy Wiązów". Każdy widział lub słyszał o Freddy'm Krugerze. Film, który szybko stanie się wielką serią z nie mniej niż sześcioma kontynuacjami, a jego główny bohater do dziś jest ikoną wśród ikon Popkultury.

Weźmy wszechświat, który wszyscy znamy, przynajmniej z nazwy! Bardziej sugestywny niż prawdziwie familijny. Zbliżyliśmy się już do niego raz lub kilka razy. Wszechświat, którego w rzeczywistości znamy bardzo mało ... w każdym razie zbyt mało, ale wystarczająco by wzbudzić naszą ciekawość! Niech to będzie teatr ogromnego i strasznego zagrożenia. Potencjalne, bezpośrednie niebezpieczeństwo, które postawiłoby twoje życie na szali. Jeśli jesteś pierwszy i masz talent, prawdopodobnie odniesiesz sukces. Na przykład Spielberg, odniósł sukces dzięki filmie „Szczęki". Wodna psychoza, która nie słabnie... Od tamtej pory wiemy, że było to czyste oszustwo, ponieważ rekiny prawie nigdy nie atakują ludzi. Mniej niż dziesięć zgonów rocznie w porównaniu z tysiącem umierających mężczyzn, stratowanych przez słonie lub zmiażdżonych przez hipopotamy. Nie mówiąc już o dziesiątkach a nawet setkach tysięcy zgonów każdego roku, spowodowanych samym ukąszeniem komarów, które przenoszą choroby, często śmiertelne w obszarach tropikalnych. Elementy statystyczne czasami ważą mniej niż indywidualne fantazje. Obawy są często irracjonalne, często podtrzymywane przez sumienie a raczej zbiorową nieświadomość za pośrednictwem literatury, prasy, kina czy teraz Internetu.

Z drugiej strony jednak, statystyki dla Snu są absolutnie przerażające. Mówię „przerażające", bo to najwłaściwsze słowo. Co mogłoby wznieść Freddy'ego do miana największego seryjnego mordercy wszechczasów. Olbrzymia większość istot ludzkich podobnie jak inne gatunki zwierząt umiera podczas swego własnego snu."

Dziennikarz: „To jest faktycznie przerażające."
Nathan: „Tak, dodajmy do tego, że znaczna liczba tych nocnych zgonów, ma nieznaną przyczynę. Przez śmierć nagłą i otóż to. Teraz pogrążamy się w niewyobrażalnym strachu. We Francji każdego roku, 50 000 osób zostaje powalonych przez nagłą śmierć, „Mort Subite". Zdecydowana większość podczas spania. W około 90 procentach przyczyny zgonu są identyfikowane głównie z powodu patologii serca, najczęściej powodujących nagłe zatrzymanie krążenia, takich jak zespół Brugada. Mamy też udary. Zostało nam zatem setki, tysiące, a nawet miliony osób, które każdego roku umierają w nocy bez żadnego wyjaśnienia i to często wtedy, gdy mogli być w doskonałym zdrowiu!
Zjawisko to dotyczy wszystkich grup wiekowych, a nawet małych dzieci z przerażającym „MSN" albo zespołem nagłej śmierci niemowląt, który we Francji wciąż zostawia kilkaset ofiar każdego roku. Przyczyny są znane i rozpoznane, ale nie zawsze.

Nagła, niewyjaśniona, nocna śmierć jest plagą na całym świecie! Bangungut na Filipinach. Pokkuri w Japonii, Laitai w Tajlandii, Dolyeonsa w Korei. Digeuton w Indonezji. Bei gul ya w Chinach, co oznacza „zmiażdżony przez ducha". Mówiąc tylko o najbardziej znanych i aktywnych, najczęściej w Azji. Rodzaj „egzotycznego" Freddy'ego Krugera - nazwy, aby opisać syndrom, który jest szczególnie rozpowszechniony w Azji Południowo Wschodniej, gdzie jest czasem endemiczny. Syndrom związany ze złymi i śmiercionośnymi duchami. Podczas snu. W Tajlandii jest nawet pierwszą przyczyną śmierci wśród młodych ludzi. Blisko jeden przypadek na tysiąc mieszkańców rocznie.

Zespół nagłej, niewyjaśnionej, nocnej śmierci. Akronim SUNDS dla osób mówiących po angielsku. Ten zespół nagłej śmierci dotyka głównie mężczyzn, według badań od 80 do 95% zwłaszcza około czterdziestki. Na Filipinach nawet tylko 33 latków i to w badaniu obejmującym około trzydziestu lat pracy. Chociaż może się zdarzyć w każdym wieku. Należy również zauważyć, że nagłe zgony niemowląt trafiają się również głównie dla chłopców!!! Zjawisko to jest dobrze znane i budzące strach tak, że niektórzy mężczyźni w tych regionach przebierają się za dziewczynki. Transwestyci. W lokalnych gazetach, artykuły na ten temat zalecają więc, żeby przed pójściem spać nałożyć szminkę, pomalować paznokcie i założyć kobiece ubrania. Zjawisko to było tak ciekawe, ponieważ było ukierunkowane. Sądzono wtedy, że jest to nawet nowa broń bakteriologiczna lub chemiczna."

Dziennikarz, z lekko rozchylonymi ustami, całkowicie skupiony pokiwuje głową z lekką nutą zaskoczenia.
Profesor kontynuuje - „Możemy również przypomnieć o genezie powstania filmu „Koszmar z ulicy wiązów". Dwie bardzo podobne wiadomości z lat 70 tych, które donosił Los Angeles Time. Były to gwałtowne i nigdy niewyjaśnione zgony w środku nocy, pozornie zdrowych osób. Z niepokojącymi szczegółami dotyczącymi tych zniknięć. Spośród pierwszych zgonów zaobserwowanych i spisanych przez koronera oraz lokalnych prawników sadowych, potem przez media i przez lekarzy, po których nastąpią inni... 117 podobnych zgonów i tylko w latach 1981 i 1982!
Ze 117 ofiar aż 116 to mężczyźni!!! Ta straszna fala zgonów, która da początek terminologii „SUNDS", o której wspomniałem kilka minut wcześniej.
Fala, która spowoduje w głowie Wes Cravena na początku lat osiemdziesiątych zalążek myśli o wstrętnym Freddy'm. Autopsje nic nie wykażą. Śmierć ta, jak i wiele innych zostały i są całkowicie niewyjaśnione! Właściwie niewyjaśnione z czysto naukowego sposobu oczywiście. Wrócę trochę później do tego makabrycznego tematu

bardziej szczegółowo poprzez fenomen dobrze wyjaśniony i udokumentowany jakim jest: paraliż snu!"

Profesor Nathan robił małą przerwę. Bierze wdech i kontynuuje.

„Od pierwszego dnia naszej egzystencji, dni następne i aż do końca naszego życia jesteśmy przenikani, inspirowani, atakowani, prowadzeni, opętani przez cudowne siły Życia. Ale również przez Śmierć. Nawet jeśli to wydaje się spekulatywne w momencie, kiedy powietrze wypełnia nasze płuca po raz pierwszy! Wyzwalając nasz pierwszy dźwięk, pierwszy krzyk! I to, co przecież dopiero się zaczęło, będzie miało nieunikniony koniec. Wszyscy o tym dobrze wiemy.

W filozofii mówimy o Erosie i Thanatosie! I jak powstawanie, reprodukcja i destrukcja są samowystarczalne. Jest to prawdziwe dla wszystkich ludzi jak i dla wszystkich zwierząt, roślin a także dla wszystkich sił niewidzialnych, które reagują i budują nasz Wszechświat! W ten sposób fale rozciągające się w kosmosie, emitowane przez różne gwiazdy, budują się, rosną, łączą się w fazie z innymi falami. Wtedy mówimy o rezonansie lub wyczerpują się, neutralizują, znikają w przypadku, gdy spotkałyby się poza fazą. W bardzo zrównoważony sposób.
Eros i Thanatos ścierają się całe życie, a może nawet i potem... W nieskończonym cyklu życia. Gdybyśmy to przyznali, musielibyśmy przeanalizować, co rozumiemy przez Życie i co rozumiemy przez Śmierć!? Dwa stany, które wydają nam się tak różne, diametralnie przeciwstawne, a więc antagonistyczne. A pomimo tego całkowicie splecione jedno z drugim. Yin i Yang osadzone w dwutaktowym, wiekuistym walcu!
Śmierć, choć nie wydaje się być bardzo szczęśliwym i bardzo radosnym tematem w naszym zachodnim społeczeństwie, ponieważ ukazuje się jak „ostateczna", a w każdym razie co najmniej mroczna i ponura. Mimo gdy z czasem stajemy się nawet filozofem, a filozofia

służy w końcu głównie po to, by z większym spokojem przyjąć to zgubne przeznaczenie.

A jednak od pierwszego dnia naszego życia jesteśmy zaprogramowani na zniknięcie! Czas jest liczony natychmiast. Śmierć jest zapisana w naszym DNA, w każdej z naszych komórek. Samozniszczenie. Powolne, ale pewne. Być może i z tego względu tak spieszymy się żyć!? Bo aż do ostatniej chwili przed zniknięciem, jesteśmy „żywi"! Wykorzystujemy ogromną energię, aby wstać, chodzić, rozumieć, komunikować się, budować, wymyślać, tworzyć, przede wszystkim reprodukować się (Eros), kochać… zanim powoli, ale pewnie przekażemy pochodnie naszym dzieciom, które przekażą ją również swoim dzieciom, naszym wnukom. I tak dalej… i tak dalej…

Teoria, która cieszy się raczej konsensusem w świecie naukowym. Soma jednorazowego użytku, chciałaby, aby kolosalna energia nas budująca, nas utrzymująca, nas rozmnażająca w najlepszej, możliwej formie zapłaciła najdroższą cenę za nasza egzystencje. Czyli śmierć, precyzyjnie. Zauważmy, że w świecie zwierząt bardzo często, im łatwiej dany gatunek się rozmnaża i w sposób bardziej zrównoważony, tym krótsza jest jego oczekiwana długość życia. Ogólna zasada byłaby taka, że w obrębie danego gatunku pozostaną najlepsi producenci. Inni muszą odejść, ustąpić. Gatunek musi dać sobie maksymalne szanse na przetrwanie. Przekazując najlepsze geny. Życie odbija się dla tych, którzy mają największą żywotność dla przeznaczonego planu, który z góry jest bardziej zbiorowy niż indywidualny. Chociaż medycyna, nauka i technologie pozwalają w wyraźny sposób wydłużyć oczekiwaną długość życia. Wykorzystujemy więc skarby wyobraźni i zdawanie sobie świadomości przez 2/3 naszego życia. Od wschodu do zachodu. Zaniedbując, pogardliwie bardzo często… zbyt często, pozostałą „trzecią część". Oznacza to od 25 do 30 lat spania i od 5 do 6 lat śnienia. Nasze życie to także sen i marzenia. Chociaż zaczynamy

dopiero się tym interesować, przynajmniej część środowiska naukowego.
W skali ludzkości, Sen jest co najwyżej ignorowany, jeśli nie całkowicie niedoceniany, przynajmniej w naszym zachodnim społeczeństwie. Zupełnie inaczej jest w pierwszych cywilizacjach. Nawet jeszcze teraz w cywilizacjach w Azji, Oceanii i Ameryce Południowej. Właściwie wszystkich tych, którzy pozostali silnie związani z naturą...

„Stracony czas?". „Mała śmierć?" Sen pustoszy każdej nocy, to rodzaj nicości! Co zrobić z tą częścią dnia, w której „nic by się nie działo?", bo nic byśmy nie pamiętali. Albo pamiętali zbyt mało.

W mitologii greckiej Thanatos - śmierć i Hypnos - sen są braćmi bliźniakami. I oto może być źródło problemu dla niektórych a początek wspaniałych odkryć dla innych. Siły życia, jak również siły śmierci są przynajmniej tak samo obecne. Równie dobrze, kiedy śpimy jak i na jawie. Sen jest paradoksalny na więcej niż jeden sposób. Mówię o całym śnie, a nie tylko o fazie zwanej „snem paradoksalnym". Do tego wrócimy później.

Chciałbym zacząć od Thanatosa, w przeciwieństwie do „wigilii" albo do życia, które kojarzone jest z dniem, ze świtem i ze świadomością. Sen natomiast nawiązuje raczej do nocy, ciemności, podświadomości, nicości i Śmierci. Zauważmy, że w mitologii Thanatos i Hypnos są bliźniakami, dziećmi Nyx, (noc) i Ereb - uosobienie mroku i ciemności.

A jednak, jeśli nie śpimy? Jeśli już nie sypiamy? ...No wie pan, to umieramy!

Już pewnego razu Schopenhauer zwrócił na to uwagę w ten sposób: „Sen jest pożyczką udzieloną przez śmierć na podtrzymanie życia".

Jeśli nie śpimy - umieramy, ale możemy tez umrzeć we śnie. W rzeczywistości umieramy częściej, a nawet głównie podczas snu. Znacznie więcej właśnie w ciągu nocy, mimo kiedy czas dzienny jest podwójnie długi. Oczywiście nie umieramy ze snu, umieramy podczas snu. Nawet jeśli sen może sprzyjać wszelkiego rodzaju słabościom prowadzącym do śmierci, zwłaszcza w przypadku niewydolności serca, układu oddechowego, odporności. Z różnych i różnorodnych przyczyn najczęściej wyjaśnionych, ale nie zawsze! Niezliczone zgony dotykają ludzi, którzy apriorycznie są w doskonałym zdrowiu. Aby się o tym przekonać, należy co roku sporządzać listę "celebrytów" z różnych środowisk. Należy również zauważyć, że nadal istnieje wiele przypadków nagłego zgonu niemowląt, czyli SIDS (z ang. sudden infant death syndrome), które zdarzają się głównie podczas snu.
Co może wydawać się jeszcze bardziej dziwne - poza oczywistym dramatem rodzinnym, jakie wywołał on u wszystkich dotkniętych rodziców, to fakt, że walka Eros (miłości) kontra Thanatos (śmierci) niekoniecznie musi czekać wiele lat. Zwłaszcza, że niektóre badania wskazują, że przyczyna śmiertelna mogła być powiązana z „mechanizmami snu".
W szczególności poprzez deregulację produkcji serotoniny… 25% śmierci łóżeczkowej, pozostaje niewyjaśnionych. U niemowląt mówimy wtedy o „nagłej niewyjaśnionej śmierci niemowląt"
Więc! … (westchnienie) wiele zgonów podczas snu i to w każdym wieku! Oczywiście mogłoby to spowodować głębokie zamieszanie co do wielu istotnych właściwości i jakości snu. Bardzo dobrze i niezwykle szczegółowo opisane w bestsellerze profesora Matthiew Walkera: „Why we sleep"

W oczach wielu z nas, Śmierć i Sen mają zatem oczywiste więzi rodzinne. Ludzkość poprzez duchowość, ezoteryzm, religię, filozofię, medycynę daremnie dążyła do odkrycia tajemnicy Śmierci a właściwie życia pozagrobowego. Tak jak tajemnice Snu. Najbardziej mistyczni spośród nas, od najdawniejszych czasów do dzisiaj, tacy jak szamani, jogini, media i inni „nadświadomi", mają już odpowiedzi na te pytania. Ale ich zeznania i ich interpretacje nie są dłużej odporne na wymagania protokołów naukowych. Również te o „odtwarzalności istot żywych".

Pozostajemy więc w stanie, w świecie, w którym tylko nieliczni są wtajemniczeni i mają dostęp do tej wiedzy i wszystkiego co ona implikuje w zakresie bezpośrednich konsekwencji dla umysłu, ciała i jakości naszego życia. Nawet jeśli jest to trochę mniej prawdziwe na kontynentach, gdzie religie lub pseudo religie, tak zwane „silne intensywności duchowe" są bardzo obecne. Jak Taoizm, Buddyzm czy Hinduizm... pozwalające doświadczyć Merkaby!!! Co do tych najbardziej znanych.
Nawiasem mówiąc, co dotyczy „hipnotyków", Hypnos, czyli Bóg snu po grecku i innych „somniferów" - Somnus ten sam Bóg, ale wśród Rzymian.

Francuzi są pierwszymi konsumentami na świecie środków nasennych. Jest to mimo wszystko wielki hołd zarówno świadomy jak i nieświadomy dla bliźniaków Hypnosa i Thanatosa, ponieważ wiemy dzisiaj, że pigułki nasenne, jeśli na początku przybliżają cię do Snu to pod koniec poważnie zbliżają cię do Śmierci! Z ryzykiem przedwczesnej śmierci czterokrotnie a nawet pięciokrotnie w każdej kategorii wiekowej. Nawet jeśli trudno jest ocenić śmiertelną wagę przyczyn, które doprowadziły do brania preparatów nasennych. Ale te ostatnie mają poważne konsekwencje dla jakości snu a potem zdrowia, jeśli ktoś popadnie w uzależnienie.

Otóż to z grubsza z jakich powodów ja i garstka kolegów stworzyliśmy ten właśnie Instytut „IPSOS". Aby dogłębnie zbadać ten budzący grozę teren. Z pewnością miejscami zaminowany a i tak wciąż mało znany. To chyba wyjaśnia sprawę. Penetrować, badać dogłębnie sen, marzenia senne, aby zrozumieć ich mechanizmy i rozwiązać ich tajemnicę. Ogromne zadanie, które przykuło uwagę tysiąca osób na całym świecie. Stawka jest kolosalna. Chcemy wnieść w to swój wkład.

Czy mogę panu zaproponować poczęstunek, abyśmy zrobili sobie kilkuminutową przerwę, przed ponownym wznowieniem mojej prezentacji? Po tym długim wstępie, który z pewnością jest trochę destabilizujący i może nawet niepokojący. Rozwinę dalej o wiele bardziej radosną część… Wodę? Sok? Czy może kawę?"

Dziennikarz chętnie zgadza się na sok owocowy i podchodzi do jednego biurowego okna z widokiem na park. Wpatrzony w dal, zamyślony, wypija duszkiem szklaneczkę.

Malezja, Rok 1934

Rozdział 5. Wioska Senoi (część 3)

Dwoje podekscytowanych dzieci wpada do chaty Szamana Datu Bintunga. W swoim języku przekrzykują się jeden przez drugiego. Powtarzają na całe gardło… „Amerykanie! nadchodzą Amerykanie!... Idą ze słoniem i mają kobietę o ognistych włosach!"

Datu Bintung próbuje ich uspokoić: „Dobrze, bardzo dobrze, przyjmiemy ich, bo wiemy, jak powitać wszystkich cudzoziemców, którzy do nas przyjeżdżają. Jak przyjaciół, a więc z radością, dobrym humorem i gościnnością. Musieli iść kilka dni, żeby do nas dotrzeć. Muszą być bardzo zmęczeni. Liczę, więc na to, że natychmiast powiadomicie wszystkich członków naszego plemienia, aby przyjąć ich tak uprzejmie i hojnie jak to tylko możliwe. A my wiemy, jak to zrobić. Zaproponujmy im najpierw coś na odświeżenie. Biegnijcie teraz, ja również przygotowuję się na ich powitanie…"

Dzieci opuszczają chatę, wznawiając okrzyki - Amerykanie! … nadchodzą Amerykanie… nadchodzą!

Datu Bintung, co do jego osoby, przybiera on ubiór i wszystko co czyni go rozpoznawalnym, szanowanym i kochanym liderem. W szczególności wspaniałą koronę z ptasich piór w najpiękniejszych barwach … kilka naszyjników. Wychodzi z chaty i dostrzega w oddali, u wjazdu do wioski niewielką karawanę, która posuwa się bardzo wolno. W jej środku posuwa się bardzo imponująca masa. Rzeczywiście jest tam słoń. Prawdopodobnie w towarzystwie trzech lub czterech kucyków Bajou. Te małe koniowate niosą dużo bagażu. W końcu sześciu lub siedmiu ludzi uzupełnia ten mały oddział. Następnie Datu Bintung idzie im na spotkanie w towarzystwie około dwudziestu mieszkańców wioski, których ciała przyozdobione są długimi tropikalnymi liśćmi. A mniejsze zakrywają ich głowy. Każdy z nich trzyma w dłoniach mały bukiet kwiatów. Karawana nieznajomych zatrzymała się. Ugrupowali się tuż przed swoimi zwierzętami. Następnie mieszkańcy wioski rozpoczynają ceremonialny taniec powitalny tworząc krąg wokół swoich gości. Tańczą, śpiewają podskakując powoli, ale pewnie. Delikatnie uderzając się bukietami kwiatów po piersiach i plecach. Towarzyszą im inni rówieśnicy rytmicznie klaszcząc w dłonie. Krążą wokół swoich gości, tańcząc. Goście wydają się zachwyceni a nawet zdumieni tym radosnym przyjęciem.

Kilka minut później Datu Bintung podnosi obie ręce do nieba i w swoim języku wymawia wielkie „Witamy!"

Potem tancerze przerywają swoje tańce i także wypowiadają chórem „witamy" zanim udają się ciepło objąć tych przybyszy. Inni przynoszą wodę dla kuców i słonia, które wydają się jej potrzebować. Mężczyzna po czterdziestce ubrany na jasno brązowo z głową przykrytą kapeluszem kolonialnym opuszcza ten mały oddział cudzoziemców i udaje się na spotkanie Szamanem. Z bardzo szerokim uśmiechem kłania się lekko temu, który naturalnie jest wodzem tego plemienia. Prostuje się i w języku tego ostatniego wypowiada kilka słów…

„Witaj wielki wodzu. Miło poznać ciebie jak i całe twoje plemię. Nazywam się Pat Noone. Jestem antropologiem i etnografem. Mówiąc prościej jeżdżę na spotkania z plemionami przodków na całym świecie. Aby je odkryć, być może poznać i mam nadzieję zrozumieć. Odkryć ich wyjątkowość, sposób na życie. Jestem w waszym pięknym kraju od kilku lat. I dlatego też całkiem dobrze mówię w twoim języku. Będąc wyspecjalizowany w kulturze Temiar. Przedstawiam Ci mojego towarzysza podróży. Mojego asystenta, a zwłaszcza mojego przyjaciela."
Następnie wskazuje na dużego mężczyznę z szerokimi ramionami. „Oto Kilton Stewart, który szkoli się w psychologii, w szczególności studiując różne plemienia na całym świecie. Nazywam go również Torso w hołdzie dla jego imponującej postury, która sprawia, że zielenieją z zazdrości nawet mistrzowie w pływactwie."

I Noone uderza go lekko, pięścią w ramię.
Patrzy na Datu Bintunga i kontynuuje... „To dubler Johnny'ego Weissmullera... no wiesz?!? Tarzan!!!"
I nagle zaczyna się: „OOOO ahhhhooooo ohhhh" słynny krzyk Tarzana. Wódz patrzy na niego dziwnie bez żadnej reakcji. Noone wtedy dodaje trochę zaskoczony: „Jak to? ... nie znasz Tarzana? - unosi lekko brwi w oczekiwaniu na odpowiedź.

Reszta naszej grupy składa się z personelu pomocniczego dla naszego bezpieczeństwa, naszego zdrowia, naszej żywności. Bardzo doceniliśmy wasz taniec powitalny. Jestem bardzo entuzjastycznie nastawiony na poznanie innych waszych członków."

Szaman zabiera głos: „Jestem przywódcą i duchowym przewodnikiem tego plemienia. Nazywam się Datu Bintung, to jest moja rodzina. Moja kobieta Shaishai i mój syn Impian. W odpowiednim czasie przedstawię wam wszystkich, innych członków naszego plemienia. Zakładamy, że jesteście bardzo zmęczeni podróżą, dlatego oferujemy poczęstunek i napoje dla ciebie i twoich ludzi oraz twoich zwierząt. Chodź ze mną, ludzie zaopiekują się twoimi zwierzętami."

Kilka godzin później, w wiosce odbywa się wielka uczta na otwartej przestrzeni. Duży ogień oświetla gości ze wszystkich stron, gdyż słońce zaczyna już prawie zachodzić.
Cała ludność zebrała się wokół tego ogniska o średnicy około dziesięciu metrów. W centrum kręgu siedzi Datu Bintung, a obok niego Noone i Stewart. Wszyscy spożywają posiłek, składający się z tapioki, manioku, kukurydzy, ryżu górskiego, pieczonych wiewiórek i owoców. Każdy z gości siedzi na małym materacu wykonanym z liści i innych roślin.
Noone zaczyna opowiadać swoją historię, swoje przybycie na Półwysep Malezyjski. Swój wybór, swoje motywacje. Swoją wielką bliskość z bratem Richardem, również obecnym na półwyspie.

Datu Bintung jest pod wrażeniem jego pracy oraz badań… i mówi: „Mamy tutaj nasze własne tradycje, tańce i rytuały wszelkiego rodzaju. Podobnie jak w przypadku innych plemion, również i my posiadamy swój taniec ceremonialny. Jest to taniec bardzo szczególny - Chinchem. Ten taniec został nam objawiony we śnie przez ducha tygrysa, najbardziej przerażającego drapieżnika dnia. Ten duch jest uważany za jednego z najpotężniejszych, który może zaatakować w nocy i odebrać ci życie podczas snu. Przekazano nam ten taniec kilka pokoleń temu i od tamtej pory w ramach naszej tradycji przekazujemy go dalej.
Oprócz możliwości, że duch zabierze nam życie we śnie, możemy również natknąć się na niego w ciągu dnia, zwłaszcza w dżungli. Może on również pomóc w odstraszaniu złych duchów oraz chorób. Mimo że ta ochrona czasami jest kosztowna, może nas uchronić przed wieloma nieszczęściami.
Taniec, w którym wzywamy ducha tygrysa, ma na celu odpędzenie chorób i nieszczęść, które mogą dotknąć naszą wioskę. Chociaż ten taniec działa wspaniale, nie jest pozbawiony ryzyka dla tancerzy,

którzy często wpadają w trans, aby przekazać nam energię ducha. Niestety, czasami kończą zupełnie wyczerpani i potrzebują reanimacji."

Noone tłumaczy w miarę jednocześnie dla Stewarta, który nie mówi wystarczająco dobrze Temiar. Kiedy Datu Bintung opowiada o tańcu i duchu tygrysa przenoszonym przez sny, Kiltonowi rozjaśniają się oczy. Następnie prosi Noone, aby ten powiedział wodzowi o jego pracy i o badaniach snów przez hipnozę. Noone tłumaczy, Datu Bintung i Stewart spoglądają sobie prosto w oczy, po czym po obu stronach pojawia się szeroki uśmiech.

Datu Bintung ponownie mówi: „Sny odgrywają bardzo ważną rolę w naszej kulturze. Dla mnie jako Szamana, sny pozwalają mi na komunikację z duchami, wzywanie ich w razie potrzeby i znajdowanie rozwiązań naszych problemów. Są one również istotne dla mieszkańców naszej wioski i okolicy. Duchy zamieszkują sny i często możemy je spotkać, aby się czegoś nauczyć lub zrozumieć coś ważnego. Aby wzrastać, wzmacniać się i to z natychmiastowymi korzyściami dla zdrowia, zarówno fizycznego jak i psychicznego. To korzyści indywidualne i świadczenia zbiorowe. Nasze społeczeństwo, jeśli nie ma wszystkiego co wasze może zaoferować w dobrach materialnych, oferuje nam duchową intensywność. Daje nam pogodę ducha, wyciszenia, a przede wszystkim zbliża nas do siebie. Dzieci świetnie się bawią wspominając swoje sny. To właśnie one często są bardziej niespokojne niż dorośli. Wypędzając z nich największego demona jakim jest strach wzywa się je do cierpliwości i ufności. Łatwiej jest mówić o samych snach, czasem zdumiewających, mylących, ale odkrywających głębokie „Ja" niż mówić o swoich pragnieniach, swojej jaźni w prawdziwym świecie. Nikt nie będzie cię oceniał po twoich snach. Nikt, bo one bardzo częste są otoczone tajemnicami i zagadkami, a jednak wydzielają niezwykłą część naszej osobowości. Komunikacja jest niezbędna między ludźmi. Im więcej rozmawiamy ze sobą o tym, co nas spotyka, dotyka, co naprawdę na nas wpływa, tym bardziej eliminujemy nieporozumienia… tym bardziej eliminujemy niepotrzebny stres.

Żyjemy w spokoju, ponieważ uwalniamy się od naszych demonów, naszej złej energii, poprzez sny. We śnie często spotykamy duszę, która chce nam pomóc w rozwiązaniu któregoś z naszych problemów, czasem w sposób jasny i bezpośredni, a częściej w sposób metaforyczny lub enigmatyczny. Następnie przekazujemy jej przesłanie poprzez ceremonialny taniec. Dusze przemawiają przez nas podczas tańców. W tym celu musimy osiągnąć wysoki poziom świadomości. Wejście w trans jest najkrótszą drogą. Podobnie jak w przypadku Chinchem i ducha tygrysa, charakterystycznego dla tego miejsca, dotyczy to również innych duchów, czasem bardziej dyskretnych...
W snach jest wiele rzeczy, że rozmawianie o nich zajęłoby całe noce. Od jutra będziecie mogli rozmawiać z chętnymi członkami plemienia. Poprosisz ich o wszystko, co chcesz, oczywiście nie urażając ich. Już późno, idę do chaty, odpocząć, spać… i marzyć, śnić! Życzę wszystkim wspaniałej nocy pełnej przygód, odkryć i duchowości."

Datu Bintung wstaje i po cichu udaje się w stronę swojego domu w towarzystwie żony.

Stewart, następnie woła Noona. „To jest bajeczne! To plemię to marzenie, dosłownie jak i w przenośni. Będą mogli doskonale uzupełnić moje studia po tych o Ainous z Japonii, łowcach głów z Formose czy Negritos z Filipin".

Tych dwóch przyjaciół pozostanie w wiosce przez około dwa tygodnie. Noone pogrąża się całkowicie w życiu tubylców, a Stewart robi „testy psychiczne". Zawsze mogąc liczyć na Noona w tłumaczeniu każdej z rozmów. Stewart, oprócz testów psychicznych, postanawia również za zgodą kilku tutejszych osób zahipnotyzować je, aby zanurzyć się w ich nieświadomości i snach. Jest zachwycony, ponieważ w ten sposób może dogłębnie studiować te istoty, które emanują pewną formę niewinności, czystości i spokoju. W szczególności interesują go osoby o wielkiej duchowości, takie jak Szaman Datu Bintunga.

Gdy mały oddział przygotowuje się do wyjazdu następnego dnia, Datu Bintung proponuje Noone i Stewartowi spędzić ostatni wieczór w jego chacie, aby podsumować ten wspaniały pobyt. Następnie rozpoczyna się długa dyskusja, w której Noone i Stewart w pełni opisują, czego byli w stanie się nauczyć i zanotować, aby pomóc odkryć reszcie świata tę fantastyczną grupę etniczną.
Szaman pyta Kiltona skąd bierze się jego pragnienie do odkrywania ludzi na całym świecie i studiowania ich. Skąd to pragnienie obserwowania snów innych ludzi.
Następnie Kilton precyzuje: „W indiańskim rezerwacie Utah, gdzie spędziłem młodość, spotkałem Szamana. Opowiedziałem mu o przerażającym śnie, który nawiedzał mnie wielokrotnie - stałem tam prawie całkowicie nagi, naprzeciwko groźnie wyglądającego kojota. Byłem przerażony. Jego ogon przeszywał powietrze i łaskotał mój brzuch. Szaman powiedział mi wtedy, że to było bardzo dobre, że kojot dał mi znak. Zostanę uzdrowicielem i przez to będę mógł leczyć ludzi!! Oczywiście ta interpretacja bardzo mnie naznaczyła i na pewno popchnęła mnie do stania się tym, kim jestem. A ty, dlaczego zostałeś wodzem tego plemienia?"

Datu Bintung: „Przekazujemy to ciężkie zadanie z pokolenia na pokolenie. Mój ojciec był wodzem tego plemienia przede mną, a mój syn Impian przejmie po nas władzę. Myślę, że nasza rodzina, nasze ciała i nasze umysły są niesamowicie połączone z naturą. Z naturą i wszystkimi duszami, które ją tworzą. Obcowanie z naturą i duchami pozwala nam żyć w zgodzie z nimi. Wszyscy ze sobą rozmawiają i szanują się nawzajem. Od dnia do nocy. Od przebudzenia do zaśnięcia, od początku życia do śmierci. Szamani z tej wioski jesteśmy jak wielkie naczynia. Jesteśmy oddani widzeniu, słuchaniu tego, co każdy może zobaczyć i usłyszeć, a także postrzegać to, co możemy nazwać światem niewidzialnym. Światem nocy lub światem duchów. Byłem zachwycony jak i wszyscy osobnicy z wioski, że mogliśmy was tu powitać i nie wątpię ani przez sekundę, że wkrótce znów nasz zobaczysz. Może za kilka miesięcy? Ale wrócisz, a wtedy z przyjemnością cię powitamy, zatańczymy dla ciebie, żeby duchy o was nie zapomniały i żeby czasem przyszły wam w potrzebie."

Paryż naszych dni

Rozdział 6. IPNOS SNY: doznania

Kiedy wypił ostatni łyk wody, Nathan rzuca dziennikarzowi przeszywającym, zaciekawionym spojrzeniem: „To piękny dzień, by umrzeć (?)..."

Dziennikarz poczuł gwałtownie jak jego oddech zmienia się i próbuje go ustabilizować.

„To ukłon w stronę filmu „Linia życia" z Julią Roberts i Kiefferem Sutherlandem w rolach głównych. Niekoniecznie mówię o tej śmierci, która prawdopodobnie zepchnęłaby nas definitywnie 6 stóp pod ziemię. Na chwilę zakończę najbardziej tragiczną część mojego wypowiedzenia przywołując szybciutko NDE - Near Death Experience. Mniej tragiczne, ale niekoniecznie mniej przerażające... Po francusku mam na myśli doświadczenie: „Expérience de mort imminante" – (EMI) oraz OBE: Out of body, czyli wyjście z ciała! Które ostatecznie są prawdopodobnie bardzo bliskie z neurofizycznego i neurobiologicznego punktu widzenia. W treści i być może także w formie.
Kiedy doświadcza pan NDE lub OBE po raz pierwszy poprzez głęboką lub na wpół głęboką śpiączkę, mając nadzieję, że w tym przypadku będzie to pierwszy i ostatni raz lub poprzez relaksacje, medytacje czy zadumę dokładnie. Pierwsza rzecz, która przychodzi

panu na myśl to z całą pewnością ogarnięcie strachem i przerażenie. Jest to uczucie, że prawdopodobnie byłby pan martwy! W przypadku NDE myśli pan o tym bardzo poważnie, ponieważ dostał pan niezwykle gwałtownego wstrząsu fizycznego, który może zmienić pańskie funkcje życiowe lub nawet całkowicie je zatrzymać! Gwałtowny wstrząs fizyczny i również gwałtowny psychicznie i emocjonalnie, powoduje natychmiastową reakcję całego organizmu, a w szczególności mózgu.
Ten ostatni doświadcza znacznego wzrostu aktywności elektrycznej. Coś w rodzaju reakcji samoobrony dążącej do ochrony integracji funkcji, takich jak możliwość zapisania, wyrycia tego doświadczenia w pamięci tak głęboko, jak to tylko jest możliwe. NDE lub OBE. Przy czym OBE często po tym następuje, ale nie zawsze. Wtedy wychodzi pan ze swojego ciała i przelatuje nad nim na wysokości około półtora metra. Wysokość, która jest konsensusem ze wszystkimi zeznaniami na ten temat... a już na pewno biorąc pod uwagę standardową wysokość sufitów. Unosi się pan nad swoim ciałem i słyszy prawie wszystko, co można usłyszeć w tej wyjątkowej chwili. Podczas NDE, jeśli jest pan pod dobrą opieką, dość szybko i prawdopodobnie przy odrobinie szczęścia, powinien pan wrócić do swojego ciała. W końcu się obudzić i rozpamiętywać tą niezwykłą sytuację z często bardzo precyzyjnymi informacjami.

Wielokrotnie wyśmiewaliśmy, a w każdym razie często wątpiliśmy w jakość i prawdziwość tych doświadczeń, aż do uzyskania zeznań osób niedosłyszących lub niedowidzących. Lub kiedy jest to po prostu kwestia osób całkowicie niewidomych, przekazujących bardzo dokładne informacje na temat wspomnień słuchowych lub/i wzrokowych, tymczasowo odnalezionych w tym innym stanie świadomości. Świadectwa, które nie mogą być bardziej niepokojące i które podważają wszelkie interpretacje sceptyków naukowych. Mógłbym też mówić o świadectwach dotyczących wizji i obserwacji obiektów w pewnych miejscach, które były dla człowieka zupełnie niedostępne, z wyjątkiem możliwości latania jak ptak. I nie mówię panu, przynajmniej na razie, o Nicolasie Fraise. Dobrze udokumentowane zjawisko, które zostało ostatnio podchwycone przez media.

Podkreślmy i zanotujmy nadprzyrodzony charakter „nadświadomości", określenia najczęściej używanego na ten temat, który może ożywiać, przywracać, reintegrować częściowo lub całkowicie zanikłe zmysły. Zauważono również, że czasami w wielu eksperymentach, ludzki mózg mógłby być w jakiś sposób przeprogramowany. Inne deficyty, poza tymi zanikającymi zmysłami, mogą również zniknąć na stałe.
Niedobory, patologie, osoby uzależnione... jak palacze, którzy natychmiast rzucają palenie. Lęk wysokości, pająki oraz wszelkie inne fobie, które znikają w jednej chwili.
Tutaj ostatecznie zamykam tymczasowo ten wymiar, nieco mglisty a nawet dosyć ciemny dla niewtajemniczonych. Powiązany ze snami i odmiennymi stanami świadomości. Ale który, jak mi się wydaje, nadal fascynuje."

Dziennikarz: „Profesorze, a co z początkiem snu? Co z zasypianiem?"
Nathan: „Tak, tak już mówię... wyczuwam u pana tą ciekawość. Mam nadzieję, że nadąża pan z robieniem notatek? Czy mógłbym zwracać się do pana po imieniu? Lucian, Tak?"
Lucian: „Oczywiście, nie widzę przeciwności"
„A więc widzisz, drogi Lucianie" - kontynuuje profesor.

„Zasypianie to inaczej „hipnagogia" to etymologicznie pochodzący wyraz od hipnozy (Hypnos)- „sen" i od agoge- „zachowanie" lub „prowadzący do...", w edukacji spartańskiej! Czyli okres, który prowadzi do snu. Absolutnie pyszny moment, który pamiętamy może nawet mniej niż sny, ale który dla koneserów potrafi być wyjątkowo smaczny. Tak nieuchwytny, że mogą go spróbować tylko eksperci w tej dziedzinie. Pamiętamy go jeszcze mniej niż wszystko inne,

ponieważ na początku nocy mózg i pamięć będą się udzielać przez 7 do 8 godzin w ciągu kilku cykli. Gdyby cała noc była jednym wspaniałym ciastem czekoladowym, okres hipnagogiczny byłby wisienką na torcie!
Musimy jednak ponownie przyjrzeć się tej metaforze ciasta, która chce, aby soczysta wisienka została umieszczona właśnie na samym wierzchu. Aby pojawiła się jako ostatni element dekoracyjny i uczyniła go jeszcze bardziej apetycznym. Przypadek, który nas interesuje, to ta właśnie wisienka, ponieważ zjadamy ją jako pierwszą, a która „waży" tak mało w porównaniu z resztą ciasta. Musimy mówić rzeczy takimi, jakie są. Nie jest łatwo przejść całkowicie i trwale z trybu biernego do snu mądrego obserwatora. Wymaga to pewnego rodzaju wyszkolenia i mistrzostwa, to znaczy świadomości i optymalizacji niezwykle delikatnego zapamiętywania, ponieważ jest to co najmniej ulotna, nieuchwytna chwila. Od pierwszego wejrzenia, pamiętanie o „zasypianiu" wymaga dużej koncentracji.

Generalnie, kiedy zasypiamy, to odpadamy fizycznie i psychicznie dość brutalnie i wciąż mamy tylko mgliste, bardzo mgliste wspomnienie. No i czy w ogóle musimy coś pamiętać? Bo jest to prawie tak, jakby wszystko było odłączone. Zaczynając od naszego mózgu. A jak to spamiętać, skoro wszystko jest już rozłączone? Zwłaszcza, że podobnie jak w przypadku snów, jeśli masz przypływ świadomości, zbyt dużą jasność umysłu, ryzykujesz skrócenie procesu i dlatego się obudzisz. Jest to zbawienna reakcja samoobronna w przypadku bardzo złych koszmarów. Niemniej jednak gimnastyka, rygorystyczny trening świadomości pozwolą ci wszystko zapamiętać. A więc i wszystko docenić. Zaczyna się to tak naprawdę od wyjątkowego momentu utraty przytomności. Kiedy się wahamy, toniemy. To nieco miękkie, otulające ciepło, które natychmiast przenosi nas do oazy spokoju, lekkości, wyciszenia- ten odpoczynek! Już po prostu zamykając oczy. Już po prostu zakrywając uszy. Już po prostu kładąc głowę na miękkiej poduszce.

Gdy tylko odłączysz się od świata zewnętrznego. Gdy tylko twoje zmysły zostaną znacząco zmienione i spowolnione. Twój mózg emituje fale elektromagnetyczne o niższej częstotliwości, szersze, bardziej relaksujące. Fale Alpha. Kiedy zasypiasz, lekko, a potem głęboko, twoje zmysły zanikają, a zdolności motoryczne stają się prawie zerowe, a to po to, aby nie odtwarzać na zewnątrz tego, co twój mózg wierzy, że może osiągnąć w środku! Jest to samoobrona, nawet jeśli zjawisko takie jak somnambulizm istnieje, zwłaszcza u najmłodszych, no ale nie tylko. Albo nawet jeśli czasami widzimy ruchy w szczególnie wzburzonym śnie. Tylko mózg, oczy i narządy płciowe nadal reagują doskonale, a czasem są nawet bardziej wzmożone. Na tym etapie i prawdopodobnie później nie można wyciągnąć wniosków. Ani nawet dojrzeć, teoretyzować czy interpretować czegokolwiek. To tylko odczuwalne wrażenie. Zaczyna się od uczucia pominięcia schodka, potknięcia się… niezwykle ulotnego, ledwo wyczuwalnego. Odczuwamy to znacznie lepiej w odwrotnym kierunku, kiedy „wracamy" i bez powodu, świadomość również powróciła, nawet jeśli nie jest jeszcze optymalna. To uczucie, gdy przegapiłeś jeden schodek. Twoja równowaga jest domyślnie pobrana. Całe twoje ciało naciska w dół lub w górę, w zależności od tego czy leżysz na plecach czy na brzuchu. Z fazowym opóźnieniem, przesunięciem tego, co postrzega twoje ciało w porównaniu z tym czego oczekiwał twój mózg. Podczas zasypiania to jest właśnie ten efekt, ale nie ma góry ani dołu. Istnieje brak grawitacji, nie ma miejsca, nie ma czasu. Jesteś po prostu popychany do przodu. To nie jest skok w przepaść czy skok na bungee. To coś dużo bardziej miękkiego, tylko „efekt pominięcia tego schodka", ale bez żadnego złego samopoczucia w tle, bo tak naprawdę nie mamy czasu.

To „odczepienie" jest tak szybkie, a uczucie, które następuje po nim jest tak przyjemne, że dajesz się ponieść. Potykasz się, a potem czujesz, że zostajesz popchnięty do przodu. Słowo „szybowanie" bardziej byłoby odpowiednie, ponieważ nie czujesz fizycznego efektu i jest to przyjemne uczucie. Każdy termin używany relatywnie w odniesienia do ruchu, może prowadzić do skojarzonego wrażenia fizycznego.

Gdybym chciał, żeby to było krótsze, ale bardziej dyskusyjne, powiedziałbym, że poczulibyśmy coś w rodzaju „wypędzania". Może się to wydawać gwałtowne i przesadne, ale jeśli przyjrzymy się przeciwnemu efektowi, a zwłaszcza złemu przeczuciu, które za tym idzie, wydalenie czy wypędzenie jest właściwie dopuszczalne. Podczas zasypiania przechodzisz z jednego stanu do drugiego, ale nie za jednym razem, nie na raz. Istnieje okres przejściowy. Jak zauważyłeś wcześniej zwany hipnagogia. To niesamowity czas, w którym mogą wydarzyć się niezwykłe rzeczy.

Dwa stany świadomości lub półświadomości zderzają się ze sobą. Twój umysł się odłącza, ale powoli. Twoje zmysły również się rozłączają, ale powoli. Krok po kroku. Więc twój rozum może płatać magiczne figle twoim zmysłom, ale odwrotnie jest to również prawdziwe. Wkraczasz w obszar potencjalnej strefy zamieszania, którą, niektórzy naukowcy nazywają trybem rozproszonym. Najwyraźniej nie byłbyś w stanie odróżnić, co jest prawdą, a co nie, ponieważ twoje odczucia są spotęgowane, powodując poczucie rzeczywistości, które przewyższa percepcję.

Przykład? Jeśli idziesz spać po przeczytaniu lub obejrzeniu czegoś niezwykłego, w książce lub w telewizji, w sensie szokującym, a nawet wstrząsającym. Twój umysł, może i prawdopodobnie pozostanie w trybie alarmowym, gdy się rozłącza. Jeśli w filmie ktoś bardzo mocno zapukał do drzwi budząc jakąś formę strachu lub niepokoju. Jeśli ten fragment jest i pozostaje bardzo silnym momentem w twoim umyśle, kiedy kładziesz się do łóżka, to w okresie hipnagogicznym czując najmniejsze wibracje dźwiękowe ledwo wyczuwalne na jawie, może być to odebrane jako mocne pukanie do twoich drzwi! Drzwi u ciebie! Rozbudziłbyś się gwałtownie, przekonany, że ktoś pukał właśnie do twoich drzwi! Kiedy, prawdopodobnie to było tylko bicie twojego serca! Najmniejszy bodziec zewnętrzny można przetłumaczyć jako bodziec czegoś znacznie ważniejszego. Każde zewnętrzne doznanie może zostać wzmocnione do tego stopnia, że wywoła natychmiastowe reakcje czujności, a nawet paniki. Wystarczy kropla wody. Najdrobniejsze uczucie wilgotności w nosie, by wywołać uczucie duszenia się, tonięcia, wessania na dno basenu. Wystarczy płomień zapalniczki przy twarzy, a sprawi, że pomyślisz, że płonie twój dom lub że ty sam płoniesz; i tak dalej i tak dalej. To proces ochrony, konserwacji, który czasami płata paskudne figle.

Do tego okresu hipnagogicznego wrócę nieco później, bo jeśli może on być źródłem wielkiego zamętu psychicznego i generować stres oraz intensywny niepokój. To równie dobrze może być źródłem niesamowitej kreatywności artystów, badaczy, naukowców i wybitnych postaci w historii, którzy zapoznały się z tym zmodyfikowanym stanem świadomości, żeby rozwijać się w swojej dziedzinie, aby iść do przodu i czasami znaleźć genialne pomysły. Wtedy będziemy mówić o „drzemce Eureka".
Przed tym jednak, drugie zjawisko zmienionej świadomości, które jest zdecydowanie i desperacko niepokojące, a nazywa się paraliż senny. Chociaż nie jest unikalny dla okresu hipnagogicznego. Znajdziemy go w fazie przechodzenia z jednego stanu do drugiego, ponieważ to w fazie przejścia między tymi dwoma stanami pojawi się i zainstaluje. Gdy twoja aktywność mięśni się rozłącza, jedno zaskoczenie lub po prostu przebudzenie świadomości pozwala ci zdać sobie sprawę, że całe twoje ciało jest sparaliżowane. To naprawdę bardzo nieprzyjemne, a nawet przerażające uczucie również wówczas, gdy za pierwszym razem próbujesz walczyć z tym zjawiskiem, które w gruncie rzeczy nie może być bardziej naturalnym. Ale w niektórych kulturach takie chwile są interpretowane jako nadprzyrodzone, mistyczne momenty... czasami mówimy o opętaniu...
Paraliż senny został obszernie opisany w książce Shelley Adler. „Sleep Paralysis : Night-mares, Nocebos and the Mind-Body Connection".

Czyli paraliż senny, koszmary senne, sny i połączenie umysłu z ciałem. Wrócę do tego trochę później, bo to ważny rozdział snów. Na drugim końcu snu znajduje się tak zwany okres hipnopompiczny! Zawsze w odniesieniu do Hypnosa, Boga snu i do psychopompe: dyrygenta dusz. Okres, w którym dusza pozostaje między dwoma światami, jesteś prawie obudzony, ale nie całkiem!
Mówimy wtedy o bezwładności snu, powodujący wolniejszy czas reakcji i upośledzoną pamięć krótkotrwałą. Tak jakby sen cię bombardował, ostatnimi upiornymi rzeczami! Czasem możemy również zaobserwować tak zwany REM. (Rapid Eye Movment) zjawisko znane jako szybkie ruchy gałek ocznych występujące u osób nieobudzonych. REM charakterystyczny jest dla okresów snu paradoksalnego. Chwila pomiędzy dwoma światami, zaburzająca zmysły i umysł. Moment, w którym mogą wystąpić najintensywniejsze sny! Powodujący wielkie zamieszanie, gdy sen, który opuściłeś, nie różni się zbytnio od ziemi, na której się budzisz. Jeśli byłeś głęboko we wszechświecie, na egzotycznej planecie ścigany przez gigantyczne półprzezroczyste ślimaki, twój mózg nie ma z tym problemu, wie, że byłeś we śnie i to „przejście" odprowadzi cię z powrotem do świata prawdziwego. Ponadto, jeśli byłeś we śnie z przyjaciółmi lub krewnymi w domu, a tym bardziej w pokoju, „przejście" może być nieco mylące ze względu na „brak" wyjątkowo nieznanego otoczenia.

Nie wszystkie budziki są sobie równe. Niektóre są bardziej bolesne niż inne. Brutalne. Kiedy nie masz czasu, by obudzić się delikatnie, w cieple i lekkości, a zasypiasz w stanie uspokojenia, powrót do rzeczywistości może być co najmniej destabilizujący, a nawet przerażający. Kiedy spędzasz dużo czasu w wodzie, a potem wychodzisz to ponownie podlegasz ziemskiej grawitacji. Doznajesz natychmiastowego obciążenia ciała, które wydaje się jakbyś przytył dziesięć, dwadzieścia kilo lub nawet więcej w zależności od czasu jaki w niej pozostawałeś. Grawitacja, która może nawet obudzić wszelakie bóle.

Powrót do ciała fizycznego jest niezwykle wrażliwy i często bardzo nieprzyjemny, a nawet przerażający, zwłaszcza że może się to powtarzać wielokrotnie. Mimo to większość z nas przyzwyczaja się do tego uczucia i przestaje zwracać uwagę na trudność tego momentu.
Jeszcze dwa kolejne, bardzo spektakularne zjawiska, jakie mogą wystąpić podczas snu. Za każdym razem wynikające z dysfunkcji mózgu, co można by w uproszczeniu powiedzieć, że byłby on, jak gdyby „pomiędzy dwoma światami".
Lunatykowanie. Twój umysł śpi, a w każdym razie w większości przypadków, ale twoje ciało nadal się porusza, wykonując najprostsze, najbardziej powtarzalne gesty, na przykład picie lub jedzenie.
Nocne lęki, naprawdę bardzo spektakularne. Dotyczą one głównie niemowląt lub małych dzieci. Sprawiają wrażenie, jakby maluchy dotknięte tym zjawiskiem były przerażone, ale tak naprawdę uważa się je za śpiące. Te przerażenia, będą trwały minuty, które często wydają się godzinami, ponieważ napięcie jest ogromne, nieustanny płacz i krzyki! Następnego dnia maluchy nic nie pamiętają i wydają się zupełnie niewzruszone tym nocnym wydarzeniem, w przeciwieństwie do rodziców lub rodzeństwa.

Drogi Lucianie, najlepsze zostawiłem ci na koniec. Z tym, co dziś można nazwać „sny prorocze"! Są one innymi snami i które w starszych cywilizacjach były czasami nazywane snami wróżbiarskimi. Wyroczniami. Ale zróbmy sobie małą przerwę, jeśli nie masz nic przeciwko."

Malezyjska dżungla, styczeń/marzec 1938

Rozdział 7. Senoi (część 4)

Powrót na wyżyny malezyjskich dżungli. U boku Szamana Datu Bintunga stoją Pat Noone i Kilton Stewart oraz piękna, młoda kobieta, która jest bardzo dobrze ubrana, pomimo bardzo niesprzyjających warunków na zewnątrz. Na brzegu rzeki obserwują jak około dwudziestu Senoi ustawia się w wodzie, która sięga im mniej więcej do poziomu podbrzusza. W rzeczywistości chodzi o „Semelai" sąsiednią grupę etniczną, która przyjechała w odwiedziny. Kilka szeptów... uśmiechów, gwary.

Jeden z nich podnosi rękę na kilka sekund i daje znak do rozpoczęcia, stukając płaską dłonią w powierzchnię wody. Wtedy zaczyna się prawdziwa symfonia, w której jedynym instrumentem muzycznym są ręce Samelai. Uderzają oni w powierzchnię wody, uderzają w wodzie. Klaszcząc i stukając w jednym kierunku, a potem w drugim. Czasami klaszczą w dłonie w rytmie z różnymi wariacjami, oferując multum dźwięków. Różne barwy i różna intensywność w zależności od siły klaskania.
Woda bryzga raz po raz. Rozpryskuje się na wszystkie strony. Brzęczenie spadających kropli otula wszystkich wokół, pieści, kołysze. Ta wodna symfonia, klepanie, klaskanie... tykanie, klaskanie... klepanie... odchodzi, rozciąga się powolutku, ustaje wolno, ale pewnie. I nagle znów przyspiesza, rytm się zmienia. Wariacje się zmieniają...
Między ciągłym, kontrolowanym klaskaniem w zmieniających się przyspieszających rytmach, zamykając oczy pozwalasz sobie odejść, zrelaksować się, stajesz się lekki. Przywołując spokój i ciszę, prawdziwą oazę słodyczy i pokoju w obecności uśmiechającej się i odprężonej natury. Uczucie pełni, jakie można doświadczyć na nadmorskiej plaży. Albo dając się ponieść ukołysaniu przez deszcz.

Datu Bintung szepcze cicho do ucha swych najbliższych sąsiadów: „Semelai jak możecie zauważyć są bardzo bliscy wodzie. Zamieszkują w pobliżu wielu bagien. Naturalnie są nawiedzani przez duchy wody, być może nawet one ich zamieszkują. Duch wody jest źródłem życia, spokoju, a także duchowości. Ta muzyka nazywa się Ketimpoeng. To ich osobiste świętowanie, tak jak my świętujemy ducha tygrysa z tańcem Chinchem. Duchy natury są wszędzie, towarzyszą nam, inspirują nas, prowadzą nas."

Wkrótce Semelai zakończą swoją znakomitą, wodną muzykę, bardzo dumni z siebie. Gratulują sobie i obejmują się w krzykach radości. Gorące, intensywne oklaski słychać ze strony kilku obecnych widzów. Następnie cała grupa zaczyna wracać do wioski. Jest późno, wszyscy idą spać.

Następnego ranka Noone, Stewart i młoda kobieta udają się do chaty Datu Bintunga. Obecny jest także jego syn Impian, który wydaje się szczególnie zachwycony, bo właśnie wrócili z kilkudniowej wyprawy do dżungli, przynosząc mnóstwo owoców i kilka małych zwierząt.

To Stewart zabiera głos i mówi: „Teraz, kiedy już trochę znam wasz język, pozwólcie, że sam przedstawię wam moją sekretarkę - panią Claudię Parsons, którą poznałem w zeszłym roku w Kambodży. Na początku Claudia była trochę sceptycznie nastawiona do naszego projektu, ale obecnie jest szczególnie zadowolona z dołączenia do nas. To właśnie z Pat Noone, którego dobrze znasz i teraz z panną Parsons wznowimy nasze sesje odkrywcze. Panna Parsons napisze dla nas bardzo szczegółowe raporty i dołoży wszelkich starań, aby jak najdokładniej spisać naszą wymianę zdań. Pat będzie kontynuował tłumaczenia, ponieważ doskonale włada waszym językiem."

Impian: „Czy będę mógł wziąć udział w jednej z twoich sesji? Nie miałam takiej możliwości, kiedy przyjechałeś tu 3 lata temu. Chciałbym wziąć udział, ponieważ moje sny są szczególnie

intensywne. Możność dzielenia się nimi byłaby radością i powodem do dumy."
Stewart: „Oczywiście, będziemy uradowani twoim udziałem i możliwością dostania się do twojej podświadomości."
Impian: „Mojej podświadomości"?
Stewart: „A tak, przepraszam... chciałem powiedzieć pod wpływem świadomości... oraz twojego sposobu automatycznego reagowania, bez zastanowienia się. A więc w sposób bardziej instynktowny."
Impian wygląda na trochę zakłopotanego i mówi: „Widzisz, co dotyczy mojej osoby, z życzliwością i poradami mojego ojca, mogę podróżować w moich snach z całą świadomością. Mogę robić to, co chcę i wchodzić w interakcje jakie tylko chcę, również tutaj z wami!!!"
Stewart i Parsons rzucają sobie zdziwione spojrzenia...
Noone: „Masz na myśli, że we snie jesteś świadomy? Całkowicie?"

Następnie Datu Bintung chwyta syna za ramię: „To co ma na myśli mój syn to to, że duchy pozwalają nam wejść do ich świata poprzez sny z szeroko otwartymi oczami... jako zwykły widz. Jeśli nie będziesz im przeszkadzać, uszanujesz ich, uhonorujesz, pozwolą ci wędrować po ich świecie w całkowitej świadomości. Pozwolą ci eksperymentować, uczyć się, bawić, relaksować..., ale zawsze z największym szacunkiem do tego świata, który należy tylko do nich. Nigdy oh! Przenigdy, nie powinniśmy ich prowokować ani denerwować. W zamian za to proponujemy im obcowanie z nami, w naszym świecie, przez rytualne tańce i pieśni.
Uwielbiają przybywać do naszego świata. Uwielbiają obcować z istotami naszego świata, ponieważ wrażliwość, nasza kruchość, nasza śmiertelność dają im doznania i emocje, których już w nich nie ma. Czy w waszym własnym świecie stykacie się z duchami tak jak my lub może w jakiś inny sposób?"

Stewart: „Powiedzmy, że dla ogromnej większości ludzie Zachodu pozostał tylko jeden duch, którego nazywa się Bogiem. Został nam więc tylko ten jeden i jest on wszędzie i ze wszystkimi. Natomiast dla mniej wierzących, ukazał się inny. Jest on „zielonym bogiem" i ekstremalnie potężnym. Nazywa się Dolar. Ale nie sądzę, żeby to akurat ten bóg mógł cię interesować.

Jeśli nie masz nic przeciwko, dziś wieczorem zahipnotyzujemy Impiana. To doświadczenie zapowiada się strasznie ekscytująco. Świadome sny nie będące tak pospolite w naszych populacjach są na pewno częstsze u was. Czy to wszystko jest jednak bezpieczne?"

Impian: „Jak mój ojciec lubi nam przypominać za każdym razem, jest to bezpieczne, jeśli szanujemy duchy. Ale spróbujmy tego doświadczenia razem, gdy tylko będziesz gotowy! Ja Jestem."
Stewart: „Cóż, powiedzmy, że za małą godzinkę tutaj…, aby móc się trochę przygotować."

Minęła godzina, wszyscy wrócili do chaty. Impian usiadł na małym wiklinowym krzesełku, których kilka sztuk ze swojego bagażu przyniosła panna Parsons.

Stewart: „Ważne jest, abyś czuł się komfortowo i mógł się całkowicie zrelaksować, wtedy cię zahipnotyzuję… Zamkniesz oczy, będziesz słuchał mojego głosu. Szybko zapadniesz w głęboki sen. Usłyszysz tylko mój głos, z jednej strony i wtedy będziemy mogli się porozumiewać! Ja jestem przed tobą tutaj, a ty… nie wiem jeszcze, gdzie, ale po to tu jesteśmy. O czym mógłby śnić czcigodny syn Wielkiego Szamana tej wioski? Noone, proszę cię o przetłumaczenie tego cicho do ucha pannie Persons, żeby mogła wszystko zapisać.

Zaczynamy! Zamknij oczy, wdech… wydech, daj się poprowadzić mojemu głosowi. Wszystko jest w porządku, jest ci dobrze, czujesz się dobrze."

Impian niezwłocznie zasypia, zahipnotyzowany. Stewart przestaje mówić… Po dwudziestu sekundach Impian wzdryga się! Stewart wznawia hipnozę… „Wszystko jest w porządku… czujesz się dobrze, unosisz się… Impian, gdzie teraz jesteś? Opowiedz nam, gdzie się znajdujesz?”

Impian zaczyna opowiadać. Jego głos jest początkowo trochę ochrypły.

„Jestem… jestem w dolinie. Pogoda jest bardzo ładna. Mam przed sobą dwa spokojne słonie, które wydają się bawić i droczyć się ze sobą. Swoimi trąbami próbują się przytrzymywać. Przepychają się i nie zwracają na mnie uwagi. Podchodzę do nich. Jestem kilka metrów od nich. Widzę jak jeden z nich zwraca na mnie uwagę… unosi swoją trąbę, żeby mnie powitać. I eksploduje!!! W setki, tysiące motyli we wszystkich kolorach! Spoglądam na nie, jak wzbijają się do nieba. To takie cudowne!
Drugi słoń odwraca się do mnie plecami i skupia swoją uwagę gdzie indziej. Idzie powoli w stronę dżungli… idzie wolno… ja decyduję się iść za nim. Na skraju dżungli słoń zatrzymuje się na kilka sekund, po czym wchodzi w głąb. Ja też wchodzę. Jest ciemno, słoń znów zatrzymuje się, kierując swoje spojrzenie w moją stronę. I nagle również eksploduje! Tym razem to nie motyle, to pająki! Wszędzie pająki! Wielkie, włochate pająki! Niektóre podbiegły do mnie, wspinają się po mnie… próbuję je strzepać z powrotem na ziemię, ale te, które spadają są natychmiast zastępowane innymi…
Próbuję więc zagłębić się w dżunglę, aby wydostać się z tej paskudnej sytuacji, ale niewidzialna siła uniemożliwia mi pójście naprzód! Kilka kroków dalej utkwiłem przyklejony do czegoś miękkiego. To przypomina welon lub wielką pajęczynę. Naprawdę nie wiem, co to jest, ale nie mogę się ruszyć i przejść dalej. Próbuję się stąd wydostać, ale nie mogę. Nie daję rady, walczę z całych sił! Im bardziej się ruszam, tym bardziej czuję, że utknąłem. Nawet w pośpiechu nie mogę wykonać żadnego ruchu. Czuję, jakbym się dusił!”

A potem cisza… Impian ucichł!

Nagle gwałtownie podskakuje na siedzeniu i budzi się cały spocony. Jego oczy poruszają się szybko. Niezwykle szybko. Odzyskawszy oddech powiedział drżącym głosem: „Kazałeś mi się obudzić! No więc cóż, znów jestem wśród was!"

Stewart i Noone spoglądają na siebie.
Stewart: „Wcale nie, nic ci nie powiedziałem. Słuchaliśmy cię cicho, dopóki nie wydawało ci się, że jesteś zablokowany przez jakąś niewidzialną sieć."

Impian: „Tak, zgadza się, nie mogłem się poruszać. Mój wzrok był przede mną zamazany. To było coś, jakby chmura. Przezroczysta, ale jednocześnie ciemniejsza niż las. Czułem czyjąś obecność. Widziałem kształt, nawet cień, ale był zbyt rozmyty. Czułem się obserwowany ze wszystkich stron. Jakby jakiś tłum mnie otaczał i obserwował. To było bardzo uciążliwe, bardzo niepokojące. Pewne jest jednak to, że usłyszałem ciebie w tej właśnie chwili! Na twoją prośbę natychmiast się obudziłem. Dodając, powiedziałeś dość głośno, że jestem w niebezpieczeństwie więc oczywiście się obudziłem!"

Noone, Stewart i Parsons są bardzo zdumieni.
Stewart dorzuca: „Dziękuję Impianie, zostawmy to tak na dzisiaj."
Impian: „To pierwszy raz, kiedy mi się to przydarzyło... pierwszy raz, kiedy zostałem wypchnięty z moich snów!? Myślałem, że to ty!"
Potem spogląda na ojca, również zbitego z tropu.

Paryż naszych czasów...

Rozdział 8. Prorocze Sny

Profesor Nathan wznawia swoją demonstrację.
„Z historycznego punktu widzenia jest to prawdopodobnie najbardziej intrygujący, najbardziej ekscytujący aspekt wszystkich

tajemnic wokół „Snów". I to poprzez wszystkie cywilizacje, podobnie jak inne, również te bardziej prymitywne lub zupełnie pierwsze ludy, pozostając politycznie poprawnym. Możemy przypomnieć sobie, do jakiego stopnia wróżby mogły wyznaczać rytm przeszłych społeczeństw...
Żadnemu nie udało się obejść bez używania snów. I to o tyle, że aż do dziś to pamiętamy. Sny to jedyne prawdziwe połączenie z „boskością" lub po prostu z siłami natury. I kiedy to nauki nie istniały w ogóle lub prawie...
Jedna postać praktycznie sama ucieleśnia ten wróżbiarski lub proroczy wymiar - Nostradamus. Pięć wieków później, ludzkość nie może powstrzymać się od rozkodowywania i ponownego czytania tych wiekowych czterowierszy, aby znaleźć tam nowe wróżby. Jego piętno pozostaje tak silne w naszej nieświadomości, że coraz więcej fałszywych proroctw jest rozpowszechnianych w Internecie: od ataków z 11 września po rozprzestrzenianie się i propagandę Covid. Nostradamus w końcu przewidziałby wszystko pięć wieków temu. Bardzo kontrowersyjna postać, która stała się ikoną.
Dlatego wolę opowiedzieć o innych wybitnych, mniej kontrowersyjnych postaciach. Zacznijmy od początku historii starożytności...

Aleksander Wielki... Juliusz Cezar... Konstantyn. Najwięksi przywódcy militarni opowiadają, że kierowali się snami, aby wygrać wielkie bitwy. Bo prawdopodobnie sny, które tylko prowadziły do wielkich porażek nigdy nie zgłaszano. Juliusz Cezar był wielkim marzycielem. I to aż do ostatniej nocy poprzedzającej jego zamach, widział siebie unoszącego się nad ulicami Rzymu, zanim uścisnął dłoń Jowiszowi. Podczas gdy, jego żona po prostu śniła o zakrwawionym mężu w swoich ramionach.

Sokrates w 399 roku przed naszą erą jest oskarżony o „zepsucie młodzieży". Zaprzeczanie Bogom Aten i wprowadzenie tam nowych Bóstw. Zostaje skazany na śmierć. Uwięziony i oczekując na karę, jego przyjaciel Criton odwiedza go, aby powiedzieć mu, że zostanie stracony tego samego dnia. Ale Sokrates odpowiada, że zostały mu jeszcze trzy dni do życia, ponieważ Biała Dama prawdopodobnie łaskawa Persefona, przekazała mu we śnie dzień i datę jego śmierci... a to będzie za trzy dni. Nie dwa, nie cztery, ale trzy! Łódź, która miała zawiesić osąd Sokratesa, w końcu przybyła z trzydniowym opóźnieniem, i to z trzydniowym opóźnieniem Sokrates został otruty. „Co pogrzebiecie, będzie tylko moim ciałem" - Sokrates.

11 kwietnia 1865 roku, Abraham Lincoln, prezydent Stanów Zjednoczonych, przyjmuje gości w Białym Domu. Obecni są: prezydent, jego żona, dwoje gości oraz jego przyjaciel biograf i ochroniarz. To ten ostatni będzie relacjonował fakty w ten sposób: Podczas kolacji rozmowa schodzi na sny i Biblię.

Lincoln: „To niesamowite, jak ważne są sny!" - wykrzykuje prezydent. „Wspomina się o nich w szesnastu rozdziałach Starego Testamentu i cztery lub pięć w Nowym Testamencie. Bóg i jego aniołowie przyszli do człowieka i objawili się we śnie. Jeżeli wierzymy w to, co mówi Biblia, wiele rzeczy poznajemy tutaj poprzez sny. Pewnej nocy oto co mi się śniło - słyszałem płacz tłumu, którego nie widziałem. Poszedłem do innego pokoju, ale nikogo tam nie było, a potem przechodząc do następnego pokoju, zobaczyłem żołnierzy i katafalk. Pomyślałem sobie, to musi to być ktoś ważny, skoro wokół jest tylu żołnierzy. Zatrzymałem się więc przed jednym z nich i zapytałem, kto zginął w Białym Domu. Żołnierz odpowiedział mi: Proszę pana, to prezydent, który został zamordowany! Długie szlochanie i ból podniósł się następnie z tłumu i to natychmiast mnie wybudziło."

Lincoln mówi, że potem wziął Biblię ze swojego nocnego stolika i otworzył ją ponad dwadzieścia razy na chybił trafił i za każdym razem znajdował fragment, w którym była mowa o snach lub wizjach. Lincoln podsumowując: „Tej nocy nie zasnąłem ponownie i

chociaż to był tylko sen, dziwnie mnie to zaniepokoiło, ale dobra, nie rozmawiajmy już o tym."
Trzy dni później, 14 kwietnia 1865 roku w teatrze Forda w Waszyngtonie, prezydent został zamordowany kulką w głowę.

Ten sam rok 1865, w którym Kekule, twórca chemii węgla lub chemii organicznej, drzemiąc sobie przed kominkiem, zwizualizuje formułę przestrzenną i cykliczny wzór benzenu. Kekule był nie tylko wielkim marzycielem, ale także recydywistą, ponieważ w 1858 roku, podczas snu na jawie przyszła mu również do głowy struktura cząsteczek organicznych.

„Nauczmy się marzyć, panowie, a wtedy może odkryjemy prawdę. Nauczmy się marzyć, ale wystrzegajmy się ujawnienia naszych snów, dopóki nie zostaną one ocenione i sprawdzone przez rozum, poprzez zrozumienie naszych stanów jawy." Powiedział Kekule w 1890 roku w ostatnich momentach swojego życia.

Jeszcze bardziej uderzający przykład w świecie naukowym dotyczący Dmitrija Mendelejewa, który po prostu wyśnił układ okresowy pierwiastków!!!
„Marzyłem o układzie, w którym każdy element miałby swoje logiczne miejsce. Kiedy się obudziłem, od razu przelałem to na papier. Wystarczyło wprowadzić w nim tylko jedną poprawkę" - mówił wtedy. Oprócz tego ogromnego wkładu w naukę, który ta tabela wniosła, należy również zauważyć elementy, których nigdy wcześniej nie zaobserwowano. Takie jak gal…, który zostanie odnaleziony i zidentyfikowany lata później.

Rudyard Kipling, który jest autorem „Księgi Dżungli", przekonany racjonalista, pisał w swoich wspomnieniach: „Kiedyś byłem pewien, że przekroczyłem granice wyznaczone przez los". Mówi, że widział siebie we śnie, ubranego w strój, którego nigdy nie nosił i stojącego w dużym pokoju wyłożonym popękanymi płytami chodnikowymi. Stał

pośrodku rzędu, wśród ludzi ubranych tak samo jak on. Za nimi tłum. Po jego lewej stronie była ceremonia, której nie mógł zobaczyć z powodu bardzo dużego brzucha sąsiada. Potem tłum się rozproszył. Wtedy ktoś ujął go za ramię i powiedział: „Chciałbym z panem zamienić słowo."
Kipling był zaniepokojony tym bardzo wyraźnym snem, nie rozumiejąc jego znaczenia. Dwa miesiące później brał udział w ceremonii w Opactwie Westminsterskim. Było tam wszystko. Niezwykły ubiór. Rząd ludzi. Tłum. Stary bruk i wielki brzuch sąsiada z lewej strony, który nie pozwalał mu zobaczyć ceremonii! Na koniec ktoś położył mu rękę na ramieniu i powiedział, „Chciałbym powiedzieć ci słowo." Na zakończenie swojej opowieści pisarz dodaje: „Ale jak i dlaczego dane mi było obejrzeć zwinięty jeszcze fragment filmu mojego życia?"

Paul McCartney skomponował jedną z najbardziej niezwyciężonych piosenek w historii. Członek The Beatles wielokrotnie opowiadał, że pewnego ranka obudził się z melodią w głowie: „Obudziłem się z piękną melodią w głowie, obok mnie na prawo od łóżka, przy oknie stało pianino. Wstałem, zasiadłem do niego. Melodia bardzo mi się podobała, ale odkąd ja wyśniłem, nie mogłem uwierzyć, że ją napisałem. Doszedłem do wniosku, że ona już istnieje i pytałem wszystkich, czy ja znają"
Ostatecznie tą piosenką stała się „Yesterday". Jedno z najbardziej znanych i najbardziej ponawianych piosenek w historii na całym świecie.

Jeden z najsłynniejszych snów w historii, przenosi nas do roku 1845. Wtedy wynalazca Elias Howe wpadł na genialny pomysł, aby skonstruować maszynę z igłą do szycia. Tyle, że nie wiedział, jak to zrobić. Po kilku dniach bezowocnych prób i błędów, podczas nocnego snu śniła mu się grupa tubylców, którzy wzięli go do niewoli. Elias Howe obserwował, jak porywacze tańczą wokół niego, trzymając włóknie. Zauważył, że wszystkie te włócznie miały dziury w pobliżu końcówek. Kiedy się obudził, zastosował to, co zobaczył we śnie do poziomu swojej inwencji. Zrobił dziurę na końcu igły swojej maszyny i w ten sposób udało mu się przeciągnąć nić przez tkaninę. Zmienił koncepcję tak, że wynalazł maszynę do szycia.

Moglibyśmy również porozmawiać o trzech snach Kartezjusza z 10 listopada 1619 roku. Chociaż tego samego dnia znalazł podstawy godne prawdziwego podziwu naukowca to w nocy nawiedziły go trzy przytłaczające sny, które uczyniły go tą znakomitą postacią. Matematyk, fizyk i filozof. Jeden z twórców nowożytnej filozofii, autor „Myślę, więc Jestem". Człowiek, który swoje listy szlacheckie nadał rygorowi, racjonalizmowi oraz logice nie ukrywał wszechmocy tych trzech marzeń nad swoim przeznaczeniem i jego spotkaniem z duchem prawdy.

Jeśli o mnie chodzi - mówi profesor Nathan. Mało spektakularny, jednak intrygujący sen o osobie, którą nie widziałem od miesięcy. Osoba, która nie ma prawie żadnego emocjonalnego ani praktycznego znaczenia w moim życiu, po prostu były uczeń klasy w liceum, w którym byłem. I oczywiście spotykam go dwa, trzy dni później. Zwykły zbieg okoliczności. Inaczej byłby to bardziej niepokojący sen à la Kipling, bo ostatecznie sen stosunkowo nieciekawy w treści, ale w formie dostarcza precyzyjnych szczegółów.

Było to w 1985 lub 1986 roku. Krótko po wyjściu filmu „Koszmar z ulicy wiązów" Rozpoczynam pierwszą serię obserwacji moich snów. Mam dziesiątki różnych i różnorodnych snów, niezwykle zróżnicowanych, bez żadnego związku ze sobą, nawet nie próbowałem tego tłumaczyć ani rozszyfrować. Wśród dziesiątek zapisanych snów z tego okresu nie odnotowuję na przykład tego: jestem na patrolu, zamknięty w niebieskim aucie. Jestem w mundurze i w kepi tak jak kierowca z lewej strony. Nie robimy wiele. Poza zatrzymaniem się na boku drogi, żeby popatrzeć, widzieć i być widzianym.

Kierowca, który jest prawdopodobnie moim przełożonym, dużo pali i oczywiście zadymia całe wnętrze auta, w bardzo krótkim czasie. Próbuję otworzyć okno, ale potem zostaje dosłownie zakrzyczany. Dalej nic nie robimy podczas tego „zagazowywania" … I znowu próbuję otworzyć okno, wywołując natychmiastową wrogą reakcję. Ten sen, podobnie jak wiele innych, wydawał mi się naprawdę nieciekawy.

Jednakże około dziesięć lat później, odbyłem służbę wojskową w żandarmerii. Jestem przydzielony do właśnie nowo otwartej, autostrady A5. Większość czasu spędzam na patrolowaniu w tandemie w niebieskim samochodzie. Zawodowych policjantów jest około tuzina, ale tylko jeden pali niesamowicie dużo i to te okropne, śmierdzące Gitanas... Kiedy on tak pali obok, nie pozostaje mi nic innego jak opuścić okno. Jednak on mi na to nie pozwoli! To działo się zimą i na dworze było bardzo zimno, jednak ten pan był zbyt wielkim zmarzlakiem.

Z żandarmów, z którymi będę patrolował jeszcze przez te osiem miesięcy tylko on palił. Był też jedynym, który zasiadł za kierownicą, co nie jest zbyt logiczne. Powinieneś wiedzieć Lucianie, że będąc policjantem pomocniczym, zawsze siadasz za kierownicą! Tak było zawsze z jedenastoma innymi podoficerami plutonu autostradowego… Sytuacja całkowicie nieprawdopodobna, przede wszystkim dlatego, że nigdy, przenigdy nie powinna mieć miejsca w rzeczywistości. Zwłaszcza, że od 3 lub 4 lat weszło prawo Evin, które chroniło osoby niepalące.

Nie zdawałem sobie sprawy i w ogóle nie miałem świadomości, że spisałem kiedyś ten sen, a nawet zupełnie o nim zapomniałem. Czytając to dużo później zakręciło mi się w głowie. Ogarnęło mnie to takim przerażeniem, że natychmiast wszystko podarłem, wyrzuciłem do śmieci. Treść snów z tego okresu, jak z kolejnych, nagle wydała mi się zbyt ciężka do udźwignięcia. Bałem się, że zostanę więźniem swoich własnych snów. Dla mnie dowód został dokonany, to nie mógł być przypadek, chyba że śnisz miliony i miliony innych snów.

Powszechnie przyjmuje się, że prorocze sny pojawiają się najczęściej na kilka dni przed zdarzeniem, co daje im ostateczną wartość ostrzegawczą. Nawet jeśli wszystkie te przeczucia nie są tragiczne, wręcz przeciwnie. Oto co można zauważyć w najsłynniejszych snach opisanych w historii. Jak udało mi się to zrelacjonować z godnej uwagi wyjątkiem Nostradamusa, którego zdecydowanie odłóżmy na bok...

Dlatego są one najczęściej odbierane jako ostrzeżenia o prawdopodobnym i zbliżającym się niebezpieczeństwie. Ostrzeżenie, które należy natychmiast wziąć pod uwagę i zapamiętać. Spamiętać i z pewnością nie na kilka miesięcy, ale kilka lat później, z wyjątkiem posiadania pamięci słonia. Najmniej jednak udało mi się wykryć niektóre te, jak to wspominam, które ujawnią się wiele lat później. Te przeczucia intuicyjne, prorocze sny są z pewnością rzadsze. Przez większość czasu pamiętamy tylko niektóre z naszych snów. Mało jakościowe, mało ilościowe. Małe zapomnienie, które jednak nie przeszkadza im istnieć.
Zapamiętamy tylko sny o intensywnej treści emocjonalnej, takie jak tragedie i wypadki… co już samo w sobie byłoby bardzo dobre, aby ratować życia. Ale jeśli znacznie zwiększymy liczbę, nawet gdyby oznaczało to posiadanie ogromnego „zakalca", raczej nie do strawienia, banki snów istnieją od bardzo dawna, gdzie absolutnie wszystko jest notowane. Moglibyśmy postawić na bardziej zdumiewające rzeczy, przerażające czy nawet niewiarygodne. Trzeba umieć tylko to posortować i śledzić, a to wymaga czasu i energii dla bardzo niepewnego wysiłku, jak na razie... W życiu mamy niezliczoną ilość snów. Jest bardzo prawdopodobne, że niektóre z nich są wyjątkowo klarowne, „ekstraświadome". Nadzwyczaj jasne wizje. Jest prawdopodobne, że wizualizujemy sobie nawet całe nasze życie, naszą śmierć. Czystym przypadkiem? Wyobraźnią? Każdy sam doceni precyzję tych wizji i ich charakter.
Nasz umysł zalewa nas snami, każdej nocy. Udało mi się zanotować do ośmiu na noc, więc często dwa przy każdym przebudzeniu,

ponieważ możemy śnic w każdym cyklu podrząd. To one sprawiają, że żyjemy, przeżywamy ponownie lub przewidujemy sytuacje zbliżone do tych, które mogliśmy poznać przez większość czasu. Niekiedy na pierwszy rzut oka zdarzają się też skrajnie fantazyjne scenariusze.

Wierzę, że tak naprawdę nasz mózg skanuje w sposób całkowicie naturalny wszystkie możliwe wizje. W krótkim, średnim i długim okresie, aby zoptymalizować nasze reakcje, nasz instynkt. W obliczu niebezpieczeństw lub innych trudności, albo też wyzwań, którym trzeba sprostać. Ze spektrum badań i przewidywań tak szerokim jak nasza wyobraźnia.
Oczywiście i zawsze, aby zoptymalizować nasze życie, a nawet nasze przetrwanie, śnimy o środkach ostrożności w przypadku wydarzeń bardziej nieuchronnych niż inne. Nie tyle przeczucie ma znaczenie, co optymalizacja reakcji. Gdyby każde zdarzenie miało nastąpić, czy to dla homo sapiens, jak i wielu gatunków zwierząt, sny podtrzymują, całkowicie odnawiają nasz instynkt. Nasze instynkty.

Przewidujący sen może okazać się czystym przypadkiem! Zbieg okoliczności? Nawet jeśli czasami widzieliśmy to wcześniej, jest to niezwykłe i niepokojące... Inne sny, setki, tysiące nie spełniają się choćby mogły wydawać się potencjalnie przewidywalne. Prognozując styl Stevena Spielberga to raport mniejszości pozostaje na razie science fiction. Dlatego bardzo szybko zapominamy o tych snach, które się nie spełniają. Może, poza tym, że zaczniemy wierzyć, że to, o czym myślimy może się wydarzyć, bo myśleliśmy... głośniej! Tak jak, jeśli chodzi o trzeci sen Kartezjusza, który wciąż pozostaje do rozszyfrowania.

Wierzę, że nasz sen jest wymiarem poza przestrzenią i poza czasem. Połączenie przeszłości, teraźniejszości i przyszłości, gdzie wszystko miesza się oferując zaskakujący koktajl. Jedne marzenia spełnią się trochę, inne dużo, niektóre „szalenie”. To znaczy z wielką precyzją, gdy sam sen jest oczywiście precyzyjny. Ścieżki, które prowadzą do przyszłości, nie są całkiem proste, ponieważ ta przyszłość nie mogłaby być bardziej elastyczna. Nie wspominając o różnych i różnorodnych przyszłościach, które nadejdą równolegle do siebie. W tak wielu wszechświatach. Ale to kolejny bardzo duży temat do rozgryzienia i pracy twoich neuronów Lucianie.

Nie będę mógł zakończyć tego rozdziału, który jest już dość obszerny, nie mówiąc o mistrzu, królu, cesarzu snów i nie bez oddania mu żywego hołdu na ten temat. Wspominałem już o Dawidzie Lynczu? Twórcy filmowym, który jest prawdopodobnie Morfeuszem naszych czasów. Chcę omówić teraz autora znacznie lepiej znanego niż Lyncz. Który swoje dzieło umieścił na szczycie wyobraźni i zbiorowej nieświadomości. Flirtując lub pędząc tak często do niewidzialnych światów, łącząc je tak subtelnie z tym, co nazywamy rzeczywistością. Słowo sen jest jednym z najczęściej używanych słów w jego twórczości.

Jak myślisz, skąd pochodzą najbardziej legendarne tyrady Hamleta? „To be or not to be" - „Być albo nie być" z „Romea i Julii"?

> Romeo: „Miałem tej nocy marzenie".
> Merkucjo: „Ja także".
> Romeo: „Cóż ci się śniło?"
> Merkucjo: „To, że marzyciele zwykli kłamać"
> Romeo: „Przez sen w łóżku, gdy w gruncie rzeczy marzą o rzeczach prawdziwych."

Czy może „Sen nocy letniej"? Na zakończenie sztuki, Puk zwraca się do publiczności w ten sposób:

> Jeśli was nasze obraziły cienie,
> Pomyślcie tylko, że was sen zmorzył, że wszystko, co było,
> Tylko uśpionym we śnie się marzyło.

Z „Burzy"?

> Prospero: „Wszyscy jesteśmy stworzeni z tej samej materii, co sny, a nasze małe życie otoczone jest snem"

Koniec końca... Jeden z największych marzycieli w historii składający hołd jednemu z innych największych marzycieli.

W swojej sztuce „Juliusz Cezar", Szekspir dokonał metamorfozy, jakiej odważyłby się dokonać tylko Morfeusz. Odważne, mroczne i niepokojące sny w nowym świętym dziele.
Poeta i dramaturg przezwyciężył życie, śmierć i egzystencje, zarówno swoim stylem, jak i siłą oraz głębią swoich myśli. Zawsze możemy powiedzieć, że to tylko fikcja, jakkolwiek niezwykła by ona nie była, ale twoim zdaniem jak i gdzie on mógł być zainspirowany?! Prawdopodobnie nigdy się tego nie dowiemy. Ponieważ pomiędzy plagą, głodem, wojnami i religią, czas nie był bardzo zwrócony w stronę „sztuki boskiej" Trzeba czytać i wciąż czytać dzieło Williama Szekspira, aby wchłonąć całą energię i magię, które z niego emanują i być może tylko, być może wtedy, znaleźć jego źródło i jego pochodzenie.
Co więcej, istnieje alternatywa znacznie częstsza niż sny, o których mówiono i które miały być prorocze. Jest o wiele bardziej rozpoznawalna przez zwykłych śmiertelników, ponieważ z bardziej konkretnymi skutkami. Mówimy o „Eureka sjeście" Poprzez to, co nazywamy trybem rozproszonym, aby mówić o mózgu, który ślepo szukałby wszelkiego rodzaju rozwiązań lub pomysłów bez przechodzenia przez klasyczne ścieżki neuronowe. Chwytając się w jakimś razie, kilku rodzajów bocznych dróg lub podążania innymi tajemniczymi ścieżkami... Kiedy zawodzi nasze sumienie, nasza racjonalność, musimy otworzyć inne drogi, trochę tak jak Sherlock Holmes/Arthur Conan Doyle. Najostrzejszy i najbardziej znany na całym świecie śledczy. Człowiek, który, gdy nie znalazł żadnych racjonalnych rozwiązań, nie omieszkał szukać rozwiązań irracjonalnych.

Mówiąc tylko o „drzemkach", dla większości w trybie hipnagogicznym, a więc tymi „przed zaśnięciem". Technicznie chodzi o jak najlepsze wykorzystanie tej niezwykłej, ale bardzo krótkiej chwili. Tej twórczej eksplozji naszego mózgu, która, jak widzieliśmy wcześniej jest przenoszona między snem a rzeczywistością. Zupełnie jak w intensywnym pokazie sztucznych ogni. Gdzie zdarzają się wszystkie świadome i nieświadome idee, ale także wszystkie doznania i inne bodźce odbierane przez nasze zmysły. Istotnie chodzi o skrócenie snu, który w dłuższej perspektywie pełnej nocy, wymazuje niestety sporą liczbę snów, zwłaszcza tych pierwszych.

Niektóre ze wspomnianych wcześniej proroczych snów miałyby tu swoje miejsce. Salvador Dali, Thomas Edison, Nikola Tesla, Edgar Allan Poe, intensywnie praktykowali Eureka sjesty.
W praktyce Thomas Edison, jeden z najwybitniejszych twórców naszej historii, rozsiadywał się wygodnie w fotelu, trzymając w jednej ręce łożysko kulkowe. Odprężał się w taki sposób, iż pozwalał swoim myślom wędrować i stopniowo zapadał w sen. Kiedy zasnął, łożyska kulkowe uderzały głośno o podłogę i wyrywały go z zadumy oraz rozmarzenia. Tak jak robił to Dali z łyżką, która wpadała do talerza. Edison znalazł sposób na dojście do granic bez zdecydowanego wchodzenia do krainy snów! I podobnie jak Dali, Edison powracał z trybu dyfuzyjnego czy Eureka sjesty z nowymi pomysłami i nowatorskimi rozwiązaniami.

Dżungla malezyjska

Rozdział 9. Senoi (część 5)

Impian budzi się na swoim sienniku. Małe promienie światła przechodzące przez szczeliny bambusowe słabo oświetlają chatę. Wstaje i jedną ręką odsuwa zwierzęcą skórę zasłaniającą wejście do chaty. Przechodzi kilka kroków, wdychając powietrze wczesnego ranka. Tu i ówdzie unosi się bardzo lekka warstwa mgły, pieszcząc każdą z chat. Musi być bardzo wcześnie. Słońce ledwo wzeszło. W wiosce, nie ma żywej duszy, tylko dwie małe świnki na wpół różowe, na wpół szare bawią się, ganiając się i przerywając otaczającą ciszę.

Impian następnie kieruje się do domu ojca, przekracza wejście odsuwając zwierzęcą skórę swoim przedramieniem. Jego ojciec jest na środku chaty... Stoi w bezruchu mówiąc do Impiana: „Mój synu, czekałem na ciebie, bo nadszedł czas, abym ci wyjaśnił pewne rzeczy".

Impian: „Witaj, ta...", ale jego ojciec nie przerywa...
„Jesteśmy jak widzowie, którzy śnią, a następnie żyją we śnie. Ale kim naprawdę jest śniący? W jednym świecie idziesz, w innym przychodzisz, odchodzisz, przychodzisz i wracasz do woli! Nigdy nie próbując być po obu stronach w tym samym czasie. To orzeł lub reszka. W przeciwnym razie ryzykujesz wymazaniem."
Następnie kontynuuje słowo w słowo z tą samą intonacją i tym samym rytmem: „Mój synu, czekałem na ciebie, ponieważ nadszedł czas, abym objawił ci pewne rzeczy. Kto jest marzycielem? Czy to ty? Czy to ja? A może ten, który nas obserwuje i słucha? Twój wędrujący Duch musi podróżować sam, a ścieżka jest bardzo, bardzo długa. Duchy rezydentów zablokują ci drogę, jeśli nie przyjdziesz sam. Tylko widz, tylko on jest i pozostanie sam. Dusza jest nieskończona. Samotność jest nieskończona. Samotność duszy prowadzi do ducha samotności - klucza otwierającego bezkresne ścieżki. W tym i w następnych czasach."

Impian: „Nie jestem pewien czy zrozumiałem, ale pomyślę o tym."
Jego ojciec znowu, słowo w słowo z tą samą intonacją i tym samym rytmem powtarza: „Mój synu, czekałem na ciebie, bo nadszedł czas, abym objawił ci pewne rzeczy. Kim jest śniący?"

Na twarzy Datu Bintunga zaczyna się formować grymas... Powoli, lewa połowa jego twarzy zaczyna opadać, roztapiać się...! Wkrótce dodaje: „Jesteś z jednej lub drugiej strony, nie obydwie jednocześnie, w przeciwnym razie ryzykujesz rozgniewanie duchów a nigdy nie należy niepokoić duchów." Część jego twarzy jest już w połowie rozłożona, podczas gdy prawa również zaczyna się ślizgać, jego twarz topnieje! Całe ciało zaczyna się topić… Jedno ramię odrywa się i opada na ziemię, potem drugie…

Datu Bintung to, co z niego zostało, próbuje zbliżyć się do swojego syna, bez rąk i z twarzą przypominającą lody, które zbyt długo stały na słońcu. Następnie mówi bardziej szkicowo: „Nigdy nie pozwól, by strach cię sparaliżował, stałbyś się wtedy ofiarą terroru!!! Ale gdybyś jednak poczuł się sparaliżowany, nigdy nie zapomnij przełączyć się, przejść całkowicie z jednej na drugą stronę, jeśli nie chcesz zostać wymazany. To jest Orzeł lub reszka."

Nagle Impian budzi się zlany potem, szczypie się. Czuje ból, wstrzymuje oddech, zatyka nos… Po dobrej minucie zaczyna się krztusić i znowu oddycha! Jest bardzo wstrząśnięty tym, co go spotkało… wybiega ze swojej chaty i powraca do ojca! Po drodze spotyka nie dwie, ale trzy małe różowe świnki, które wydają się bawić, przepychając się nawzajem. Wchodzi do chaty Szamana, która wciąż jest w półmroku. Jego ojciec leży na ziemi. On śpi. Chrapie! Impian, następnie opuszcza chatę, aby zebrać się w sobie. Czekając na zewnątrz, aż ojciec się obudzi, będzie dobrze się bawił, ścigając się z małymi świnkami, które z pewnością są bardziej przestraszone niż rozbawione.
Mija dobra godzina, gdy Impian zauważa ojca na progu chaty. Woła go i gestem ręki pozdrawia. Idzie się z nim spotkać, będąc wciąż w szoku po swoim śnie.

Impian: „Tato, muszę ci powiedzieć o śnie, a raczej o koszmarze, który właśnie przeżyłem! To było straszne, przerażające! Nie zdawałem sobie sprawy, że to tylko sen. Wszystko było tak bliskie rzeczywistości. W dodatku ten sen zaczął się od przebudzenia!!! Leżałem w sobie w domu, obudziłem się! Wszystko wydawało się być takie samo, dopóki nie przyszedłem cię zobaczyć!"

Następnie Impian pochyla się do przodu i dotyka twarzy swojego ojca. Ściska jego policzek, pociąga za włosy. „Ałaaa" - mówi wtedy wódz.

Impian kontynuuje więc swoje opowiadanie. Podaje wszystkie szczegóły swojej historii. Po chwili Datu Bintung zastanawia się i mówi: „To czego właśnie doświadczyłeś, nazywa się „fałszywym przebudzeniem". To dość okropna sytuacja, ponieważ fałszywe przebudzenie daje złudzenie bycia w rzeczywistości. Nawet jeśli jest się doświadczonym i świadomym marzycielem. Z pewnością to jedna część perwersji niektórych złych duchów, aby nas usidlić mimo wszystko. Budzisz się tutaj każdego dnia i zastanawiasz się, czy śnisz czy nie? Wygląda na to, że duchom nie spodobała się twoja ostatnia sesja hipnozy z mieszkańcami Zachodu. Traktuję to jako ostrzeżenie. Główne przesłanie wydaje się proste. Musimy zawsze podróżować lekko z wielką pokorą. Drzwi, które powstają między dwoma światami, są niezwykle delikatne i kruche. Tak jak istoty, które są po drugiej stronie.

Wstrzymamy te hipnozy, ponieważ narażają nas na niebezpieczeństwo. Musimy zachować nasze sny dla siebie, między nami, między wtajemniczonymi. Te drzwi niestety nie są jeszcze dostępne dla wszystkich. Każdy musi iść swoją drogą. W swoim tempie i za zgodą duchów, które czasem nas wpuszczają i odrzucają. A czasem może być poważniej. Wielu się nie obudziło i nikt nie może wtedy wiedzieć, co naprawdę się stało!

Dlatego sugeruję teraz najwyższą dyskrecję w naszych podróżach do innego (poza) świata. Trzeba umieć słuchać duchów, ostrzegano nas. Poprosimy Noone i Stewarta, aby nikomu nie mówili o snach. W każdym razie, aby nie mówili o tych świadomych snach.

Rozdział 10. IPNOS

Profesor Nathan do dziennikarza: „Kontynuujmy Lucianie, jeśli nie masz nic przeciwko temu?"

„Oczywiście, wytężam słuch" - mówi dziennikarz.

„Świat snów może być również przedstawiony jako ogromny park rozrywki, w którym wszystkie doświadczenia od najprostszych, najzwyklejszych, po najbardziej fantastyczne i najbardziej ekscentryczne podążają za sobą. Mieszają się, łączą, kombinują w nieskończoność. W rytmie, który nie zna latencji. Możesz przejść od gorącej rozmowy ze swoim najlepszym przyjacielem o najnowszym odcinku ulubionego serialu do ulicznej walki hipopotamów Ninja! Możesz przejść od szukania pracy, jeśli jej szukałeś, do eksploracji upiornej egzystencji, której schody nigdy się nie kończą. Możesz znaleźć zaginionych, zmarłych lub po prostu bardzo odległych ludzi. Jak i spotkać swoich potomków pod gigantycznym szklanym sklepieniem w barze restauracji na planecie Mars.

Pamiętanie swoich snów już jest dobre same w sobie. Przez większość czasu przypominać będziemy sobie sen mocniej, jeśli był on naprawdę trudny lub po prostu bardziej uderzający. Koszmary są zatem częścią snów, które są zapamiętywane niezwykle często. Regularne zapamiętywanie swoich snów wymaga nieco wysiłku i koncentracji. Chodzi o to, aby zaraz po przebudzeniu, jeśli to tylko możliwe, od razu po zakończeniu snu nieco nadwyrężyć pamięć. Masz bardzo mało czasu na zapamiętanie wszystkich szczegółów swojego snu. Niektórzy mówią o garstce sekund.
Pewne jest to, że jeśli pozwolisz, aby twój umysł został natychmiast zaatakowany przez zewnętrzne bodźce to prośby o wspomnienia twoich snów znikną tak szybko jak trzepotanie skrzydeł motyla. Oprócz może uderzającego szczegółu snu ciut później, poprzez

element, słowo czy przedmiot, który sprowadziłby cię z powrotem do niego, ale jest to niezwykle rzadkie.
Jest tylko jedna skuteczna technika! Kartka i długopis przy łóżku. I nie myśl o niczym innym, tylko o opowiadaniu swoich snów. Lepiej zapamiętamy nasze sny, jeśli poranne przebudzenie zbiegnie się z końcem paradoksalnego okresu snu. Jest on bardziej hojny na końcu nocy niż na początku, co jest niezłe... Ponieważ możesz obudzić się kilka razy w ciągu nocy!!! Co oczywiście z pewnością wpłynie na twoją formę, wówczas zaczniesz trochę opanowywać i kontrolować sytuację! Jeszcze nie ten sen wewnętrzny, ale już przynajmniej trochę na zewnątrz z detalami, które go tworzą. Każdy mały gest, który pozwala zapamiętać jeden sen, potem dwa. Szczegóły stopniowo przybliżają cię do tego wszechświata i czynią go coraz bardziej znajomym. Wydaje się, że wykuwając metal, stajemy się kowalem.

Cóż, znaczy to, że przez regularne zapamiętywanie snów stajesz się prawdziwym odkrywcą i poszukiwaczem przygód. Im bardziej pobudzasz swoją świadomość do zrozumienia tego nieskończonego wszechświata, tym bardziej twoja świadomość się otworzy i rozwinie. Otwierając się, następnie wdrażając jeszcze bardziej do tego wszechświata. Jeżące włosy na głowie pozytywne koło, które doprowadzi cię do „supra świadomości", a wcześniej do wyższych etapów przebudzenia i jasności.
Jeśli w naszym fizycznym wszechświecie łatwo napotkamy sensoryczne, fizyczne, mechaniczne ograniczenia..., prawa, to w naszych snach wszystko jest możliwe! Eksperymentuj we własnym tempie, kolonizuj miejsca. Jeśli sny na pierwszy rzut oka wydają się nieco niejasne, mgliste zarówno pod względem treści, jak i formy, mogą stać się klarowne, precyzyjne i niezwykle głębokie. W naszym wspólnym świecie fizycznym istnieje ogromny wystrój. Wystrój absolutnie niesamowity, bardzo wymagający. Bajeczny, nawet bez przesady. Inwestycje są wielkie, ale to jest wystrój narzucony. Przez kogo? Przez co? Prawdopodobnie nigdy się nie dowiemy. W świecie marzeń natomiast to ty go ustalasz. Jedynym ograniczeniem są

granice twojej wyobraźni. Nie żebyś to ty był całkowicie architektem, ale wszystko pozostaje elastyczne w zależności od tego, czy twój umysł jest zupełnie otwarty czy tylko trochę.

W naszych badaniach tutaj, sklasyfikowaliśmy trzy typy marzycieli według ich zdolności do uświadamiania sobie tego wspaniałego wszechświata. I czasami nawet do zdolności opuszczania swojego ciała. Świadomie, mam na myśli.
Na początek mamy tych, których nazywamy „spacerowiczami". „Walkers" albo „Marcheurs" po francusku. Nie mylić z innymi upolitycznionymi spacerowiczami. W rzeczywistości jest to subtelny hołd oddany dla Matthiew Walkera, który będzie miał ogromny wkład poprzez swoją prawie dwudziestoletnią pracę, aby lepiej poznać moc snu! Przynajmniej w tym sensie biologicznym, ale nie tylko… to wielka praca popularyzowania tematu, w trakcie tworzenia dzieła. Spacerowicze to świadomi marzyciele, którzy odkrywają i eksplorują swoje sny. Jest to pierwszy krok w rozwoju pełnej świadomości umysłu i tego co możemy nazwać odmiennymi stanami duszy. Mianowicie sny, relaksacja, hipnoza i ewentualnie transy. Nawet jeśli ich tutaj nie praktykujemy.
Wędrowcy mogą stać się „Ghosts" drugi etap, drugi poziom, a nawet „buddami" ostatecznym, znanym etapem. Wszystko zależy od ich zdolności opanowywania snów, identyfikowania ich, wzmacniania i opuszczania ich, aby przejść na wyższy poziom. Sny możemy uważać za swego rodzaju przedsionek do wszystkich wymiarów wszechświatów.
Jeśli chodzi o „Ghosts" czyli duchy, mogą oni podczas snu uwalniać się od swojego fizycznego ciała. I zamiast podążać naturalną ścieżką, pozostają na naszym ziemskim padole, aby spacerować ze swoim „Ghost" lub czymś, co można również nazwać „ciałem astralnym". „Ektoplazma" byłaby prawdopodobnie najbardziej odpowiednim terminem, ponieważ wywołuje ideę połączenia lub projekcji, emanacji energetycznej połączonej z ciałem, z którego się wyłania. W końcu to taki rodzaj psycho- elektro-magnetycznej istoty niewidocznej dla

zwykłych śmiertelników, ale może być wykryta przez niektóre zwierzęta. Zwłaszcza psy, ale przede wszystkim koty! Jeden z nich jest znany na całym świecie z tego właśnie powodu, nazywa się Oskar. Mówi się, że czuje, jak ludzie umierają, ale w rzeczywistości jest o wiele bardziej prawdopodobne, że jest w stanie zobaczyć, jak duchy zaczynają „więdnąć", odparowywać...

Muszę ci Lucianie powiedzieć też o Nikolasie Fraisse, który nie jest kotem! Chociaż...? ale człowiekiem! Jest on prawdopodobnie „Ghost" najbardziej doświadczonym i najbardziej utwierdzonym. Mówiąc nawiasem jest to również najbardziej znany i uznany „duch", mocno nadający wiarygodności, co nadal wydawać się może tylko koncepcją dla ogółu społeczeństwa. Jego zdolność do wychodzenia, odkrywania i natychmiastowego powrotu do ciała jest bardzo, bardzo imponująca. Był i nadal jest przedmiotem badań oraz obserwacji, które nie mogą być bardziej poważne i udokumentowane niż te, które można łatwo znaleźć na wideo w Internecie. W przeciwnym razie również w książce. Jest to znaczący wkład w nasze pragnienie otwarcia oczu... lub ich zamknięcia!" Tu profesor uśmiecha się do dziennikarza.
„Wreszcie trzeci poziom, który nazywamy „Buddhas" W odniesieniu do Buddy oczywiście. Są to „nadświadomi" (supra). Niebiańscy podróżnicy. Mogą wędrować po innych płaszczyznach astralnych, uwalniając się w ten sposób od czasu i przestrzeni. Buddą stajesz się osiągając bardzo wysoki poziom relaksu, koncentracji, medytacji. Wysoką intensywność duchową. Tybetańscy mnisi, jogini i szamani w większości stają się „Buddhas"". Ci ostatni oczywiście zasługują na największą uwagę i tym właśnie się zajmujemy w Instytucie. Mamy kilku Buddów, którzy uczestniczą w naszych eksperymentach."

Nathan lekko pochyla głowę... Jego oczy są mgliste... z wahaniem wznawia powoli i mówi: „Istnieje, może też czwarty poziom, czyli czwarta kategoria... Nadświadome istoty ludzkie posiadające taki poziom mistrzostwa, że mogą przekroczyć czas i przestrzeń!!!

Zyskaliby wtedy lub mogliby zyskać rodzaj doskonałej pamięci, nie mylić z pamięcią absolutną lub ejdetyczną, która jest bardziej krótkotrwałym zapamiętywaniem. Kiedy mówię o doskonałej pamięci, mam na myśli to, że zapamiętują wszystko! Z ich obecnego życia, a także z poprzednich żyć! Ale do dziś nie spotkaliśmy jeszcze żadnego. Nie na tym ziemskim poziomie, niektórzy Buddowie spotkali ich podczas astralnych wypraw…"

Następnie Nathan zaczyna się szczerze uśmiechać. „Ahhhh wiem, wiem o czym myślisz Lucianie... Jesteś myślami w odcinku Star Trek! Albo jakimkolwiek innym odnoszącym sukcesie serialu Science fiction?"

Lucian: „Tak, to trochę jak w serii Marvela, X Men'a i spółki… Czy nie jest pan kimś w rodzaju Doktora Strange'a?"

Rozbawiony Nathan: „Gdybyś tylko wiedział, wszyscy jesteśmy super bohaterami obdarzonymi super mocami! Tylko, że nasz potencjał mózgowy jest wciąż zamknięty na kłódkę. Tak zamknięty, że możemy powiedzieć, że nasza świadomość wciąż jest na poziomie epoki kamienia łupanego. Teraz, kiedy sobie o tym przypomniałem, kiedy stajemy się „świadomymi śniącymi" w miarę postępu twoich doświadczeń, stopniowo przejmujesz kontrolę. Krok po kroku, twoje doświadczenia zwiększają twoją pewność siebie, a ta pewność raz po raz przekształca się w większą kontrolę nad snami i ich otoczeniem! Możesz wtedy kontrolować wszystko albo prawie wszystko! Możesz absorbować energię, aby wystrzelić kulę ognia, fale uderzeniowe. Wreszcie wszystko, co przychodzi ci na myśl! Wszystko! Wszystkie zdolności X-mena! Przechodzenie przez ściany, latanie z prędkością myśliwca, teleportacja. Niemniej jednak te umiejętności, które są równie kreatywne co zabawne, nie są pozbawione niebezpieczeństw. Przynajmniej na początku.
Wysypki skórne, oparzenia, alergie, różne i różnorodne zaburzenia czucia… mdłości.

Twój mózg, twoje neurony, twoja pamięć utrzymują cię, przekazują ci „niektóre" pozostałości stresu. Fizyczne lub psychiczne stygmaty, które zgłaszasz mniej lub więcej. Ponieważ dla mózgu to czego doświadczasz w nocy jest bardzo realne! Emocje są takie same. Czasami wzrastają dziesięciokrotnie, ponieważ możemy intensywnie żyć z tymi marzeniami. Wszystko zależy od twojego zaangażowania we sny.
Zdecydowana większość ludzi to zwykli widzowie... i sceptycy, więc nigdy nie dziw się rano, gdy po wyczerpującej nocy odkryjesz kilka śladów na swoim ciele!

Malioth, który z nami pracuje, powiedział mi, że przez kilka dni odczuwał intensywne mrowienie w palcach, kiedy skupiał energię na swych dłoniach, nie wspominając już o oparzeniach, które pojawiły się po rzuceniu ognistymi kulami! Od tego czasu woli używać samych fal elektromagnetycznych!

Znacznie mniej śmieszne... wracając do najciemniejszego wymiaru tych odkryć mówiłem ci tutaj o istotach ludzkich. Ze skóry i kości z tej strony i których możesz nawet tu spotkać. Ale jeśli chcę być kompetentny, muszę też opowiedzieć o „łapaczach snów"! To oni właśnie znajdują się najczęściej po drugiej stronie. Pewne osoby lub istoty są w stanie wejść do twoich snów, jest to nawet ich powód do życia. Podejrzewamy, że szczególnie zła istota, spowodowałaby nawet śmierć o proporcjach biblijnych! Każdego dnia siałaby terror i śmierć tysiąca jednostek. Tak, tak... mówię o tysiącu osobach na całej planecie.
Freddy Krueger, który jest zatem wymarzonym „łapaczem snów", nie byłby już niczym innym jak spektakularnym, ale skrajnie ograniczonym przedstawieniem. Po prostu tylko postrachem sąsiedztwa w Springfield. Podczas, gdy to inny potwór, pracując każdej nocy na całej planecie, stara się dorównać, a nawet przewyższyć „ponurego żniwiarza". Należy również zauważyć, że w

jednym z filmów Freddy Krueger'a, ten ostatni stwierdza, że został zaproszony przez stwory ze snów.

Nie wiemy jaki jest pierwotny plan tych „przekłuwaczy snów". Czy są starożytnymi istotami ludzkimi i czy mają również przyczółek w naszym świecie? A może są to duchy lub inne istoty czysto psychiczne?
W filmie Kristopfera Nolana, „Inception", którego akcja została przedstawiona jako rozgrywająca się w niedalekiej przyszłości, amerykańska armia podobno opracowała maszynę do dzielenia się snami. Cóż, wciąż czekamy, aż tam maszyna zaistnieje!!!

Ale na szczęście istnieje naturalna metoda. Dwoje ludzi może spotkać się we śnie, jeśli w ciągu dnia dzielili bardzo, bardzo silne emocje. Coś wyjątkowego, w każdym razie emocjonalnie. Intensywność tej emocji będzie się utrzymywać w podświadomości i będzie ją przedłużać. Instruować w taki czy inny sposób podczas snów. Jeśli dwoje ludzi musi podzielić tę emocje, muszą również wziąć pod uwagę, że ta druga osoba jest też częścią tej emocji.
Prosty i konkretny przykład w przypadku silnego pociągu fizycznego, intelektualnego albo duchowego. Dwa umysły nie będą w stanie uwolnić się od emocji, które poniosła ich jak za dotknięciem czarodziejskiej różdżki.
Możemy też znaleźć się w sytuacji „przetrwania" w obliczu śmiertelnego niebezpieczeństwa! Tak jak stany symbiozy, ostatecznie i niekoniecznie uznane, wręcz przeciwnie. Albo gdzie sny będą tylko towarzyszyć, odciążać dwójkę bohaterów. Jest to efekt optymalizacji z nieuniknioną zbieżnością w tych przypadkach. Nie trzeba być synchronizowany we śnie, sny nie podążają za osią czasu. Niemniej jednak chodzi o to, aby być i pozostawać na tym samym poziomie emocji, a co za tym idzie nie być rozproszonym w międzyczasie przez inne afekty.

IPNOS opracował własną technikę wspólnych oraz świadomych snów. Oferujemy hipnozę w hipnozie, którą prawdopodobnie nazywaliśmy trochę pompatycznie: Hypnothalamosą.

Sugeruje ci również, jeśli jesteś zainteresowany tematem, do wzięcia udziału w jednej z naszych sesji eksperymentalnych. Ty sam lub ktoś z twojego otoczenia, chciałby może spróbować niezwykłych wrażeń? To mogłoby w smakowity sposób uzupełnić twój artykuł na ten temat, jak i również twój punkt widzenia!!!

Wiosna 1970 rok

Rozdział 11. Wioska Temiar

Impian zasnął na słomianym sienniku w swojej chacie. Jego powieki sygnalizują szybkie ruchy oczu gałek. Zaczyna śnić. Impian posuwa się powoli po opuszczonej, wysuszonej krainie, gdzie wydaje się, że nic nie rośnie. Wszystko jest spalone przez słońce, które promieniuje potężnym ogniem. Mimo, że nawet, jeśli wydaje się, że życie opuściło to bardzo niegościnne miejsce, na ziemi żyje kilka rzadkich ropuch. Są ciemno ubarwione. Mają wiele małych brodawek na skórze, które nadają im bardzo szorstki wygląd. Są bardziej smukłe niż pozostałe ropuchy w ogóle, z dłuższymi, cieńszymi kończynami w stosunku do tułowia. Cały tułów jest również mniej spuchnięty.
Impian pochyla się i próbuje złapać jedną. Ale ta ostatnia, kładzie się na plecach, zwijając się. Jej pysk otwiera się, wysuwa się długi język rozkładając całą jego długość na spieczonej ziemi. Impian łapie ropuchę prawą ręka. Wydaje się martwa, albo raczej udaje martwą! Weszła w stan Thanatosy.
Impian, następnie rozgląda się i odkrywa, że inne ropuchy przyjęły tę samą postawę. Wszystkie leżą na plecach, nieruchomo z wywieszonymi językami. Wojownik bierze drugą ropuchę w rękę. Potem słyszy harmider za sobą i odwraca się.

To niezwykle szczupła, humanoidalna istota pokryta od stóp do głowy brudnymi, wyschniętymi bandażami, powoli zmieniająca kolor. Mieszanka zieleni, czerwieni i czerni! Jej palce są cienkie, że wyglądają jak igły. Rodzaj zwłok, przerażającej mumii „kameleona". Jeśli nie widać jej oczu, można je łatwo odgadnąć po dużych oczodołach, pod postrzępioną tkanina. Pysk również jest zasłonięty paskami tkaniny, ale niektóre dziury pozwalają się domyśleć.

Głosem ochrypłym i trochę zdławionym, bardzo powoli mumia zaczyna rozmowę.
„Jeeeestem…Jaaaa jesssstemmmm … Haaaappokriiiitaaaa.
Toooo jaaaa … choooroooooba.

Jesteś silny Impianie, jesteś bardzo silny… zarówno fizycznie, jak i psychicznie. Uciekasz mi, uciekasz nam przez tyle, tyle lat! Nigdy nie byłam w stanie trwale zaszczepić w tobie najmniejszego zła, najmniejszej infekcji. Jesteś moim pacjentem Zero! ... Zero choroby!

Około 2400 lat temu rzuciłam na Ateny, wówczas w pełnym apogeum, smakowity koktajl chorób. Koktajl, który zdziesiątkuje populację, zabierając ze sobą nawet Peryklesa i jego dwóch najstarszych synów.
Ale ty Impianie, a może powinnam powiedzieć Qalb al Aqrab? Kapłan i astronom Babiloński, zesłany do Grecji. Byłeś wtedy na miejscu i przeżyłeś, co gorsza, żadne z moich wspaniałych skarbów, moje maleństwa ciebie nie dotknęły! Tyfus, arbowirus, ospa, yersina pestis spłynęły po tobie jak krople deszczu po liliach wodnych. Wirusy, bakterie różne i różnorodne infekcje, nic cię nie bierze! Zabiłam już setki milionów istot ludzkich. Spowodowałam choroby w jeszcze większej liczbie. Czasami powodując cierpienia tysiąca mocy. Ale ty, w tak zwanej „mojej pierwszej, antycznej mieszance" - Ty nic! Nic! Niente! Nada! Nothing! Zero wysypki! Żadnych zadrapań! Żadnego załaskotania! Ani małego kaszlu, ani kichnięcia!!! Co byłoby dla mnie pyszną zachętą! ALE NIE!!! Żadnego

zakłopotania. Poza być może staniem z boku lub przejściem wszystkiego bokiem. Zupełnie nic! Nic a nic! Jestem Choooorааaa!!!

Byłabym bardzo szczęśliwa, gdybyś dorzucił tu i ówdzie kilka zaraźliwych wyziewów. Tylko po to, by przyczynić się do moich cudownych i ropnych namaszczeń. Jak inne moje zjadliwe preparaty. Wirusy, bakterie - to jest życie!" Głos Happokrity zmienia ton. Mówi głośniej, dużo głośniej...

„Jestem zła, jestem bardzo zdenerwowana „Qualb Al Impian". Reguluję wraz z innymi, tak delikatna i czarująca jak tylko być potrafię, towarzyszami fortuny, żywot istot na tym świecie, a ty mi się opierasz! Co gorsza, totalnie igrasz z moimi mocami! To niedopuszczalne! I jeszcze to niedowierzające spojrzenie. To jest nie do zniesienia! Więc nic nie pamiętasz?"

Następnie powtarza jeszcze głośniej, prawie krzycząc: „Czy ty nic nie pamiętasz?" Ciało Happokrity wyraźnie rośnie. Szybko wznosząc się do trzech metrów. Prawie skandalicznie dominujący Impian, nie wydaje się bardziej przestraszony. Nie odrywają od siebie wzroku. Atmosfera staje się naelektryzowana. Horyzont, nagle ciemnieje. Bandaże mumii rozwijają się i stopniowo odsłaniają wychudzone, prawie szkieletowe ciało. Jej twarz przypomina twarz śmierci. Ciemność opanowała przestrzeń. Tylko szczególnie przerażająca, a teraz świecąca postać Happokrity pozostaje w polu widzenia Impiana, który bardzo spokojnie zbliża się do mumii, jednocześnie dorastając do jej rozmiarów. Znajduje się na tej samej wysokości. Oko w oko albo raczej to, co z tego zostało, czyli wielkimi, pustymi, ciemnymi orbitami.

Impian zaczyna mówić: „Ty i wszystkie inne złe dusze, które krążycie po tym świecie nie możecie tutaj wiele zdziałać przeciwko mnie. Nie boję się! Nie boję się! To nasz strach powoduje, że istniejesz. Strach, który sprawia, że stajecie się potężni i przerażający...

Nie przyszłaś mnie straszyć! Nie sprawisz też, że zachoruje. Nie jestem jeszcze dość zmęczony życiem, choć minęło wiele księżyców, ale przede wszystkim, ja śpię! Wciąż spokojnie, nawet jeśli próbujesz mnie zakłócić.
Intryguje mnie twoje przywołanie poprzedniego życia, ale wiem, że żyłem wiele innych żyć i w przyszłości będę miał co najmniej drugie tyle! Dlaczego miałbym o tym pamiętać? Pewnie czasami wracam do starych snów, nigdy nie wiedząc, czy jest to gra z duszami, wspomnienia czy może przyszłe życia, które nadejdą. W końcu to nie ma znaczenia. Dopóki nasz duch rośnie, bogaci się, świeci… powiedz mi, dlaczego przyszłaś się ze mną się spotkać?"

Happokrita ponownie uspokaja się i powraca do swojego pierwotnego kształtu.
„Przepraszam po stokroć. Trochę mnie poniosło, że zapomniałam o powodzie, który doprowadził mnie do ciebie. Teraz to ty chronisz swoją wioskę przed złymi duchami, to tak, jak robił twój ojciec. Przed nim robił jego ojciec a twój dziad. Przez dość wyjątkową i fascynującą aurę, która wciąż rośnie. Doskonale opanowałeś rytualne tańce, tak jak opanowałeś swoje wtargnięcia do świata snów. Twoja Ektoplazma jest tak świetlista jak słońce. Żadne cieniste stworzenia nie raczą się do ciebie zbliżyć…

Jeśli przychodzę do was teraz, to po to, aby was ostrzec. Lud Senoi, wasz lud zainwestował w marzenia…w najlepsze, lecz może teraz i w te gorsze. Kilka lat temu zgrzeszyłeś. To świętokradztwo, profanacja, nawet twój ojciec ci to wytykał. Poprzez niejakiego Kiltona Stewarta i jego małą kompanię ludzi z Zachodu. Teoria snu Senoi rozprzestrzeniła się na cały świat. Znacznie bardziej niż to konieczne. Poprzez lata, powoli, ale z całą pewnością stała się niebezpiecznym mitem. Który naraża mnie na niebezpieczeństwo, naraża ciebie na bezpieczeństwo. Twój lud i wszystkie pierwotne narody.
Przejścia między naszymi dwoma światami muszą pozostać jak najbardziej dyskretne. Wiesz o tym równie dobrze jak ja, nawet jeśli

nasze interesy są rozbieżne. Należy zachować bardzo delikatną równowagę. Nie mamy już wyboru, trzeba to pozamiatać, sprzątnąć tyle, ile się da, aby nasza egzystencja nie była zagrożona. Będziemy musieli napisać historię od nowa. Wymazać wspomnienia lub bezpośrednio wymazać życia, a może nawet unicestwić dusze.

Wszyscy zostaną dotknięci. Nawet ty Impianie. Nawet jeśli twoje przeznaczenie jest większe i bardziej niewiarygodne, niż mógłbyś sobie to wyobrazić... w tym jednym życiu. Twoja pamięć zostanie podobnie wymazana w następnym życiu. Pamięć twojego ludu również zostanie wymazana. Pokażemy kartę atutów, aby ludzkość mogła nadal cierpieć! Z tego powodu ludzkość musi dalej spać... nigdy nic nie pamiętając... indywidualnie.

Najlepsze zostawiłam na koniec, zanim cię opuszczę. Twój najstarszy syn umrze we śnie... W końcu zaznasz radości. Przyjemności bycia chorym!!!"

Paryż naszych dni

Rozdział 12. IPNOS

Sala Matthiew Walkera. Profesor wchodzi do pokoju w towarzystwie dziennikarza z Totales Science. Podchodzi do osób na środku sali.

„Panowie, panie..." - Profesor wita swoich gości po kolei. „Jestem zachwycony, że znów was widzę przy tym doświadczeniu, na tą nową podróż. Pozwólcie, że przedstawię wam Luciana, który pracuje dla gazety Totales Science. I zgodził się dołączyć do nas, aby wypróbować naszego doświadczenia".

Następnie Lucian pozdrawia obecnych i podaje im ręce. Profesor komentuje, w tym samym czasie.

„Oto Antoine, który jest restauratorem i fanem gier fabularnych. Regis, nauczyciel i amator komiksów. Nicolas, stylista i czasami surfer. Dominik, handlarz i kolarz górski. Na koniec przedstawiam ci Maliotha zwanego świstakiem. Jest jednym z naszych współpracowników, jednym z najbardziej utalentowanych, jeśli nie najbardziej utalentowanym. Jest naszym „Buddą", rzadki i cenny Budda. Towarzyszy ci w pierwszej hipnozie i to on przejmuje kontrolę nad drugą. Jego doświadczenie i mistrzostwo są bardzo ważne..."

Malioth zabiera głos: „Chcę tylko wyjaśnić, że Malioth nie jest moim imieniem w życiu cywilnym. Jest to imię mojego Awatara w innych życiach... wirtualnych, psychicznych, przeszłych, teraźniejszych i przyszłych... w innych wszechświatach, w tym jeden bardzo bliski, którego drzwi ponownie otworzymy dla ciebie tego wieczoru."

Nathan: „Panie i panowie, proszę zająć miejsca, które są tuż za wami." Do pokoju wchodzi czterech współpracowników profesora. Ubranych w białe fartuchy.

Nathan: „Zamykasz oczy, oddychasz głęboko i powoli... - Profesor mówi po cichu swoim najwolniejszym, najcieplejszym głosem. Słuchasz dźwięku mojego głosu i oddychasz spokojnie... oddychasz... robisz wdech, wydech, robisz wdech, robisz wydech... czujesz jak twoje ciało rozluźnia się, pozwalasz sobie zasnąć, pozwalasz sobie zapaść w miękki sen... czujesz się swobodnie. Jest ci wygodnie i zapadasz w głęboki sen. Mój głos ci towarzyszy, wdech... wydech, mój głos staje się twoim głosem. Mój głos jest twoim głosem, a ty się relaksujesz, czujesz się dobrze, czujesz się bardzo dobrze, relaksujesz się i zasypiasz.
Jestem twoim wewnętrznym głosem. Za chwilkę wasza siódemka wkrótce wróci do pokoju, w którym zasnęliście, ale jest to już nie ten sam pokój. Śpisz. Możesz myśleć, że się obudziłeś, ale nadal będziesz spał. Śnił, że wróciłeś do tego pokoju. I znowu to Malioth jako

pierwszy otworzy oczy w tym słodkim śnie. On powstanie. Wszyscy będziecie uważnie słuchać i postępować zgodnie z jego instrukcjami. Słuchasz teraz głosu Maliotha. Jego głos jest twoim głosem."

Malioth zabiera głos: „Wszyscy jesteśmy znowu razem w pierwszej fazie tej hipnozy i z przyjemnością odnotowuję, że Lucianowi również udało się do nas dołączyć. Prawdopodobnie zahipnotyzowany, to znaczy „zaczarowany" przez profesora Nathana - chciałem powiedzieć. Jesteśmy we śnie. Śnie prowadzonym przez profesora, a teraz przeze mnie. Czy ktoś może nam przypomnieć i powiedzieć dla naszego dziennikarza, co robiliśmy ostatnio? Kiedy przeszliśmy na drugi poziom hipnozy?

Antoine: „Najwyraźniej przenieśliśmy się w czasie i w przestrzeni. Dotarliśmy do górnego Paleolitu! Prawdopodobnie nawet do ostatniej epoki lodowcowej! Na pustynnej równinie zobaczyliśmy w oddali stado mamutów. Idących powoli i spokojnie. I poznaliśmy naszych przodków! Ubranych w skóry zwierząt i niosących harpuny. Było ich czworo, było groźnie, ale z pewnością oni byli tak samo przestraszeni jak my. Nie mieliśmy przy sobie broni, więc musieliśmy próbować się porozumieć. Na początek było bardzo nerwowo, ale kiedy ci mężczyźni zobaczyli, że nie narażamy ich na bezpieczeństwo, podeszli do nas bardzo zaintrygowani. Dotykali nas, wąchali... i nawet jeden mnie polizał. To było równie trudne co ekscytujące. Skończyło się na tym, że zaoferowali żebyśmy towarzyszyli im w drodze do ich wioski. Ich chaty były zbudowane z ogromnych zwierzęcych skór, drewna, kości. I prawdopodobnie kłów mamutów. Spędziliśmy z nimi długi czas. Wreszcie zjedliśmy z nimi, bawiliśmy się z ich dziećmi, które musiały widzieć w nas coś w rodzaju klaunów z kosmosu. Myślę, że każdy z nas wolałby zostać dłużej, ale Malioth zdecydował się zakończyć to doświadczenie, zawołał nas z powrotem i sen, to znaczy ta wyprawa dobiegła końca."

Malioth: „Byliście tam na miejscu równowartość kilku godzin! Kilka godzin tam! Kilka minut na niższym poziomie. Ale jeśli nie macie nic przeciwko, czas usiąść, bo wychodzimy ponownie. To proponuję udać się teraz do starożytnego Egiptu w czasy Nefertiti. Zostaniecie tam bardzo dobrze przyjęci, ponieważ bogowie, duchy i wszystko, co może wydawać się nadprzyrodzone jest tam wysoko czczone. Będziecie postrzegani jako jedno lub drugie. Jeśli chcecie, decyzja należy do was. Tym razem sugeruję, żebyście przynieśli mi małą pamiątkę. Wróćcie z kontynuacją, fizycznym śladem wydarzenia, które spowodowaliście! Albo nie! Ewentualnie tatuaż lub jakiś makijaż! Nie możecie przywieźć niczego materialnego z tej drugiej strony. Natomiast twoje ciało może to zatrzymać, poświadczyć o wspomnieniach! Sporadycznie.

Przypominam, że w skrajnym przypadku, gdy przydarzy wam się coś bardzo niefortunnego, natychmiast obudzicie się po tej stronie ze mną! Jakieś pytania? Zaczynamy... Zamykasz oczy, relaksujesz się, robisz wdech... wydech..."

Sześcioro uczestników rozsiadło się na swoich krzesłach i zamknęło oczy i teraz podróżują pod zwierzchnictwem Maliotha, który towarzyszy im aż do wejścia do rezydencji Faraona. Potem zamilcza, pozwalając im przywłaszczyć sobie ten sen według ich własnego uznania.

Kilka sekund później Lucian budzi się i wstaje! Malioth dość zdziwiony odzywa się i zaczyna do niego szeptać... „Coś ci się stało?"
Lucian: „Jeszcze nie... wróciłem po ciebie. Wcale nie jestem tym, kim myślisz. Mój Pan i Mistrz poprosił mnie, abym przyszedł i towarzyszył ci... w śmierci! W momencie, kiedy do ciebie mówię, powinieneś zacząć odczuwać bardzo silny ból w sercu. Ból... który osiągnie crescendo! Poczujesz to jak obcęgi, które mocno cię ściskają i twoje serce zakończy bicie! Ja też czuję ten ból, bo mój los będzie taki sam jak twój. Oboje umrzemy... za kilka sekund lub mniej!"

Następnie Malioth mówi głośniej: „Profesorze, profesorze... proszę niech pan mnie obudzi! Szybko! PROFESORZE!!!

Potem zwraca się Luciana: „OK, jeśli śni mi się koszmar, to umrę tutaj i obudzę się w pokoju, w którym zasnęłam! To nie pierwszy ani ostatni raz. Następnie kładzie rękę na sercu i upada na kolana. Ale dlaczego? Dlaczego to robisz?"
Lucian: „Nie mogę ci wszystkiego zdradzić. Boimy się, że profesor jest w twoich myślach. Po prostu wiedząc, że nie mamy żadnych szans na ucieczkę, mój Pan i Mistrz zatrzyma nasze serca. Nic więcej nie możemy z tym zrobić. Nagła śmierć w trakcie snu, jest niemal codziennością, nawet gdy się jest młodym! Niewyjaśniona nagła śmierć... Syndrom Brugada... pomijając resztę... Twój nauczyciel dużo o tym wie. Ale z drugiej strony dwa nagłe niewyjaśnione zgony w tym samym czasie, w tym samym miejscu, podczas niebezpiecznego eksperymentu, który może pozostawiać wiele pytań. Nie ma wątpliwości, że Instytut zostanie zamknięty. I wasze eksperymenty ustaną. Ciemna zasłona będzie ciążyć wiecznie nad tymi podróżami, które pozostaną dziełem szaleńców, ekscentryków i mistyków. Bardzo zła reklama, która położy kres całej waszej pracy..."

Lucian następnie upada na ziemię i wije się z bólu. Mimo to udaje mu się mówić konkludując: „Ludzkość nie jest gotowa, prawdopodobnie nigdy nie będzie. Ludzie muszą pozostać małymi mrówkami...potrzebującymi, posłusznymi i nadzorowanymi." Następnie pojawia się cień i obejmuje dwa ciała, wijące się już po ziemi. Daje się usłyszeć ostatnie wycie, przeraźliwy krzyk, po czym oba ciała stają się nieruchome.

Luty 1970 rok

Rozdział 13. Wioska Senoi

Impian stał się Szamanem swojego plemienia od wielu już lat, po zniknięciu Datu Bintunga. Jego ojciec odszedł spokojnie, we śnie w bardzo podeszłym wieku. Dzieci Impiana stały się dorosłe i również intensywnie praktykują świadome sny. Jeden z nich, najstarszy oznajmił nawet, że potrafił latać w jednym z tych snów, co wzbudzi podziw całego plemienia, gdy wieczorem przy ognisku opowie o swoim doświadczeniu.

Drugi umrze natomiast we śnie, po bardzo niespokojnej nocy przepełnionej jękami i ostatecznym krzykiem.

„Bangungut" będzie skandował lud następnego ranka, kiedy odkryją nieruchome ciało młodego mężczyzny z zaciśniętymi pięściami, wyciągnięte na ziemi, w środku małej kałuży moczu. Impian popędzi do chaty syna, przerażony żalem i bólem. Uda mu się unieść głowę i część jego ciała. Wziąć go w ramiona. Impian będzie krzyczał ze złości, ostatkami sił, pozwalając płynąć łzom całego ciała, całego życia.

Widząc coś ukrytego w prawej dłoni syna z zaciśniętą pięścią, rozłoży mu palce, odsłaniając brudny, czerwono-czarny, zwitek. Wydaje się, że Impian otrzymał nowy cios, zblednieje, upuści nieożywione ciało swojego syna. Nagle się wyprostuje i znów zakrzyczy całą swoją wściekłością - „Happokrita wygrałaś!!!

Oszukiwałaś..., ale nadejdzie dzień, nadejdzie inne życie i będę silniejszy niż kiedykolwiek, aby ci się przeciwstawić. To nie zwróci mi mojego syna. Ale będę mógł cię zmiażdżyć, zredukować do rozmiarów wirusa!"

Następnego dnia Impian wraz ze swoim ludem uda się pochować syna na cmentarzu po drugiej stronie rzeki. Impian jest zdruzgotany tą tragiczną stratą. W kolejnych dniach i tygodniach jego stan znacznie się pogorszy, bardzo szybko straci również znaczną część

swojej jasności umysłu, podobnie podupadając na zdrowiu psychicznym. Kilka tygodni po śmierci syna, niepocieszony, nadal zmartwiony, przygotuje wywar, który spożyje przed przystąpieniem do rytualnego tańca. Chinchem. Następnie będzie tańczył godzinami przy centralnym ogniu. Będzie tańczył bez końca. Pogrążając się w nocy, komunikując się prawdopodobnie i obcując z duchami. Być może z duchem tygrysa. Nigdy się nie dowiemy, bo Impian w końcu powali się na ziemię. W tym samym czasie, gdy późno w nocy wygaśnie ogień. Jego serce zatrzyma się, wyczerpały się jego siły. Jego ciało zostało opróżnione z duszy.
Jednak kilka minut po ciężkim upadku na ziemię, w wiosce, niemal pogrążonej w ciemności zbliży się cień do tego martwego ciała. To pantera, przychodzi do niego, taka wspaniała. Liże mu twarz, do tego zadając mu kilka uderzeń głową, jakby chciała go obudzić… słysząc podejrzany szelest nagle ucieknie z prędkością światła.

Fala niewyjaśnionych nagłych zgonów, rozprzestrzeni się po wiosce. Będą to głównie mężczyźni, nawet młodzi! Ta fala będzie powoli, ale nieuchronnie szerzyć się na sąsiednie wioski. Potem na cały kraj. Przez miesiące, lata rozejdzie się we wszystkich krajach Azji Południowo Wschodniej. Na początku lat osiemdziesiątych ta stopniowa, ale konsekwentna fala przepłynie Pacyfik.

Umarli we śnie, jeden po drugim, najczęściej w środku nocy, około trzeciej nad ranem. Tysiące kilometrów od swoich domów. 117 zgonów, w tym 116 mężczyzn w bardzo dobrym stanie zdrowia. Z medianą wieku trzydzieści trzy, w mniej niż dwa lata. Imigranci Hmong z Azji Południowo Wschodniej i uchodźcy polityczny rozproszyli się wówczas w pięćdziesięciu trzech amerykańskich miastach. Czas, który większość spędzi na amerykańskiej ziemi, nie przekroczy kilku miesięcy!
W szczytowym momencie zgonów na początku lat 80-tych, śmiertelność z powodu tego tajemniczego problemu wśród tej grupy etnicznej była równa pięciu głównym, naturalnym przyczynom

zgonów pośród innych amerykańskich mężczyzn w ich grupie wiekowej. Mogliśmy zatem stwierdzić, że w tym czasie w nocy, pośród snu coś zabijało tę populację! Zwłaszcza w Kalifornii, gdzie ofiary sygnalizowały wcześniej osobom ze swojego otoczenia, że coś ścigało je w nocy.
Dwustu trzydziestu robotników zagranicznych z Tajlandii, mieszkających w Singapurze, będących w dobrym stanie zdrowia również zmarło. I to nagle, z niewyjaśnionych przyczyń podczas snu w latach 80. Spędzili średnio 8 miesięcy na obcej ziemi.

Rozdział 14. Spotkanie ze Śmiercią

Hypnos jest Bogiem snu, Thanatos to Bóg śmierci. Hypnos i Thanatos to dwaj bracia bliźniacy, których fizyczne podobieństwo jest absolutnie doskonałe. Są oni niezwykle potężni i niezwykle bliscy sobie. Są też niesamowicie dumni, aroganccy i wrażliwi, co nie jest niczym oryginalnym jak na „Bogów"! Zdradź jednego lub go oszukaj, a często to drugi, bardzo wściekły przyjdzie po to, abyś słono za to zapłacił! Boskie braterstwo przejawia się tak samo wśród śmiertelników. Jeśli Morfeusz naturalnie nie weźmie cię w swoje ramiona, bój się, że nie przeniesie cię z powrotem tam, skąd cię zabrał. Jeśli zdecydujesz się na przejście korytarzem śmierci, kiedy twój czas jeszcze nie nadszedł, bój się, że zmarli będą cię prześladować na zawsze, dopóki im nie ulegniesz.

Poprzez wstrząśnienie poglądami na temat śmierci, w szczególności strachem przed Śmiercią. Ta ostatnia powinna interweniować. Na przykład mit o Siddhartha Gautama - Historycznego Buddy. Siddhartha Gautama zajął miejsce pod drzewem figowym składając ślubowanie, że nie poruszy się, dopóki nie osiągnie prawdy. Kilka legend opowiada o tym, jak Mara, demon śmierci przerażony mocą, którą Budda zamierzał uzyskać przeciwko niemu, uwalniając ludzi od strachu przed śmiercią, próbował wyrwać go z medytacji, wysyłając przeciwko niemu hordy przerażających demonów i jego trzy uwodzicielskie córki. Ale to była strata czasu. I w wieku 35 lat Budda osiągnął oświecenie. Z jedną ręką spoczywającą na Ziemi, w której trzyma ziemię, by być świadkiem swoich przeszłych zasług. Twierdził, że doszedł do pełnego zrozumienia natury i przyczyn ludzkiego cierpienia oraz kroków niezbędnych do jego wyeliminowania. Zawsze będzie upierał się przy tym, że nie jest ani Bogiem, ani posłańcem Boga, a oświecenie (bodhi) nie wynika z nadprzyrodzonej interwencji, ale ze szczególnego zwrócenia uwagi na naturę ludzkiego umysłu. Wskutek tego jest to możliwe dla wszystkich istot ludzkich.

Zatem w hipnozie, która zamienia się w śmiertelny wypadek, Malioth otwiera oczy, „budzi się". Jest w białej pustej, niezwykle świetlistej przestrzeni. Wszystko jest bielą i światłem wystarczającym, by bolały oczy. Nie ma ściany. Nie ma dekoracji ni z lewej, ni z prawej. Ani z przodu, ani z tyłu. Żadnej perspektywy, żadnego horyzontu, nic co pozwala przykuć wzrok. Absolutna Cisza. Brakuje najmniejszego ruchu powietrza. Czas jest zawieszony, całkowicie zamrożony. Sytuacja może wydawać się zawstydzająca, dusząca, ale pozostaje on zaskakująco spokojny i zrelaksowany, pogodny. Mimo to szuka czegoś, do czego mógłby przykleić wzrok, co mogłoby odpowiadać horyzontowi. Patrzy przez kilka sekund… kilka minut.
W końcu w oddali pojawia się mały kształt, ale na razie jest daleko. Niczego nie jest pewien. Słyszy w głowie szmer, jakieś „przychodzę". I potem: „Zawsze przybywałem, nawet wtedy, kiedy mnie nikt nie oczekuje"
Zaczyna rozpoznawać sylwetkę… trudno ją przejrzeć, bo też jest biała. Jeszcze kilka chwili… i podchodzi do niego silny, elegancko ubrany mężczyzna. Biały Garnitur i tylko złota broszka przedstawiająca Lwa, trochę się kłóci z resztą. Mężczyzna uśmiecha się, z błyszczącymi, niebieskimi oczami i spojrzeniem przepełnionym złośliwością. Wydaje się młody, na jakieś 20 lub 25 lat. Włosy ma średniej długości, ciemny, złoty blond. To idealny przedstawiciel

grecko - rzymskich atletów lub Bóstwa. Ephebe lub Apollon. Postać o magnetycznym pięknie. Zdumiewający!
Zbliża się do Maliotha, po czym zatrzymuje się dwa kroki od niego.

Patrząc mu prosto w oczy swoim lodowatym, podłym spojrzeniem i mówi: „Tak jak pracowity dzień daje nam dobry sen, tak dobrze przeżyte życie, prowadzi nas do spokojnej śmierci". „To nie ode mnie, tylko od Leonarda… ohhhh przepraszam… Leonarda da Vinci" – dodaje. „Nie znalazłem nic lepszego, żeby przerwać ciszę… którą zostawiam na chwilę, aby ją docenić, bo czyż nie jestem stróżem wiecznego spoczynku?
Mówi się też, że cisza pozwala odnaleźć przeznaczenie. Jestem twoim przeznaczeniem, przeznaczeniem dla wszystkich… Śmierć to coś, co przychodzi niewiele później niż narodziny" - mówi z uśmiechem.

Od najwspanialszych przeznaczeń do tych mniej chwalebnych, twoje epitafium będzie co najwyżej jak wyjątkowe wspomnienie, które pozostawisz potomnym. Imię i dwie sklejone ze sobą daty, wygrawerowane w salonie. Tym, w którym degustujesz swoją ostatnią szklaneczkę!".
Thanatos uśmiecha się szeroko, ale krótko i konkluduje – „Twoim grobie..."

„Dość żartów! Nawet jeśli przedstawianie się nie jest już absolutnie konieczne, z pewnością już zrozumiałeś, że jestem tym co się nazywa… ŚMIERĆ!"
„Właściwie… Hmmm" - kontynuuje bardzo miękkim głosem. „Jestem Thanatos. I oczywiście od razu zadasz sobie pierwsze pytanie, czy jesteś martwy? Całkowicie trafne, jeśli weźmiesz pod uwagę fakt, że zwykle widuje się mnie tylko raz w życiu. Co może być bardziej destabilizujące i przerażające? Pytam cię… Bycie martwym? Czy nadal żywym? W twoim świecie nic nie wydaje się bardziej niepokojące niż pozostanie przy życiu…

Zanim powiem ci, dlaczego tu jesteś, muszę zrobić krótką prezentację, ponieważ jest wiele nieporozumień na mój temat. Szkodliwych i irytujących... postaram się mówić krótko, nawet jeśli „moje życie" (uśmiech) to wieczność!

Jestem uprzywilejowanym świadkiem ludzkości, podobnie jak innych gatunków, które przez bardzo długi czas tworzyły życie na Ziemi. Z chaosu wyłoniła się Nyks - noc i Erebe - ciemność, moi kochani i czuli rodzice. Potem powstałem ja z moim bratem bliźniakiem Hypnosem. Następnie powstaje Ether - niebo i Hemera - dzień. Od zarania dziejów jawią się dwa światy, dwa przeciwstawne, ale porowate światy. I oto jestem, z Hypnosem, aby otworzyć drzwi między tymi obydwoma. Bogowie Psychopompy nas powitają i prowadzą nasze dusze. Oto jesteśmy u źródła. Mógłbym podać wiele, a nawet nieskończoną liczbę szczegółów, ale w tej chwili nie jest to konieczne.
I to bez brania pod uwagę płodnej wyobraźni ludzkiej i ich interpretacji, ich projekcji, ich niepokojów, nerwic... i nadziei. Nie zapominając o całej energii, która się z tym wiąże, a która nie jest bez wpływu na równowagę tych światów, tego wszechświata, kosmosu.
Przystojny ze mnie chłopak, jak na mój wiek, nieprawdaż? Niesamowicie różniący się od klasycznego, zachodniego, antropomorficznego humanoida, totalnie wychudzonego.
Ta reprezentacja, pojawiła się wraz Czarną Śmiercią w średniowieczu. Zarazę, którą również nazwano Black Death albo Mort Noire. Epidemia jaką ludzkość nie zazna przez wieki."

Malioth stoi jak wryty, bojąc się poruszyć, gdy Thanatos kontynuuje przerażająco brzmiącym głosem: „Udrapowany szkielet, okryty ogromnym płaszczem. Z potężna kosą, gotowy przeciąć cię jednym ciosem, przeciąć nić życia. Kosząc niestrudzenie dzień po dniu, tydzień po tygodniu, setki tysięcy istnień, jakbyśmy kosili pszenicę. Co nie może być bardziej fałszywe... Bo powtarzam, ja przyjmuję tylko dusze i je prowadzę, ale..."

W tym momencie, w ułamku sekundy i w ogłuszającej eksplozji rozległ się grzmot, któremu towarzyszyło pojawienie się niezwykle ciemnej, zbitej chmury, całkowicie pokrywającej Thanatosa. W dodatkowym ułamku sekundy chmura się rozprasza. Odsłaniając dantejską, apokaliptyczną wizję śmierci. Ta właśnie, nawet krótko opisana, zgadza się z wizją kolektywu. Śmierć delikatnie przesuwa ramie za siebie i wyciąga kosę, która wyraźnie rozciąga się na około trzy metry, z dźwiękiem ostrzonego noża. Ogromna kosa z ciemnoszarym, idealnym ostrzem, bez żadnej szorstkości. Następnie Śmierć wykonuje nią gwałtowny, okrężny ruch i przelatuje tuż nad głową Maliotha. Zanim powoli, ale zdecydowanie się do niego zbliży. Z mrożącą krew w żyłach twarzą w twarz, która wytrąca całe to światło, aby zniknęło w absolutnej czerni w tych dwóch wielkich i przerażających wnękach orbitalnych. Dwie ziejące, czarne dziury tak ciemne, że nie wydobywa się z nich żadne światło. Przerażające i hipnotyzujące.

Następnie Thanatos pojawia się ponownie w swojej bardziej uśmiechniętej formie. „Nie mogłem się powstrzymać. Muszę... zawsze muszę uważać z tą głupią kosą. Nie masz pojęcia, ile razy byłem ranny! A jeśli regeneruję się wystarczająco szybko to potem zawsze mam problem z odnalezieniem dobrego krawca." - oznajmia z westchnieniem. „Tak już jest, szewc zawsze chodzi najgorzej obuty".

„Jeśli w głębi duszy jestem absolutnie spokojny, śmierć, którą ja ucieleśniam, czasem w trochę teatralny sposób, wy śmiertelnicy musicie się bezwzględnie obawiać! Nie, nie... nie mówię tego w sposób pejoratywny, wręcz przeciwnie, ponieważ to właśnie tworzy twoje uzupełnienie duszy.
Byłbyś nieśmiertelny, to można śmiało założyć, że ludzkość byłaby zupełnie inna, lubieżna, pasywna, leniwa, łatwa. Życie byłoby nudne, może wręcz smutne, gdyby może nie tych kilku szaleńców. W końcu, chociaż nieśmiertelni, byście z pewnością i tak szukali zniszczenia. Samozniszczenia. Poza tym powiedzmy to najprościej, jak to

możliwe. Jestem Thanatos! Lepiej znany jako Śmierć. Jestem już w tobie, w każdym z was! Od pierwszych sekund twojego życia. Kiedy powietrze dostaje się do twoich płuc i rozdziera je twoim pierwszym krzykiem! Tym twoim pierwszym bólem! Tym bólem życia. Twój czas ucieka! Twoja śmierć jest już zaprogramowana. Tą ziemię zajmują żywe istoty, skierowane ku Śmierci. Żywe, ale już umierające!!! Starość, starzenie się, aby życie trwało dalej. Jedni odchodzą, aby zrobić miejsce, dla następnych. Wszystko, co ma początek ma i koniec.

„Valar Morghulis"! Każdy człowiek musi umrzeć! Człowiek jest śmiertelny, aby zachować pełną integralność ludzkości. Jeśli będziesz miał szczęście i odpuścisz, wydasz swój ostatni oddech w bardzo podeszłym wieku, podczas snu. Zostawiając po sobie prawdopodobnie dzieci, wnuków i życie dobrze wypełnione. W tym właśnie przypadku przyjmiesz mnie z pewną satysfakcją, bez strachu. I wszystko, co ma początek, ma koniec! Ta zaprogramowana śmierć na poziomie całego gatunku jest prawie akceptowalna. Filozofowie mają powody. Cyceron twierdził, że filozofowanie jest nauką umierania. Bo w końcu złapię was, raczej złapię was wszystkich. Jeden po drugim. Nawet tych co będą próbowali ode mnie uciec. Jestem Ostatecznym Przeznaczeniem! (uśmiech)

Oczywiście jeśli w tej chwili spokojnie filozofujemy. Jest wciąż wielu ludzi, którzy mnie nienawidzą, tak jak w sytuacjach przypadkowych i tragicznych śmierci. Wypadki, wojny, choroby, morderstwa, głód. Zgony tragiczniejsze jeden od drugiego, te w skali ludzkiej, rodzinnej. Ból pozostaje nadal, najczęściej dla tych, którzy zostają. Mówią, że nie ma odpowiedniego wieku na śmierć! Na co niektórzy odpowiadają, że umrzeć młodo to pozostać młodym! Dla tych, którzy myślą, że jest życie po śmierci. Ale w tej ostatniej sprawie będę milczał bardziej niż grób. Umieranie w młodym czy starym wieku nie ma znaczenia. Liczy się to, żeby żyło się pełnią życia. Nie dziw się, że czasami się powtarzam lub nawet częściej. Przyjmuję tak wielu ludzi, tak często, od tak bardzo dawna… na całe wieki…

Do niektórych zgonów łatwiej się przyznać niż do innych. Najbardziej czułym parametrem jest wiek. Umrzeć w 95 roku, po pełnym i szczęśliwym życiu wydaje się bardziej naturalne niż nieobudzenie się w wieku 6 miesięcy. Nazywa się to zespołem nagłej śmierci niemowląt. Absolutny dramat dla rodziców. Nagła śmierć to koniec końca mojej sławy, mojego rozgłosu. Natomiast kiedy „stuletni" staruszek definitywnie zamyka oczy, wszyscy myślimy, że już zakończył swoją podróż, swoją przeprawę. Kiedy młody człowiek, czołowy sportowiec upada na oczach publiczności. Definitywnie. Cień Śmierci pojawia się natychmiast. Cień ponurego żniwiarza. Po tych kilku technicznych lub filozoficznych szczegółach i kilku mniej lub bardziej depresyjnych tematach nadszedł czas, abyś ponownie się skupił i dowiedział się, dlaczego jesteś tutaj przede mną. Z jakiego powodu? A tym bardziej dlaczego ty!?

Hypnos i jak królujemy jako absolutni mistrzowie, w tym, co w uproszczeniu moglibyśmy nazwać czymś pomiędzy dwoma światami. Tych żywych, jeśli pozostaniemy w twoim słownictwie. Żywych istot, materii i tych martwych, które nie mają już żadnej… materii. Mam doskonałą kontrolę nad terytorium, które mnie dotyczy, aby przenosić duszę na drugą stronę. Nie jest, co prawda to duże terytorium, jednakże to Hypnosa jest absolutnie gigantyczne! I nie bez powodu, bo jest ono bez limitu. Strefa wyobraźni bardzo rozsądnie otoczona swoimi Oneroi. 1001 dzieci, w tym potężny i bardzo charyzmatyczny Morfeusz. Jedyny, który pierwotnie miał ludzki wygląd, a przynajmniej tak się mówi. Inne, takie jak Icelos, Phoberor, Phantasos mają wygląd uskrzydlonych demonów, chociaż zbyt rzadko widujemy je w oryginalnej formie. Jeśli będziesz uważny i zdyscyplinowany, wkrótce ci ich przedstawię. Nie jest ich zbyt wielu, aby ożywić nieświadomość, podświadomość ludzką i kontrolować ten świat wszystkich doświadczeń, od najmądrzejszych, elementarnych…

do najbardziej ekscentrycznych, urojonych nie mogących być bardziej rozjuszonych, drżących, czasem traumatycznych!!! Ale zbawiennych. Moi przyjaciele Oneroi są wspaniałymi aktorami, czystymi komikami! Dokładają wszelkich starań, aby sublimować sny, które mogą być najbardziej fantasmagoryczne, wspaniałe, boskie. Jak te, co mogą być również najbardziej zawiłe, obrzydliwe, nieprawdopodobne, przerażające... i... ŚMIERTELNE!

Ale nie panikuj, kiedy umrzesz we śnie, budzisz się natychmiast. Wyjaśnijmy raczej to, że śpiący mający sen, w którym umiera, wychodzi z tego snu. Może poza momentami, kiedy jesteś przekonany, że to nie sen, ale kontynuujmy... może nadal śpi, ale we śnie wyższego poziomu, w którym zasnął. Dokładność absolutnie niezbędna po emisji tego dzieła kinowego, które odniosło światowy sukces naziemny z pewnym Leonardo Di Caprio. Sny, mogą się na siebie nakładać, jeden na drugi. Ogólnie rzecz biorąc, aby wywołać prawdziwe uczucie paniki. Ci, którzy budzą się z koszmaru, aby obudzić się w innym, jeszcze bardziej przerażającym, pamiętają to przez całe życie.

Tak jak Śmierć nie zabija, bo to ty przychodzisz do mnie, a ja niosę twoją duszę to sny też nie zabijają. Nie bezpośrednio, jednak nadal możesz umrzeć we śnie. Co gorsza, możesz skończyć w otchłani. A jeśli tu jesteśmy, to właśnie po to, by powstrzymać złą istotę, która pustoszy, potępia żywych, kiedy śpią. Straszna i odrażająca istota wędruje po snach ludzi, by powodować ich wieczne męki.
Możesz wtedy pomyśleć, że chodzi tu o Piekło. Tylko, że tutaj to niewinne istoty są ofiarami. Istoty, które popełniły rażący błąd, jakim jest tylko wymuszenie snu za pomocą produktów chemicznych. Jedna noc spokojnego snu w obliczu wiecznej męki, to trochę drogo płacone, nie sądzisz?
Od powrotu epidemii, nie mówiąc już o globalnej pandemii, od częściowego lub całkowitego ograniczenia rozpowszechniającego się na całej planecie, kiedy wojna wydaje się przygotowywać, a nawet

odradzać. Od tej strasznej psychozy, w której ludzkość albo boi się śmierci, albo boi się choroby, albo boi się bezrobocia lub znalezienia się na ulicy. Od kilku tygodni, kilku miesięcy, kilku lat, strach zyskuje na popularności, a populacje, zwłaszcza te bogate populacje, konsumują więcej niż kiedykolwiek antydepresanty, leki uspokajające, tabletki nasenne. Gdy w twoim śnie musiałbyś być wtedy zabity, twój mózg będzie całkowicie niezdolny, aby cię uwolnić, ponieważ jest kompletnie znieczulony. Mówiąc prościej zostajesz zabity a aktywność twojego mózgu zostaje natychmiast wyłączona, pogrążając się w otchłani. Robiąc z ciebie warzywo, wprowadzając cię w śpiączkę wegetatywną. Jeśli zostaniesz tam zbyt długo, lepiej zostać tam już na zawsze, ponieważ twój mózg nie wyjdzie z tego bez szwanku. Ale to najmniej zły scenariusz. Ponieważ możesz być również przerażony swoją śmiercią… szokującą, zaskakująco gwałtowną, że naprawdę i definitywnie umrzesz!

Śmierć po obu stronach! Tym razem już nie będziesz błądził w zawieszeniu. Staniesz się przeklętą duszą, prawdopodobnie na wieczność, błąkającą się nie wiadomo, gdzie, w każdym razie w bardzo małym obwodzie. W wolnym czasie próbując porozumieć się z żywymi… Ludźmi! Z wyobraźnią i psychiczną wolą. Wtedy spróbuj raczej porozumieć się z kotami. One mają bardzo wiele predyspozycji do życia pozagrobowego.

Jeśli cię wybrałem to dlatego, że jesteś „marzycielem świadomym". Bardzo doświadczonym. Możesz przekręcić swój sen na swoją korzyść! Właściwie możesz całkowicie go zaprojektować! Ustrukturyzować! Oprócz bycia zatruwanym przez to nieszczęście, które zatrzymamy razem, jeśli pozwolisz. Oto jak widzę naszą współpracę. Tak właśnie przeprowadzimy ten kontratak.
W ramach waszej struktury medycznej IPNOS, uspokajającej na wypadek, gdyby coś poszło nie tak, zapadniesz w głęboki sen pod wpływem silnej pigułki nasennej. Prawdopodobnie staniesz się rzekomo łatwym celem dla naszego niezidentyfikowanego

drapieżnika. Będzie on oczywiście próbował cię zabić, nawet wyeliminować w okropny sposób. Aby spowodować śmierć mózgu lub trwałe zatrzymanie akcji serca. W co nie wierzę, znając twoje doświadczenie i rodowód."

Thanatos odpina swoją złotą broszkę i wręcza mi ją.
„Weź to i przypnij sobie do ubrania".
Z reguły nie ingeruję w snach, Hypnos, Morfeusz i ich bracia obserwują, ale mogą być przytłoczeni. Przede wszystkim mogą co najwyżej przegonić intruza... zanim znów wróci i zasieje samotność, spustoszenie, szaleństwo, wieczne cierpienie... Z resztą są mniej zaniepokojeni niż ja, ponieważ ten demon zrywa łańcuch, zrywa mój łańcuch... nasz łańcuch. Nie wspominając oczywiście o tych milionach dusz, które będą wędrować wiecznie w przestrzeniach zredukowanych jak ogrodzenia, cierpiąc wszystkie okropieństwa, jakie czująca istota jest w stanie wygenerować.
Abym natychmiast pojawił się obok ciebie są dwie opcje. Pomyślisz o mnie, dotykając broszki. Uważaj jednak, aby nie zrobić tego zbyt wcześnie, ponieważ prawdopodobnie mamy tylko jedną szansę..., że umrzesz. W takim razie poczuję to i będę mógł dosięgnąć cię szybciej niż trzepotanie skrzydeł motyla. Nie trzeba mówić, co zamierzam zrobić, gdy zmierzę się z tym intruzem, ale zamierzam się go pozbyć."

Malioth równie zdumiony co oszołomiony, tak samo rozgromiony jak podekscytowany tą zaskakującą historią. Zaczyna się jąkać: „No... no... doo... dooo... brze, piesku. To wszystko nie jest zbyt trywialne. Nie wiem, co myśleć o tej dyskusji. Jestem zdumiony, oszołomiony, skołowany. To trochę za dużo jak na zwykłego śmiertelnika, albo kogoś kto właśnie umarł... przy okazji... czy ty sprawiłeś, że umarłem? Po pierwsze czy naprawdę jestem martwy?"

Thanatos: „Nie jestem odpowiedzialny za twoją śmierć i nigdy nie będę. Z drugiej strony jedna z moich sióstr doskonale zna twój los. Ja czekałem więc cierpliwie na ciebie, od kilku dni, kilku tygodni, kilku miesięcy, a nawet kilku lat..."

Thanatos zatrzymuje się na kilka sekund, zamrożonym spojrzeniem wpatrując się w przestrzeń.
„Spodziewałem się ciebie prawdopodobnie, jeszcze zanim się urodziłeś. Czas to tylko złudzenie i wydaje się, że o nim zapomniałeś. Umarłeś we śnie! W hipnozie, więc raczej nie naprawdę!"

Thanatos ponownie zatrzymuje wzrok na wiele sekund... Malioth w końcu przerywa tę ciszę: „Przede wszystkim muszą dojść do siebie. Cała moja głowa; trochę mi zajmie przemyślenie tego i podjęcie decyzji. Wszystko to wydaje mi się bardzo realne. Chociaż wciąż jestem... w prostym śnie? Na poziomie trzecim! Wyobrażam sobie, że jak się obudzę, to będę miał tą broszkę jako miłą pamiątkę na dowód, że mi się to śniło!?!"

Bóg Śmierci unosi machnięciem ręki, lśniącą magiczną zasłonę, która opada i całkowicie zakrywa Maliotha. Ten budzi się w sali Matthiew Walkera, w ośrodku IPNOS. Sam, bez broszki: wielkie rozczarowanie. Potem idzie do domu, rozbiera się i idzie do łazienki, przechodząc przed lustrem staje osłupiony - na jego piersi wytatuowany jest wspaniały lew.
Malioth: „Będę musiał szybko porozmawiać o tym z profesorem Nathanem, on będzie mógł mi doradzić... i mi pomóc?"

Paryż naszych dni...

Rozdział 15. Geras (Starość)

Malioth zasnął spokojnie w domu, na swoim łóżku, w małej słabo oświetlonej sypialni. Na nocnym stoliku leży otwarte pudełko Zolpidem. Silna i przez to szybka pigułka nasenna.

Malioth posuwa się naprzód w niezwykłym, gęstym parku. Bujna roślinność, szczególnie liściaste drzewa z najmniejszymi krzewinkami, kwiatami i różnymi roślinami obfituje jak w najpiękniejsze godziny wiosny. Niebo jest całkowicie bezchmurne. Piękne światło rozprasza się w rodzaju lekkiego, roślinnego welonu rzucając kilka mikro iskier i rozświetlając mnogość mieszających się ze sobą kolorów, błyszcząc magicznie. Park jest wypełniony przez wiele rodzin, małe dzieci bawią się często niezgrabnie, ale ogarnięte entuzjazmem. Dostarczając sobie rozrywki zajęciami odpowiednimi do swojego wieku. Od piłki nożnej po bańki mydlane, od małych rowerów po latawce.
Malioth przemierza powoli park. Okrzyki radości, gwar, śmiech są liczne, atmosfera jest słodka i radosna. Słońce jest w zenicie, gorące, wręcz piekące. Roślinność wydaje się nieco rozpraszać, zmieniać, zanikać. Kilka pożółkłych, spalonych liści zaczyna spadać na ziemię. Trawniki są atakowane przez ptaki. Również wielu dorosłych uprawia zajęcia na świeżym powietrzu, od badmintona po siatkówkę, inni sobie biegają. Robi się bardzo głośno. Malioth mija starszą parę, która uśmiecha się do niego. Nadal podąża przed siebie. Pogoda i roślinność gwałtownie się zmieniają. Martwe liście można teraz zbierać łopatą. Roślinność poważnie pożółkła i również stała się wysuszona. Poważnie się zachmurzyło. Radosna atmosfera stopniowo ustępuje miejsca ciszy, nawet jeśli wciąż słychać tu i ówdzie kilka par cicho rozmawiających ze sobą. Życie zwolniło i nadal zwalnia, w miarę jak Malioth postępuje.

Jakiś starzec siedzący na ławce zdaje się rzucać chlebem, prawdopodobnie w kaczki i kury wodne. Słychać coś w rodzaju rechotu lub chichotów i domyślamy się, że przed nim jest coś w rodzaju stawu. Malioth wciąż idzie wolno, ale stanowczo. Znajduje się w pobliżu starca mniej niż dziesięć metrów. Nagle gwałtownie następuje, spektakularna i radykalna zmiana.
Cała populacja zniknęła. Pogoda zrobiła się szara i mroźna. Roślinność w mgnieniu oka przybrała zimowe szaty. Nigdy więcej

jaskrawych kolorów. Ciemna, posępna noc jest gotowa wszystko przykryć. Wszystko uśpić swoim ciężkim i ciemnym płaszczem. Jednak jakieś dwadzieścia metrów dalej, na środku parku pojawia się karuzela, która obraca się powoli przy akompaniamencie niepokojącej muzyki o niezgodnych dźwiękach. Klauni przejęli tą karuzelę, ale większość z nich jest nieruchoma, podczas gdy inni wykonują powtarzalne i mechaniczne ruchy. Następnie rozlega się głos dziecka, które śpiewa, bardzo, bardzo cicho, trudno zrobić to wolniej:

„Jeden... dwa... trzy... Do lasu idziesz ty!"

Staruch odwraca się do Maliotha.

Wciąż słychać głos dziecka, który jest nadzwyczaj powolny:

„Czteeeryyy... pięćććć... szeeeść... zrobić wielką rzeź!"

Jest teraz około dwóch metrów przed nim. Wygląda tak staro, aż przerażająco. Jego oczy są zapadnięte, skóra spieczona, zniszczona, purpurowa. Coś na granicy zombie lub innych żywych trupów, wydaje się, że życie opuściło jego twarz. Wygląda jak Imperator Palpatine, jego spalona wersja z samego końca sagi Gwiezdnych Wojen. Tym bardziej, że ma też dużą pelerynę z kapturem. Jego oczy są kruczowato - czarne i jego spojrzenie wydaje się bardzo puste...

„Siedem, osiem, dziewięć... to będzie zabawa!"

Malioth szybko spogląda na coś, co wygląda jak staw! Miał tu jakiś być, ale już wysechł. Została wielka, ziejąca dziura, w której wytworzyła się góra czerstwych bochenków chleba. Na środku tej kupy, dwie ohydne kaczki w połowie oskubane, szkieletowe, bez oczu, trajkoczą bez końca. Gdybyśmy nie spotkali niedawno Thanatosa z łatwością wyobrazilibyśmy sobie, że jesteśmy w obecności Śmierci.

„Dziesięć, jedenaście, dwanaście- ona pokroi cię!"

Przy tej ostatniej myśli, na twarzy starca rysuje się uśmiech, odsłaniając czarne, zepsute zęby, a raczej ich pozostałości. Starzec odzywa się wtedy nietypowym ochrypłym głosem...

„Starość to tonący statek, starcy to wraki".

Potem długa cisza...

„Jeśli nie potopiły się w głębi, aby szybciej zniknąć, wszystkie zostaną w końcu zjedzone przez rdze. A rdza... Hmmm - ukazuje bezzębny uśmiech ze strużką śliny cieknącą z kącika ust w prezencie - To ja! Przede wszystkim nie zbliżaj się do mnie, jeśli chcesz zachować zdrowie jeszcze przez kilka lat."
To prawda, że zbliżanie się do niego wywołuje nieprzyjemne uczucia.

„Gdybyśmy byli na Ziemi, to znaczy na ziemskim poziomie, miałbyś ściśnięte serce i duże problemy z oddychaniem. Wystarczyłby zwykły pocałunek... - wyciąga swój brudny, sflaczały język - albo uścisk dłoni, żeby od razu stracić kilka lat... czekałem na ciebie z niecierpliwością. A przecież nie jestem człowiekiem." Długa cisza...

„Nie spieszy mi się. Wiem, kto cię przysyła, nawet jeśli nie do końca rozumiem po co. Nie wołaj Thanatosa, nic ci nie grozi, on cię okłamał! On nic nie może przeciwko mnie, jak ja nic nie mogę przeciw niemu. Jestem potężniejszy niż on - mówi podnosząc głos ogarnięty lekkim przypływem wściekłości. Po co walczyć między braćmi? Nie, nie... Nie jestem Hypnosem, jego bratem bliźniakiem, jestem po prostu „bratem". Słowo „najstarszym" wyda się nam wszystkim rozsądniejsze. Podobieństwo jest uderzające, prawda? Czy nie myślałeś o śmierci, kiedy mnie odkryłeś? Nasza trójka odziedziczyła absolutnie niezwykłą urodę, ale akurat w moim przypadku widać to na pewno trochę mniej? Albo trochę więcej!!! Ponieważ nie mam wiele do ukrycia, przynajmniej nie bardziej niż moi bracia. To prawda, że mamy teraz trochę więcej pracy. Czy Thanatos oskarżyłby mnie o żerowanie na duszach podczas gdy oni śpią oraz wysyłanie ich do otchłani? Zawsze żyłem w jego cieniu, ukryty jako nieszczęście. Nieszczęśnik, którego nikt nigdy nie odważyłby się przedstawić. Kto zna Gerasa?

Jestem cieniem śmierci, a jednak to JAAAAA (przeciągły, pełen gniewu głos) wykonuję większość pracy! To JAAAAA, który nieubłagalnie wysyła was w stronę Thanatosa, do innego świata!"

Oddycha i spokojnie dochodzi do siebie...
„Ale jestem powolny, bardzo powolny. Moje ciało zawodzi. Jestem powolną śmiercią, bardzo daleko mi do bycia najbardziej czarującym. Jestem starością, uogólnionym rakiem. Moja moc ulega erozji przez wiele lat, dziesięcioleci. Postęp naukowy, medycyna, odżywianie i zdrowy styl życia. Jeszcze sto lat temu mogłem zmienić człowieka w starca w wieku 60 lat. Bardziej, byli oni nawet rzadkością przez wojny, głodowanie i epidemie. Dzisiaj trzeba co najmniej trzydzieści lat więcej. Niektórzy stulatkowie biją rekordy prędkości na rowerze lub przeżywają lądowanie z 6 czerwca 1944 roku, skacząc ze spadochronem. Moja walka jest coraz trudniejsza i wymagająca! Jak znaleźć niezbędną motywację? Przyjemność dobrze wykonywanej pracy? Raaaaadość z życia?
Ale oto jest, nie licząc tej wspaniałej epidemii, rozprzestrzeniającej się po całym świecie! Od Argentyny po Kanadę, od Peru po Australię, Chiny, Włochy, RPA, Iran. To Chaos na całym świecie."

„Chcesz porozmawiać o koronawirusie?" - przerywa Malioth. Geras patrzy na niego zdumiony wybałuszając oczy.

„Nie! To… wydaje mi się, że jest to konsekwencja!"

Malioth ponownie: „Z pewnością mówisz o otyłości, która w zeszłym roku zabiła ponad milion ludzi tylko w Europie?"

Geras: „Zbliżamy się… zbliżamy, ale to wciąż nie jest to! Mówię o braku snu!!! Pandemia!!! wokół której tkam wielką sieć. Sieć z umiejętnościami, skrupulatnością i cierpliwością pająka.
Oczywiście wirus, o którym mówisz uwydatnia to zjawisko, ale jest to zło trochę starsze, które rozprzestrzenia się powoli, ale skutecznie, jak trucizna. Organizmy słabną, układ odpornościowy jest zadyszany. Starzenie staje się przedwczesne. Szaleństwo, choroby psychiczne i mózgowe eksplodują! Parkinson, Alzheimer, późna postać otępienia i demencje wszelkiego rodzaju. Prawdziwe pokolenie zdegradowanych,

legiony zepsutych, bataliony zniedołężniałych i hordy degeneratów... całe falangi śmiertelnie chorych w fazie terminalnej. Jak ja mógłbym ich nie lubić? Jestem tak bardzo, bardzo podekscytowany. Brak snu to moja nowa super moc!!!

Ludzie od dawna wierzyli, że starość powoduje brak snu. Ciało zmęczone, obolałe, częściej rozbudzone!?! Jest to częściowo prawdą, ale nic bardziej mylnego, brak snu przyspiesza starzenie. Wiek snu wielu istot ludzkich zużywa się znacznie szybciej niż ich wiek chronologiczny. W rzeczywistości rozpoczynając niekończące się, błędne koło, w którym, w końcu odzyskują nową młodość!" (Śmiech przesadzony... sarkastyczny... sadystyczny).

Geras: „I być może to z tego powodu Thanatos i Hypnos są na mnie źli. Nawet bardzo źli. Odziedziczyli oni najlepsze role. Niczym „G.O" (Grzeczni Organizatorzy) klubu wakacyjnego, którzy zabierają wesołych członków w zaświaty. Na krótki pobyt jednych a nieograniczony dla drugich. Wielka walka, żelazna ręka, młodość versus starość, której szala nie przestaje przechylać się przeciwko mnie, ale odzyskuję kontrolę z zawrotną prędkością jak i młodzieńczy wygląd, który mi sprawiasz, sypiając mniej!!! W końcu wszystko jest oczywiście względne."
„Ale dlaczego zabierasz dusze do otchłani?" - przerywa ponownie Malioth.

„To jest moja zemsta, moje cierpienie. Albo wręcz przeciwnie, nie wiemy już kto czym się karmi. Podczas gdy Hypnos i Thanatos działają jako przewoźnicy do innych światów dokonując regeneracji ludzkich ciał, umysłów. Odnowy niezbędnej do życia. Aby „rosnąć" i stawać się silniejszym, zwiększając swoją duchowość. Ja te ciała potępiam, żeby zostały stare, aby wiecznie cierpiały. W próżni, bez żadnego roztargnienia, oprócz ich bólu. Degraduję waszą cielesną otoczkę, degraduję wszystko, co można zdegradować. Przemieszczam wszystko, co można przemieścić. Wasze pragnienia, wasze nadzieje, waszą pewność, tak aby wszystko stało się zgnilizną. Aby wszystko stało się rozpaczą. Niech wasze zmęczone ciała zaczernieją i pochłoną waszego ducha. Niech wasza przygnębiona dusza, poszarpana tymi troskami pozatyka, zablokuje i zniszczy wasze funkcje życiowe. Niech czerń was pochłonie. Rozprzestrzeni się w tobie, a potem w twoich bliskich.

Moim szczęściem jest zamknięcie duszy na zawsze w ich niedołężności. Marzę o świecie bez światła, bez hałasu, bez zapachu, bez ruchu… bez życia, gdzie błądzące dusze wędrowałyby bez końca w krainie spustoszenia, nigdy nie mogąc się dotknąć, ani nawet otrzeć o siebie. Starość to katastrofa, ale resztki rdzewieją, a potem znikają. To jest zbyt szczęśliwe w skali wieczności. Starzejmy się, cierpmy, gnijmy wiecznie, bez żadnej ucieczki. Maszerujmy razem po wiecznej otchłani. Chodźmy, by cierpieć tysiące batów!

Czasy się zmieniają. Istoty ludzkie nie chcą umierać. Ludzie nie chcą już spać. Miliarderzy z Doliny Krzemowej chcą zabić Śmierć!!! Chcieliby żyć wiecznie! Niech ich życzenie się spełni. Będą wieczni, ale niekoniecznie tam, gdzie mieli nadzieję. Nieważne… Zrozumiałem cię!!! - powiedział ponownie z sarkastyczną intonacją. Hypnos i Thanatos nie odważą się jeszcze interweniować, ponieważ mają piękną rolę, nawet jeśli ludzie nie zawsze są tego świadomi. Zamierzam kontynuować i robić brudną robotę. Nawet lepiej, postanowiłem dać się poznać szerszej opinii publicznej. Nadeszła moja godzina chwały. Ludzkość przyjmie bardzo poważny cios starości. I zamierzam zjednoczyć moich braci, z ich woli lub siłą. Nie ma gorszego potwora niż ten, który może stworzyć twoja wyobraźnia. To twój strach go buduje, a następnie karmi. Muszę tylko zasiać te okropne nasiona. Strach się wkrada, instaluje się. Rozpoczyna się nowa era. ŚMIERĆ zyskuje na popularności! A teraz… (Westchnienie Gerasa)
„Śmierć… - odczekuje chwilę… to JAAAAAA…"

Słychać nagle głośny huk. Pojawia się intensywnie świecąca, nieprzezroczysta, biała kula o średnicy około trzech metrów. Potem znika… ustępując miejsce Thanatosowi, który mówi prosto, ale donośnym głosem:

„Wystarczy! Geras wystarczy!!! Wykraczasz poza granice swoich mocy! Ośmielasz się mi przeciwstawić!".

Następnie Thanatos przywiera swój najciemniejszy, najbardziej przerażający wygląd. Swoją ostrą jak brzytwa kosą wykonuje kilka ruchów z boską płynnością. Powietrze cięte jego kosą gwiżdże kilka razy w przestrzeni. Przecina starca na kilka kawałków. Kawałki, które pozostają w lewitacji prawie przeciwko sobie. Jest wystarczająco dużo miejsca między nimi by zobaczyć małe żółte robaki wypełzające z tego gnijącego ciała. Śmierć patrzy na mnie, a potem mówi:
„To niestety nie będzie wystarczające..."

Rzeczywiście, ciało Gerasa rekonstruuje się. Ten ostatni szydzi, mówiąc: „Wiesz dobrze, że nie możesz mnie wyeliminować. Nie tutaj!"

Thanatos następnie rozkłada ramiona, wzmagając silne, mrożące wiatry skrajności. Zamiatając całą, otaczającą roślinność, kładąc ją na ziemi i pokrywając warstwą lodu. Sprawia, że zbliżają się do Gerasa, aby go ochłodzić, przekształcając go cierpliwie i konsekwentnie w bryłę lodu. Ogromny blok, tak gruby i nieprzejrzysty, że nie widać nic w środku.
Śmierć patrzy na mnie ponownie: „Musisz odejść. Teraz nie mogę zrobić nic więcej jak tylko go zneutralizować. Trzeba ruszyć na poszukiwanie puszki Pandory, aby mieć nadzieję, że się go pozbyliśmy definitywnie. Idź, szukaj i znajdź ją!"
Następnie podchodzi do mnie, podnosi kosę. I prawdopodobnie przecina mnie na pół…"

Malioth budzi się z trudem wciąż trochę pod wpływem szkodliwego środka nasennego.
„Cóż za szalona noc. Znowu będzie ciężko w to uwierzyć. Poza tym zawsze będę miał wątpliwości co do tych sennych projekcji nawet jeśli…"

Malioth spogląda w lustro na swój niesamowity tatuaż z lwem. Potem idzie zjeść śniadanie, zanim się ubierze. Jeszcze nie doszedł do siebie po tych emocjach, gdy nagle dzwoni jego intercom. Patrzy przez wideofon i widzi zamaskowanego mężczyznę, którego trudno mu zidentyfikować. Na twarzy tylko maska ochronna przed koronawirusem. Nie ma czasu na zastanawianie się. Mężczyzna zdejmuje maskę - wielkie zdumienie!

„Otwórz mi szybko, tu Thanatos, musimy zareagować szybko, bardzo szybko, nasz czas ucieka!"
Malioth jest przerażony, prawie sparaliżowany, ale nie może powstrzymać się przed otwarciem drzwi i powiedzeniem Thanatosowi, gdzie ma znaleźć jego mieszkanie. Trzy minuty później Thanatos dzwoni do drzwi, Malioth otwiera, a Śmierć wpada do mieszkania.

Thanatos: „To najbardziej nieprzewidywalny, nieprawdopodobny, niemożliwy, niesamowity moment w mojej egzystencji. Nie mogę uwierzyć, że to mogło mi się przydarzyć, jak i dlaczego? Ale jestem z tobą. Śmiertelny!" Wymawiając końcówkę tego słowa trochę dłużej.

„Tak, to jest świetne!!! Śmierć jest wśród nas!" - Malioth odpowiada niezręcznie i bez zastanowienia.
Thanatos: „Nie, kiedy mówię Śmiertelny, oznacza to, że stałem się śmiertelny! Nie wiem, co myśleć o reszcie. Jest to zarówno niepokojące jak i niezwykle ekscytujące doświadczenie. Nieprzewidywalność, śmiertelność. A jeśli to, to jest absolutne szczęście!!! Być wiecznym, co za nuda!?! Poza tym nie boję się

Śmierci. (śmiech) Znam ją dobrze, ale obawiam się, że cała ludzkość jest dużym, bardzo dużym problemem. Ponieważ jeśli jestem z wami, nikt nie będzie wam towarzyszył w zaświatach i wszystkie ludzkie dusze pójdą bezpośrednio zasilić bataliony wędrujących dusz, które piętrzą się w zawieszeniu, w otchłani. To jest perspektywa, która nie wpłynie ani nie zamartwi zwykłego śmiertelnika, ponieważ wszystko to wyda mu się bardziej abstrakcyjne, idiotyczne, szalone i powszechnie nierealne. Ale mają tyle innych ryb do usmażenia..."

Malioth: „Nie pokonałeś Gerasa?"
Thanatos: „Nie tylko go nie pokonałem, ale przywłaszczył sobie moją pelerynę, moją kosę, moje boskie moce. Jak przemytnik! Wciąż mam zdolność dostrzegania w każdym z was daty i miejsca odejścia z tego świata. Przypuszczalnie nie chciał on tej mocy. Ponieważ to teraz on pociąga za sznurki i z pewnością wpłynie to na losy wszystkich. Posiadam również standardowe moce psychiczne, które posiada każdy człowiek, nie wiedząc jak ich używać... telepatia i telekineza, mediumizm. Biorąc pod uwagę niski, bardzo niski wskaźnik wykorzystania tego tutaj, jest to cudowna zaleta."
Malioth: „Co się stało po tym jak przeciąłeś mnie swoją kosą na pół?"
Thanatos: „Naprawdę nie mogłem tego wyjaśnić. Ostatecznie to nie ma takiego większego znaczenia. Z drugiej strony jestem przekonany, że interweniowała istota potężniejsza niż Geras, niż ja sam. Żeby Geras zatriumfował, obdarzył go większością moich mocy. Niewielu jest takich, którzy mogą osiągnąć taki wyczyn. Mój ojciec - Ciemność, moja matka - Noc. Moje siostry - Mojry. Ani przez chwilę nie śmiem sobie wyobrazić, że może to być sam Chaos, we własnej osobie! Bo w tym przypadku tylko on może zmieść siły losu moich drogich sióstr Kloto (Prządka), Lachesis (Udzielająca), Atropos (Nieodwracalna)."

Thanatos zatrzymuje się na kilka chwil przed wznowieniem. „Pozwól, że ci opowiem niedawną historię. Cóż, która nie ma nawet dziesięciu lat. W 2013 roku trzydziestu siedmioletni Brytyjczyk Jason

Airey zmarł po otwarciu skrzyni, na której było napisane „Puszka Pandory" krwawoczerwonymi literami. Wewnątrz była mała paczka narkotyków, niesyntetyzowane konopie. Jego ojciec Denis Airey deklarował, że jego syn był wolny od narkotyków od trzynastu lat. Ponadto sekcja zwłok nie wykazała żadnych spożytych substancji. Puszka leżała obok ciała, gdy rodzice odkryli jego martwe ciało w pokoju. Tę śmierć pamiętam, jakby to było wczoraj. Od razu poprowadziłem jego duszę jak wszystkich innych żyć, które się kończą. Po drodze, zapytałem go, jak i dlaczego umarł. Jason powiedział mi wtedy, że kilka dni wcześniej sam napisał „Pudełko Pandory" na kuferku po tym, jak mu się przyśniło, że bardzo młoda kobieta wielokrotnie mu to sugerowała, argumentując, że następnie przyjdzie do jego świata, aby ostatecznie go znaleźć.
Od pierwszej nocy słyszał bardzo ciche dźwięki w swoim pokoju, nie wiedząc, skąd pochodzą. Byłyby tak bardzo słabe. Drugiej nocy te odgłosy stały się trochę głośniejsze. Rozpoznał jakiś rodzaj jęków... Ludzkich... przypuszczał, że pochodzą właśnie z puszki, ale kiedy ją otwierał, odgłosy całkowicie znikały. Następnie wracał do łóżka. Jęki wznawiały się. Jason ponownie włączał lampkę nocną, wstawał i wracał, by otworzyć kuferek, skąd dochodziły te głosy. I wtedy mówi mi, że zobaczył niebieskawe widmo, humanoidalne stworzenie, które do niego przemówiło... umrzesz! wszyscy umrą! Ale ty umrzesz teraz! Następnie wstrętne stworzenie rzuciło się na Jasona, otwierając szeroko paszczę, odsłaniając kilka rzędów zębów jak biały rekin, wywołując gwałtowny terror, w końcu fatalny.

Jestem ci winien kilka szczegółów na temat mitu pudełka o Pandorze. Zeus, aby zemścić się na ludziach, którym Prometeusz ofiarował ogień, kradnąc go, postanawia stworzyć kobietę, aby ich ukarać. Bez mówienia im oczywiście o tym. Pierwsza „śmiertelna kobieta", dosłownie stworzona przez Bogów. Rodzaj grecko - rzymskiej wersji Ewy. Otrzymuje ona różne i różnorodne dary od samych Bogów. Fizycznie wystarczająco doskonała, by sama Afrodyta przy niej zbladła, mimo to otrzymała wiele darów. I niektóre z nich są

wątpliwe, takie jak ciekawość (Hermes) a nawet zuchwałość, perfidia i pożądanie. Nazywa się Pandora. Co tłumaczy się jako «ozdobiona wszelkimi darami».
Jako bagaż, Zeus wsuwa jej słój, który według przybliżonego tłumaczenia będzie nazywany przez Rzymian skrzynią i zabrania jej go otworzyć! Nigdy! W środku przetrzymywane są wszystkie bolączki ludzkości, w tym Starość, Choroba, Wojna, Głód, Nędza, Szaleństwo, Oszustwo, Pasja, Duma i Nadzieja. Pandora ulegnie ciekawości i otworzy puszkę, uwalniając na Ziemię całe zło, które zostało tam zamknięte. Próbuje zamknąć ponownie pudełko, aby je powstrzymać, ale było już za późno, tylko Nadzieja reagująca wolniej pozostała tam na zawsze.

Ale tutaj jest drugie złe tłumaczenie. Dokładny termin pochodzi od Elpis, innej z moich sióstr, która określa siebie jako «oczekiwanie na coś» w sensie pewnego lęku. Pomiędzy nadzieją, którą ludzie bardziej zachowają w pamięci a obawą, strachem, lękiem przed niepewną przyszłością. Oczekiwanie i strach przed uwolnionym już złem. Dokładnie mówiąc, strach przed Śmiercią w różnych formach. Ludzkość została więc skazana na cierpienia tysiąca bolączek bez konieczności oczekiwania, ich lękania się, ich nękania. W takim razie mniejsze zło. W przeciwieństwie do nieśmiertelnych Bogów i innych gatunków zwierząt, które w zdecydowanej większości nie muszą się tym martwić. Człowiek wie, że zniknie, nie wiedząc tylko kiedy i jak."

Thanatos następnie recytuje tekst Ody Horacego:

Nie pytaj próżno, bo nikt się nie dowie.

Jaki nam koniec gotują bogowie,

I babilońskich nie pytaj wróżbiarzy.

Lepiej tak przyjąć wszystko, jak się zdarzy.

A czy z rozkazu Jowisza ta zima,

Co teraz wichrem wełny morskie wzdyma,

Będzie ostatnia, czy też nam przysporzy

Lat jeszcze kilka tajny wyrok boży,

Nie troszcz się o to i ... klaruj swe wina.

Mknie rok za rokiem, jak jedna godzina.

Wiec łap dzień każdy, a nie wierz ni trochę

W złudnej przyszłości obietnice płoche.

„Carpe Diem" podsumowując to w ostatnich słowach frazą, która stała się królową w tych mrocznych czasach niepewności. Pandora, która prawdopodobnie popełniła największy błąd ludzkości, pogrążając ją gorączkowo i wytrwale w największych nieszczęściach. W końcu względnie oszczędzając jej największe bolączki, dając jej troskę, by o tym nie myślała. W każdym razie nie za mocno.
Ale to było przed 2013 rokiem, bo „Strach", „Udręki samego zła", Elpis zdaje się, że zbiegła i mam nawet głębokie przekonanie, że nie była sama! Z wyjątkiem dokonania poważnej zmiany!?! Rosła z każdym dniem po tym jak ukrywała zniecierpliwienie przez setki stuleci. Nie ma wątpliwości, że z pewnością będzie chciała nadrobić stracony czas. Jason zapłacił wysoką cenę. Teraz lepiej to rozumię,

dlaczego Geras zdobył władzę, że odważył się rzucić mi wyzwanie... pokonać mnie... i chwilowo mnie ominąć.

Starość, Choroba, Wojna, Głód, Nędza, Szaleństwo, Występek, Pasja, Duma znajdują się w fazie wzrostu, rekonkwisty. Doprowadzane do tego przez psychozę, która się insynuuje, wkrada się w każdego ludzkiego ducha. Śmierć stanie się obsesją każdej chwili. Każdy zastanawia się nad godziną swojej śmierci i jakim nieszczęściem nadejdzie. Wydaje się, że ta choroba ma największy apetyt na ten właśnie moment. Tym razem szersze otworzenie drzwi na inne nieszczęścia dla ogromnego, fatalnego balu, który niestety wydaje się zaaranżowany. Ale przez kogo? lub przez co? i dlaczego?

Mówię ci o śmierci, ponieważ jest to temat, który znam bardzo dobrze. Ale jeśli spojrzymy na drugą stronę łańcucha, zobaczysz, że od czasu ucieczki Elpis, wskaźnik urodzeń we Francji znacznie spadł. Chociaż twój kraj do jeszcze niedawna, Mistrz Europy pod względem urodzeń. A obawy rosną! Wskaźnik urodzeń nigdy nie był tak niski! Poza latami odnoszącymi się do dwóch największych tragedii XX wieku. Mam na myśli dwie wojny światowe.

Francuzki mają teraz tyle samo dzieci, a nawet mniej niż w czasie wojny!!! Wskaźnik urodzin spada również na całym świecie, chociaż jak wiadomo, światowa populacja stale rośnie! Ale coraz wolniej. W wielu krajach wskaźnik urodzeń jest tak niski, że liczba ludności spada w zawrotnym tempie. Dotyczy to zwłaszcza Japonii. Ale inne kraje ledwie utrzymują swoją populację dzięki imigracji. Bezpośrednią konsekwencją tego spadku - bardzo znaczne starzenie się społeczeństwa. W każdym razie w krajach bogatych..., ale wydaje się, że w tych latach pandemii wszystko przyspiesza.

Absolutnie musimy znaleźć puszkę Pandory, aby ponownie zamknąć te podłe stworzenia. Może najpierw będziemy musieli znaleźć to całe zło, zanim znajdziemy pudełko. Choć niewidoczne dla oczu śmiertelników. Choć zupełnie ciche… w prawdziwym świecie. Są one dla nas dość łatwe do znalezienia. Utrzymujące się opary zalegające w naszej podświadomości. Kiedy już zostaną wyświetlone w twoich snach, wystarczy o nich pomyśleć, aby je poznać.

Festiwal Avoriaz, 1985 rok

Rozdział 16. Pazury nocy

W miejscowości Avoriaz, młoda kobieta w dużym płaszczu z kapturem stoi przed wejściem do kina. Wokół niej spadają śniegu płatki.
Jakiś głos: „Celine. To zależy od ciebie, będziemy kręcić 3… 2… 1… Dalej. Zaczynamy."
Kobieta bierze głęboki wdech świeżego powietrza!

„Dobry wieczór, znajdujemy się na 13-tym Festiwalu Filmów Fantastycznych w Avoriaz! Mamy bardzo ciekawy wybór tegorocznych filmów, spośród których członkowie jury na czele z Robertem De Niro, będą musieli wybierać. W programie np. „Towarzystwo Wilków" Neil Jordana, „Razorback" Russella Mulcahy, „Terminator" Jamesa Camerona czy nawet „Dreamscape" Josepha Rubena. W tym ostatnim filmie, bohater spróbuje pomóc pacjentom przed niepokojącymi snami. Ale to inny film, który opowiada o czymś więcej niż tylko zagrażających snach proponujemy odkryć dzisiejszego wieczoru. Wielkie wydarzenie na naszym festiwalu, bo film odniósł już ogromny sukces w USA, gdzie miał swoją premierę kilka tygodni temu. Ten film to „Nightmare on Elm Street" Przemianowanym po francusku „Pazury Nocy". Mała anegdota, tytuł zaproponowany przez reżysera Claude'a Chabrola, któremu dystrybutor The Fox zlecił znalezienie francuskich tytułów dla amerykańskich filmów dystrybuowanych we Francji."

Następnie Celine przybiera głos małej dziewczynki i nuci:

„Jeden... dwa, jeden... dwa... idzie Freddy cicho sza!
Trzy i cztery... trzy i cztery... zamknij drzwi na spusty cztery,
Pięć i sześć... pięć i sześć... krucyfiks do ręki weź,
Siedem... osiem, siedem... osiem, późno spać położysz się,
Dziewięć...dziesięć, dziewięć... dziesięć, dziś ze snem
pożegnasz się!"

Koszmar z ulicy Wiązów to historia przerażającego straszydła, które atakuje młodych mieszkańców małego amerykańskiego miasteczka, Springfield w środku nocy, kiedy ci śpią. Jedno co przynajmniej możemy powiedzieć, nie zdradzając zbyt wiele z filmu, to to, że skończy się źle, bardzo źle. Zwłaszcza dla Johnny'ego Deppa, który gra w swoim pierwszym filmie. Film jest przerażający, wręcz terroryzujący. To całkowity sukces, ale zarezerwowany dla świadomej publiczności. Prawdopodobnie jeszcze bardziej przerażające jest to, w jaki sposób Wes Craven został zainspirowany tą historią. Dwa bardzo podobne wydarzenia z końca lat 70-tych, które „Los Angeles Times" będzie opisywał, ponieważ te historie, podobnie jak inne dotarły do Kalifornii.

Pierwsza wiadomość była o bardzo młodym Kambodżaninie, który odmawiał spać. Przez wiele dni próbował pozostać na jawie. Powiedział rodzicom, że goni go coś we śnie, coś przerażającego chce go złapać. Chłopiec w końcu zasnął, ale jego rodzice usłyszeli straszne krzyki w środku nocy i zanim weszli do jego sypialni, on już nie żył.

Druga historia dotyczy młodego Kalifornijczyka, który narzekał na powtarzające się koszmary. Jego rodzina próbowała go uspokoić, mówiąc, że „to tylko zły sen". Na co młody człowiek odpowiadał, że te koszmary nie były „normalne", były inne niż reszta i nie bez powodu - były „zbyt realne" według niego. Po kilku nieprzespanych nocach w końcu zasnął, gdy nagle zaczął krzyczeć. Padł trupem na oczach rodziców, którzy właśnie wbiegli do pokoju.

Dwa różne wydarzenia, oddzielone sześcioma miesiącami. Ale było wiele innych podobnych przypadków, głównie z rodzin z południowo wschodniej Azji. Dziesiątki, setki przypadków. Niektórzy umarli podczas swojego snu, inni z powodu odmowy snu z obawy przed przerażającymi koszmarami. 117 podobnych zgonów w latach między 1981 a 1982 tylko dla jednej z grup etnicznych pochodzących z Laosu: Hmongowie. Spośród tych 117 zmarłych, 116 było młodych i zdrowych mężczyzn. Uchodźcy, którzy uciekli po ludobójstwie czerwonych Khmerów.
Zjawisko zwane przez akronim SUNDS po angielsku i tłumaczone na francuski jako zespół niewyjaśnionej, nagłej śmierci nocnej jest szeroko rozpowszechnione w całej Azji. Bardzo wszechobecne, szczególnie w Azji Południowo Wschodniej, regionie, który można również nazywać Indochinami. Zjawisko obserwowane od bardzo dawna! Oficjalnie identyfikowane i śledzone przez 70 lat, czyli już na początku wieku. Prawdopodobnie jednak jest już znane dużo wcześniej, ponieważ owe nagłe zgony są źródłem wielu legend i folkloru. W najstarszych cywilizacjach Azji, ale i na całym świecie! Freddy Kruger byłby zatem idealnym straszydłem. Mitenką, mająca dwa znaczenia. Pierwszy oznaczałoby kota, ale drugie oznacza „rękawice z obciętymi palcami".

Myślę, że dzięki, tej krótkiej historii jesteś teraz gotów, aby pójść obejrzeć ten film lub pobiec i schować się pod kołdrą swojego łóżka, czekając aż wstanie dzień! Zapraszam was jutro na rozmowę o innym filmie w konkursie, który również powinien zrobić furorę. „Terminator" Jamesa Camerona. Film science fiction, gdzie robot zabójca cofa się w czasie… doskonałego zakończenia wieczoru dla wszystkich na FR3."

Głos: „Super Celine, rządziłaś, jak zawsze! Jutro o tej samej porze, w tym samym miejscu… dobranoc".
Wyczerpana dziennikarka wraca do pokoju hotelowego, przygotowuje mały posiłek na tacy przed oglądaniem telewizji

podczas jedzenia. Zmęczona wyłącza jednak telewizor, po czym idzie do swojego pokoju spać.

Zasypia... budzi się... w dużym supermarkecie. Przechadza się między regałami zanurzonymi w półmroku, słabo świecące neony najczęściej trzaskają, nadając ponury, niepokojący wygląd, a jakże kolorowy w normalnym czasie.
Nie ma żywej duszy! Tylko Celine idzie do przodu powoli i pewnie, ale bardzo gorączkowo. Jest absolutny spokój. To miejsce nie może być bardziej niepokojące, kiedy nagle na zapleczu sklepu rozpoczynają rozlegać się głosy. Przedmioty wydają się masowo spadać. Słychać też różne, różnorodne wstrząsy. Na pewno ktoś lub coś uderza i popycha inne rzeczy. Wybuchy głosów i inne ha... ha... ha... ha... rozbrzmiewają, powodując echo.

Dziennikarka zbliża się do miejsca, które wydaje się generować tą walkę. Porusza się do przodu, aż do wejścia do nowego rejonu. Różnorodne pudła, przeróżne przedmioty, artykuły, puszki zostały rzucone na ziemię. Półki są teraz w dużej mierze opróżnione, rzeczy porozrzucane na ziemi. Na środku alejki jakiś osobnik w kapeluszu walczy najlepiej jak potrafi z bardzo dziwnymi stworzeniami. Jest całkowicie otoczony. W tym półmroku nie można dostrzec nic więcej.
Bezkształtne masy wielkości człowieka, bez kończyn, ale pokryte dziesiątkami, nawet setkami krótkich macek. Macki lub małe czułki, rodzaj grzybów, które wydają się służyć jako sensory. Te stworzenia wyglądają trochę jak bezgłowe różowe Barbapapa lub pionowe plamy, ponieważ są tak samo bezkształtne jak nie zidentyfikowane, skręcające się lub rozciągające, żeby się poruszać. Prawdopodobnie są koloru fioletowego lub brunatno fioletowego.
Mężczyzna w kapeluszu robi wielkie szpule jednym ze swych ramion. Ruchy i obroty, które wydają się bardzo efektowne. Kawałki strzępy materiału z tych stworzeń są rzucane, wyrzucane na wszystkie strony. Tak bardzo, że w końcu pokrywają ziemię. Trudno byłoby teraz

posunąć się naprzód bez poślizgnięcia się na tej mazi. Mężczyzna tnie te stworzenia na strzępy, śmiejąc się nieco przesadnie, drwiąc teatralne! W końcu jest prawie całkowicie pokryty śluzowatą materią, z której składają się ciała tych stworzeń. Dwie lub trzy minuty później całkowicie wyeliminował tych śmiesznych przeciwników. Podłoga jest pokryta na dobre kilka metrów czymś w rodzaju gęstej i lepkiej, fioletowej żelatyny. Raz walka skończona, mężczyzna podchodzi bliżej. W końcu go dostrzegamy.

Chociaż pokryty tym galaretowatym śluzem, ma duży czarny kapelusz, sweter w czerwono zielone paski! Podnosząc prawą rękę możemy teraz dostrzec metalową rękawicę, z której wychodzą cztery długie i zardzewiałe ostrza. Rękawicę, którą podnosi i ustawia sobie przed twarzą, do połowy zakryta maską chirurgiczną. Zdejmuje ją, odsłaniając całkowicie spaloną twarz! Następnie zaczyna mówić, wciąż szydząc złamanym, skrzekliwym głosem. Jest zachrypnięty.

Spalony: „To jest wiadomość od ministerstwa zdroooooowia. Nie wychodźcie! Nigdy nie wychodźcie bez rękawic! Czy słyszycie?" - powtórnie słychać przesadzony, sarkastyczny śmiech.
Gwałtownie dopada go lekki problem z oddychaniem i zaczyna naprawdę mocno kichać, zrzucając maskę oraz rozpryskując wszędzie fioletową galaretę.
W dalszej kolejności dodaje - „Nigdy więcej nie wychodź bez maski! I nigdy więcej bez dobrej pary rękawiczek, bo pożałujesz..."

Wkrótce potem zaczyna tylko śpiewać...
„Jeden... dwa... idzie Freddy cicho sza!"
Zanim wybuchnie wielkim śmiechem, otwierając szeroko zaropiałe usta. Pokazując swoje brudne, spróchniałe zęby.
„Całuję was wszystkich - marzyciele, bardzo słodko. Pocałunki... Buziaki! Do zobaczenia wkrótce na Elm Street! Może nawet trochę później w największych koszmarach... nic nie tracisz, czekając

trochę. Nie mogę przyjść i pocałować was wszystkich w tym samym czasie..."
Kolejny bardzo przesadzony uśmieszek... zakłada maskę chirurgiczną, najlepiej jak potrafi na wpół przeciętą i pokrytą galaretą twarz, przeklinając i rozdmuchując wszystko na boki mówi: „Żebym czasem nie złapał kataru, albo jakiejś innej zarazy, bo już spaliłem mój numer ubezpieczenia zdrowotnego..."

Paryż naszych czasów

Rozdział 17.

Kolejne ponure nurkowanie dla Maliotha w jego poszukiwaniu wielu nieszczęść. Wytrenowany, uwarunkowany, wprowadzony w stan gorączki dzięki dobrej opiece Thanatosa, który wkłada w tę pracę dużo zapału!

Thanatos: „Malioth jesteś młodym mężczyzną! Odpornym i niezbyt podatnym na choroby. Co w konsekwencji powoduje, że się ich nie boisz! Zatem będziemy musieli punktualnie zachwiać twój układ odpornościowy! Dajmy szansę pojawieniu się choroby, atakując i znacznie osłabiając twój system immunologiczny. Mało snu, powiedzmy dwie noce z rzędu, mało kalorii i gwałtowne zmiany temperatury. Mokre ciało..., a jeśli to nie zadziała, zaszczepimy w twoim ciele co trzeba, aby rzucić go na kolana!"
Thanatos oferuje mu również przeniesienie szczególnie mrocznych i chaotycznych myśli, wchodzi i inwestuje jego umysł.
Choroba jest korzystną siłą, zbrodniczą lub pożyteczną próbą... Egzaminem, którego końcem jest śmierć lub uzdrowienie. Jednak w pierwszym jak i w drugim przypadku jest to mutacja. I oto tutaj uczyniliśmy bezbronnym twój umysł i twoje ciało. Jesteś gotowy? Na nową podróż w Chorobie... Mały szczęściarzu!"

Malioth słabnie, idzie położyć się do łóżka naładowanego energią, silnie obciążonego licznymi sytuacjami pełnymi stresu, emocjami zarówno biologicznymi i psychologicznymi. Zasypia jednak spokojne. Kilka chwil później budzi się na rozległej, prawie pustynnej równinie pokrytej nieskazitelnie białym śniegiem. Brak charakterystycznej roślinności, gdzieniegdzie widać niewiele krzewów. Nic naprawdę nie zdradza tego pustynnego i bawełnianego wszechświata. Jest tak miękki w białym płaszczu, tak kojący, tak czysty, tak radosny, że nieodparte pragnienie tarzania się w tym pudrze ogarnia cię nieuchronnie.

Malioth idzie wolno, spokojnie, nasłuchując, delektując się tym charakterystycznym chrzęszczeniem śniegu, który ugniata mu się pod stopami. Wciąż ściska i kompresuje wiele razy. Niebo jest bardzo szare, ale pokrywa śnieżna oferuje piękną jasność. Samotne chodzenie po śniegu w ciszy, ledwie zdradzonej odgłosem każdego kroku, pozostaje szczęśliwym doświadczeniem, źródłem spokoju i ukojenia. Płatki śniegu odrywają się od ziemi, unosząc się kilka centymetrów w górę, następnie wznawiają powolne wznoszenie się ku niebu. Po nich, inne płatki odklejają się powoli, unoszą się w górę. Śnieg pada do góry nogami! Zdumiewające, ale ostatecznie podniecające, dodatkowo wzmocnione uczucie spokoju i wyciszenia, które dominuje.
Malioth widzi w oddali duży budynek, który bardzo przypomina koszary!?! albo budynek liceum? Może szpital? Wydaje się opuszczony… w szczerym polu. To się wyjaśnia. Nad tym budynkiem zwisa bardzo ciemna chmura. Zatrzymała się, upuszczając normalnie inny śnieg, który najmniej dziwi, ponieważ jest czarny!?! Może to popiół?

Malioth dochodzi trochę bliżej, wtedy może zauważyć, że ten rodzaj czarnego śniegu znika, gdy zetknie się z ziemią… albo jego wystawioną ręką. Przestrzeń wokół budynku pozostaje zatem pokryta śniegiem absolutnej bieli.

Malioth wchodzi do budynku przez lobby, które nie może być ustawione bardziej centralne. Bardzo szerokie, głębokie i spiralne schody na końcu korytarza pozwalają dostać się na piętro. Po lewej, jak po prawej są dwie ogromne sale otwarte na cztery strony świata. Zniknęły drzwi, budynek jest zdewastowany, a miejscami nawet w ruinie. Malioth postanawia udać się do pomieszczenia po lewej stronie. Ogromny, głęboki pokój z dziesiątkami metalowych łóżek ustawionych po obu stronach. Wszystkie łóżka są zardzewiałe. Większość materacy zniknęła, a te które jeszcze tu zostały, są w opłakanym stanie. Poczerniałe, spleśniałe i podziurawione.
W nogach każdego łóżka wisi tabliczka. Na pierwszym jest napisane kredą „Pacjent Zero". Na drugim łóżku, choć na prawie wytartej i pokrytej brudem tabliczce, widnieje również napis „Pacjent Zero". Na następnym łóżku, ta sama tabliczka - „Pacjent Zero". W końcu możemy przeczytać to samo na wszystkich pozostałych łóżkach. Posuwając się naprzód w tym pokoju, który musi pomieścić drobne czterdzieści łóżek, Malioth w końcu widzi jedno w dobrym stanie. Z materacem i pościelą czysta choć trochę rozgnieciona. Tabliczka na łóżku wskazuje również pacjenta zero!!!

Wtedy słyszymy kroki wydające się dobiegać z sąsiedniego pokoju, który nie znajduje się zbyt daleko. Odgłos kroków, raczej stóp wlokących się i szorujących po podłodze, z pewną powolnością... Malioth w końcu rozpoznaje kształt w oddali, w przejściu oddzielającym dwa pokoje. Forma zawiesza się na kilka sekund... całkowicie sztywna. Po czym znów zaczyna się poruszać. A raczej szorować po podłodze. Ta sylwetka przechodzi przez drzwi, ukazując swoją niepokojącą, mroczną i ohydną postać... Strach, przerażenie osiągnęło punkt kulminacyjny. To jest mumia! Mumia, której wstrętność dorównuje chyba tylko jej chudości. Jej ciało całe jest pokryte brudnymi, wyschniętymi bandażami. Ledwo dostrzegamy jej twarz z pustymi, wykrzywionymi rysami. Paski bandażu bardzo powoli zmieniają kolor, a dokładnie zmieniają odcienie, ponieważ te kolory wydają się równie lekkie, delikatne co subtelne. Oparte na mieszance odcieni czerwieni, zieleni i czerni. To coś porusza się naprawdę bardzo wolno. Od czasu do czasu jesteśmy w stanie odróżnić symetryczne, czarne kształty.

Nie możemy zapobiec myśli o słynnym teście Rorschacha. Te abstrakcyjne figury i kształty atramentowe. Jeśli nie widzimy jego oczu, bo są zasłonięte jak całe ciało, możemy bez trudu odgadnąć zagłębienie oczodołów pod postrzępionymi tkankami. Palce są tak cienkie, że wyglądają jak igły. Poza tym, jak się dobrze przyjrzeć, to z pewnością są to igły, na wysokości ostatnich paliczków. Te palce drżą i zderzają się. Lekkie, uporczywe klikanie wdziera się, wypełnia przestrzeń. Usta też są zasłonięte bandażem, ale pojawiło się kilka dziur i przetarć. Powolnym… bardzo wolnym, nieco stłumionym i miękkim, przeciągającym sylaby głosem, ten stwór wdaje się w rozmowę. Trzeba nastawić uszu.

„Powoooolna, poooowolna jest Śmierć... Przeeeejście jest lekkie… spokojne… odprężające…To doświadczenie, którego nikt lub bardzo niewiele się spodziewa, ale kiedy się skończy, jesteś zdecydowanie wyzwolony, taki lekki!
Starość może być znacznie trudniejsza, dłuższa, bardziej boooolesna, czasami baaaardzo… na końcu baaaardzo boooolesna. Ale to spadanie jest powolne. Baaaardzo poooowolne. Przewidywalne. Starość to potop. Ale także nuda!

Dla tych wszystkich młodych ludzi, którzy muszą czekać, aby odkryć te cudowne rozkosze, które zostały starannie przygotowane dla nich na wieczór ich życia. W pełni zasłużona nagroda! Ale niektórzy pewnie się uratują, kończąc swoje dni, by nie przeżywać tych nocy… Ci sami, którzy też potrafią tchórzliwie pozwolić się okraść przed twoim pokornym sługą.
Śmierć i starzenie się nie są zwieńczeniem dezintegracji, udręki, cierpienia, terroru… to tylko punkt końcowy! Zima lub zmierzch życia!

Ja Happokrita! Chorobaaaa... Jestem tutaj, aby ci towarzyszyć, a czasem zabrać cię znacznie wcześniej, niż mógłbyś to sobie wyobrazić! Chociaż nie staram się ciebie wyeliminować. Umieranie starym, ale co to za nuda!!! Umrzeć młodo, cóż za herezja!!! Mogę być od pierwszych dni twojego życia! Następujących po sobie, aż do tego ostatniego! Mogę ci zaoferować o wiele więcej niż starość, głód, wojnę. O wiele więcej terroru! Wiele więcej niepokoju! O wiele więcej bólu! Chcę żebyście wszyscy byli bardzo chorzyyyyy, ułomni przez większość czasu. Chcę was widzieć schorowanych, zobaczyć, jak cierpicie, jakbyście umierali tysiące razy. Nic wam nie oszczędzić oprócz tylko waszej długowieczności, która będzie moją gwarancją na wiekuistą agonię. Tak bardzo cieszą mnie, widoki moich dzieci żyjących w was. Rozmnażające się, ewoluujące, rekombinujące.

Szczerze jest mi przykro, że najdelikatniejsi spośród was w końcu odpuszczają. Tak, tak. Jestem zdolna do empatii. Wasze cierpienie, wasza rozpacz tak wiele dla mnie znaczy... chciałabym nadal najeżdżać, wnikać w was głęboko, patrzeć, jak słabniecie, klękać przed waszą haniebnością, nierozłącznym zniesławieniem, znienawidzoną, ale nieoddzielną przyjaciółką, obecną tutaj pod twoimi śpiącymi oczami. Dać się ponieść przez chorobę w kwiecie wieku, kiedy możesz chorować przez całe życie, to wciąż wielka strata i czasami mam wyrzuty sumienia, żal oraz smutek i bezradność, że nie mogłam częściej widzieć ich schorowanych.

Jestem wczesną Śmiercią. Albo i nie. Śmiercią każdej chwili życia. Nie ma potrzeby, aby wszystkie rurociągi były zniszczone, zardzewiałe, rozłożone. Wystarczy drobnoustrój, bakteria i nagle padasz sztywny! Komu dziękujemy za pozostanie młodym i pięknym w życiu pozagrobowym!?! No komu? Przedwczesna śmierć przeciw mojej woli, bo to nie jest moje powołanie, daleko od tego.
Geras drżący. Geras chwiejny. Geras zgliszczowy. Geras upadający. Geras pochlebia sobie, że wykonuje całą robotę. Z pewnością jego moc jest wielka, ale jest powolny w ranieniu. Choć zdarza się, że

czasem nawet wogóle nie cierpimy!!! Geras jest powolny… o wieeeeeele za wolny. Mogę zaoferować wiele więcej. Mogłabym śmierć podarować wam wszystkim! Cała populacja, kraj, kontynent, cały gatunek wyeliminowany jednym oddechem, dobrze naładowana masa powietrza. Muszę tylko znaleźć dobrego pacjenta. Który będzie moją windą, moim ambasadorem, moim dystrybutorem, ale jest to zbyt łatwe i co będę robiła potem?

Nie zawsze łatwo jest wyobrazić sobie chorobę zakaźną, którą może rozprzestrzenić się na cały świat. Bez blokowania i zneutralizowania wszystkich tych zjadliwych nośników. Zbyt szybka, zbyt zakaźna, zbyt ciężka, to choroba zneutralizuje się sama. Ale gdy jest powolna, oznacza to, że pasożytniczy organizm może reagować i bronić się. Zapobiec jej rozprzestrzenianiu się! Dobry wirus to wirus, który się dostosowuje, propaguje się szybko i wszędzie, bez eliminowania populacji, którą przejmuje. Dobry wirus to wirus, który się przystosowuje, który mutuje, aby przetrwać, aby zapewnić sobie ciągłość z roku na rok, z wieku na wiek. Wirusów są legiony. Wirusów są miliony. Miliardy co krążą wokół was. Niestety jeszcze za mało jest patogenów chorobotwórczych dla ludzi, ale wystarczy tylko jeden…
Ponieważ w rzeczywistości wirusy są żywymi istotami, żyją na swoich własnych prawach. Są po to, by żyć i rozmnażać się. Wirusy żyją w każdym z nas przez całe życie. Podstępnie zneutralizowane patogeny, czasami stają się zombie! Pozostałe osiedlają się bardzo dyskretnie, spokojnie niczym Koń Trojański… kto tak naprawdę wie, ile on ma w sobie wirusów? Małe nic, a jest w stanie przywrócić mu całą energię. Nawet przekształcić je w ostateczny i śmiertelny koktajl na chory koniec życia!

Moje ostatnie ustawienia wydają się być zbyt korzystne. Zajęło mi to trochę ponad wiek! Od sezonowej grypy, która eliminuje zwłaszcza starszych i niemowlęta po „grypę hiszpańską”, która dotknęła i zabiła więcej tych najbardziej odpornych populacji, w kwiecie wieku. Trzeba

powiedzieć, że tym razem miałam ciężką rękę. Wojna i ja walczymy o bycie największą katastrofą stulecia!!! Skończyliśmy łeb w łeb! Nie żałowałam środków, więc H1N1 był hitem, jak nigdy dotąd. Oczywiście bez potrzeby, zagłady ludzkości...
Żeby kontynuując teraz z Koronawirusem, który dotyka i zabija w większości najstarszych.
Przyznaję, że wzrost potęgi Gerasa mnie irytuje i mam zamiar wyrwać mu dywan spod nóg. Następna mutacja powinna być optymalna. Jestem gotowa na trofeum Mistrzów!

Ale gdybym ci opowiedziała o moim najwierniejszym sojuszniku? O moim nowym dzieciaczku? Kilka lat temu, w 2013 roku nastąpiła pewna odnowa, ponieważ w końcu udało nam się ponownie otworzyć Puszkę Pandory. Britannia, a konkretnie w Szkocji. Nasze nowe drzwi wejściowe! Moje największe źródło infekcji. W ten sposób mogliśmy uwolnić naszego wspaniałego przyjaciela Elpis. Naszą królową. Naszą suwerenną władczyni. Jedyną, która daje energię wszystkim innym.
Elpis, którą wy ludzie przesadnie, a przede wszystkim bardzo naiwnie nazywacie nadzieją. Elpis z pewnością jest nadzieją, ale dla optymistów prawdopodobnie coraz rzadziej. Przede wszystkim jednak stanowi ona strach, udrękę i obawę przed niepewnością. Mówi się, że kiedy Pandora otworzyła puszkę, zło uciekło i rozprzestrzeniło się po całej Ziemi. Mówi się też, że dobro wstąpiło do nieba! Elpis nie mogła wybrać swojej strony. Ona jest kwestionowaniem, niepewnością! Ona jest zwątpieniem! Aby się osłabić nie ma nic lepszego niż niepewność! Jej wartość będzie się zmieniać w zależności, kto będzie jej doświadczał. Jej kolor zmieni się z czarnego na biały, z białego na czarny, w zależności od nastroju ludzkości.

Zło, które zostało uwolnione znacznie wcześniej w zmierzchłych czasach w końcu ma pełen przepływ; ludzki potencjał psychiczny, do odżywiania, do rozwijania i nadmuchiwania ich mrocznych projektów. W tym roku zmartwychwstania Pandorycznego, udało im się spłodzić… zasiać…nowy gatunek wirusa. Natychmiast nazwany przez społeczność ludzką "Pandorawirusem" ze względu na swój kształt. Niezwykle złożony wirus w kształcie amfory jako hołd, wiesz dla kogo! Z fascynującym złożeniem dzięki swym unikalnym i wyjątkowym cechom. On wymyśla swoje własne geny! Podczas gdy wirus, którego się boisz, potrafi dostosować się do twojego układu odpornościowego. Co jest już niezłym wyczynem. Pandorawirus oferuje setki, tysiące, miliony mutacji. Bez czekania! Kodując się w nieskończoność. Absolutna doskonałość, aby się przystosować, być i pozostać nieczułym!

Oprócz tego zupełnie nieznane, nigdzie indziej, będą mogli eksplorować, odkrywać nowe horyzonty i podbijać ziemię jak i resztę świata. Nikt nie ma wątpliwości, że powstaną nowe i szczęśliwe choroby. Oddzielając ziarna od plew, oferując nowe uczucia słabości, cierpienia, udręki, przeeeepięknyyyych śmierci! Aż, nieeee mogę usiedzieć spokojnie na miejscu! Rozpoczęła się nowa seria, chociaż przygotowanie tego trwa dość długoooooo.

Koronawirus to dopiero pierwsza faza tego ambitnego, nowego cyklu. Nowy i wspaniały koń trojański, bo to, co ja wolę, to dłuuuugie, przewlekłe choroby! Postępujące i zwyrodnieniowe, rodzaj programu lojalnościowego. Oczywiście jestem obecna w setkach form, ale trzeba przyznać, że pandemia jest dla mnie znacznie większym rozproszeniem. Podwojoną, przeogromną satysfakcją. I to podczas gdy całe zło z puszki Pandory podejmuje ostateczne wyzwanie, aby odkryć, co będzie największym postrachem ludzkości. Kolejnym razem...
Często wygrywałam grę, jak Wojnę, jak Głód. Pozostaje nie wygrać jej zbyt radykalnie, abyśmy mogli oczywiście rozpocząć następną grę nieco później!!!

Chora, Jestem Choooraaaa… całkowicie Choooraaaa!

Skoro już przy tym jesteśmy, wraz z wydaleniem Elpis, Chaos rozpoczął ostateczne odliczanie! Wśród zła, które przemierza świat i nęka wasze społeczeństwa, najmądrzejsi, najbardziej ambitni, postanowili się zjednoczyć. My staliśmy się z czasem przewidywalni! Ludzka pomysłowość sprawia nam jednak coraz więcej kłopotów, jeśli chodzi o mnie samą, przeżywałam coraz więcej porażek, zwłaszcza od czasu „Pasteura". Nawet jeśli nigdy niczego nie odpuściłam... Nic... a nic... z większymi sukcesami jak właśnie z Grypą hiszpańską.
Grypą, która odniosła taki sukces, że nawet całkowicie pochłonęła, mediatycznie mówiąc, w tym samym czasie „choroby senne" czy tragiczne, śpiączkowe zapalenie mózgu. Która, mimo wszystko zaraziła miliony i zabiła setki tysięcy osób bardzo szybko, albo też smażyła na małym ogniu. Choroby senne, które pozostaną największą tajemnicą XX wieku, zanim mogliście całkiem niedawno zintensyfikować Enterowirusa, odpowiedzialnego za tą chorobę.

Happokrita wzdycha...
Odkrycie, które powinno wymazać, zmieść całą tę nową mitologię wokół „Piaskuna" lepiej znanego jako Morfeusz i przedstawianego jako jedynego, który jest odpowiedzialny za tę piękną śmierć. Mogłabym też mówić o HIV, dużym atucie w moim rozwoju, który na razie pozostaje bardzo rozczarowujący. Bez przyszłości wam mówię, to mutacja, z przyyyyspieszoną prędkością.

Niektórzy z nas zdecydowali się mutować, połączyć, by stać się znacznie potężniejszymi. Geras zwampiryzował Thanatosa, przyznając sobie oczywiście moc kontrolowania życia, ale przede wszystkim, aby zamknąć drzwi do zaświatów! W ten sposób rzucając miliony, miliardy dusz w stan zawieszenia! Musi również połączyć się z „La Folie". Z tego potrójnego zjednoczenia narodzi się nowa ciemna istota. Szaleństwo! Fatalne i wieczne. Kto wie w jakiej formie i pod jaką nazwą się pojawi?

Ale nie powiedziałam jeszcze ostatniego słowa i wciąż ubiegam się o najwyższe trofeum. Geras i ja gramy na tej samej planszy z tymi samymi klientami. Myśli, że jeszcze raz może mnie wyprzedzić w ostatnim sprincie, ale moje pionki są ustawione już od wielu, wielu lat. Zjednoczyłam się z oszustwem, perfidią, nieuczciwością, ucieleśniającą przez moją siostrę „Apathe" i stworzyliśmy Coronae. Geras ukradł moce Thanatosa, to Coronae będzie szukała mocy Hypnosa. I to nawet jeśli nie będzie łatwo pokonać tych Mistrzów iluzji. Hypnosa, Morfeusza i ich tysiąca braci... bez oszukiwania.

Wieki temu za pomocą tego, co wy ludzie nazywacie śpiączką, spowodowałam, że miliony chorych, pasożytniczych i błąkających się dusz weszły do Królestwa Snów. Niewiele brakowało, aby trwale zepsuć świat Hypnosa. Morfeusz i jego bracia stoczyli bardzo wielką bitwę. Zajmując się wszystkimi duszami, jedna po drugiej, znacznie zmniejszając szkody, a przede wszystkim blokując przedłużanie mojej pracy. Czasami przenosząc się fizycznie, przemieniali się w ludzi, w ziemskim wymiarze! Walczyli tak przez jakieś dziesięć lat, tak bardzo, że nie zostało im wiele energii, by tchnąć swoją magię w królestwo snów.
Było to zatem pyrrusowe zwycięstwo, ponieważ pod koniec tej walki na wysokich obrotach, ludzkość miała pogrążyć się w „Wielkiej Depresji", zanim doświadczy II wojny światowej! I tak wierzymy, że zło się skończyło i jest za nami przed popadnięciem za chwile w kolejne! Przyszedł czas, aby móc przetasować karty i ponownie zaproponować długoterminowe wyzwanie dla ludzi! Jak w czasie Czarnej Śmierci, która tak bardzo naznaczyła ludzkość.
COVID 19 to tylko drzewo, które ukrywa las. Ten niezwykle „popularny" wirus wciąż osiąga doskonałe wyniki. Musimy w tym podziękować twojemu ultra połączeniu, zarówno w twojej sieci komunikacyjnej Internet jak i twojemu fizycznemu połączeniu, który jest szybszy niż kiedykolwiek, dzięki samolotom i lotniskom. Zostanie on podobno jak inne przed nim, pokrzyżowany przez medycynę i naukę. W każdym razie zostanie częściowo w kagańcu....

Uppps… Za dużo mówię.
Nie mogę powiedzieć nic konkretnego, poza tym, że rzeczywiście jesteśmy, pozostajemy i pozostaniemy bardziej niż kiedykolwiek „w mutacji", gdzie z pewnością rachunek będzie coraz to bardziej słony. Powiedziano mi, że Elpis i Oizys zbliżą się do siebie! Tworząc istną, pełną udręki, cierpienia, tortur i rozpaczy istotę! Szczęśliwego mariażu Nieszczęścia i Depresji z dodatkiem zwątpieniem i strachu. Dorzuć do tego „Pasję", a koktajl będzie idealny! Istota tak namiętnie złowroga makiaweliczna, że szybko doprowadzi cię do samobójstwa. To rodzaj sezonu na potworne miłości.

A co z puszką Pandory? Naprawdę planujesz wsadzić nas z powrotem? Trzeba by było najpierw ją znaleźć! Zdecydowanie jest w najbardziej nieprawdopodobnym miejscu na Ziemi! Niedostępna i strzeżona przez demony, które zrobiłyby sobie z ciebie niezły kąsek i to dość szybko! I jeśli nawet wydarzyłby się cud, potrzebny byłby następny, jeszcze bardziej niepewny, by być zdolnym nas w niej zamknąć. Nigdy nie byliśmy tak potężni jak teraz. Tak zdeterminowani… rozpoczął się nowy cykl i całe zło stara się wyryć w nim swoje imię jako pierwsze. A może i ostatnie! Tak bardzo koniec ludzkości wydaje się nieuchronny. To prawdopodobnie nasze ostatnie wyzwanie, więc równie dobrze można zakończyć je z klasą!?!

Wszyscy nad tym pracujemy… Nie całuję, ale sercem jestem z wami."
„Sercem skorpiona"!

Rozdział 18. Szaleństwo

Ponownie z akompaniamentem i impulsem, Thanatos przygotowuje umysł Maliotha potrząsając nim, stwarzając lekkie wrażenie, tuż przed skokiem.
Thanatos: „Abyś spotkał Szaleństwo, wejdę do twojego umysłu i zasieję konieczny zamęt. Zakłócę twoje wspomnienia. Rozproszę je.

Niektóre z nich wymarzę, tworząc nowe. To będzie coś strasznego, bałagan, który będzie tylko tymczasowy, ale cel uświęca środki! Thanatos zamyka oczy i wchodzi do umysłu Maliotha zgodnie z obietnicą wywracając te wspomnienia do góry nogami, jednocześnie sieje chaotyczne emocje. Malioth od razu kładzie się do łóżka z wypchaną głową i bardzo niespokojnym umysłem.

Następnie pyta Thanatosa trochę przestraszony: „Ale co się tu dzieje?... Co ja tu robię?... Dlaczego chcesz mnie skrzywdzić?"

Thanatos pochyla się nad nim i szepcze mu do ucha: „Domink…nik… nik… nik. Zwyczajnie odszedł."
Malioth zasypia… i budzi się znowu bardzo niespokojny. Muzyka wita go w rozległym, ciemnym pokoju, gdzie dziwne postacie unoszą się nad ziemią. Słychać muzykę i te słowa: „Dominik, nik, nik właśnie odszedł… biedny, śpiewający kolarz. We wszystkich miejscach, na wszystkich drogach, on mówi tylko o dobrych Bogach… On mówi tylko o dobrych Bogach..."

Piosenka i muzyka zaplatają się w kółko. Unoszące się postacie są szarawe, bardzo słabo ruchliwe albo wogóle…. Ich twarze są zamknięte, oczy puste, wydają się zagubieni, rozproszeni. Zostawieni sami sobie. Muzyka i śpiew kontrastują z miejscem i jego mieszkańcami. Nagle jeden z nich wybucha śmiechem. Po czym się wycofuje, zamykając się w sobie.

Malioth wydaje się bardzo przestraszony, posuwa się powoli z zagubionym wzrokiem, wtedy nieznana postać przechodzi przez pokój niemal energetycznie. Wszystko inne wydaje się nieruchome, ale to z pewnością tylko złudzenie, ponieważ chodzi o Gerasa. Złowrogiego, brudnego Gerasa. Wygląda na zachwyconego, gdy szeroki uśmiech wypełnia jego gnijącą twarz. Otwiera się jak szczelina na chaotyczną i spustoszoną ziemię. Czubek jego czaszki, zakryty kapturem wydaje się ruszać!!! Następnie zwraca się do Maliotha swoim powolnym drżącym głosem, gdy z jego ust wychodzą robaki.

„Witam, jak się masz? Jaka dobra nieeeespodzianka! Przybyłeś na spotkanie z Szaleństwem? Nie masz już dość nocnych duchów? A może uległeś demonom filtrującym z twoim umysłem? Szybko skończysz zbliżając się do przepaści... Wszystko co ci pozostaje to lekka bryza, która cię tam zabierze. Może nie byłeś tak silny, jak myślałeś?
Tutaj roi się od Napoleonów, Joanny D'arc, Jezusów Chrystusów, Batmanów... wszyscy dzielą odurzenie, pijaństwo i euforię... Ale jak sam możesz zobaczyć, to się dzieje najczęściej wewnątrz, bo dla widza co to za nuda..."

Geras zatrzymuje się na kilka sekund, po czym wznawia...
„Niestety pokusiłbym się o stwierdzenie... - przybiera angielski akcent i wymawia donośniej: „Niestety: Too late, Too late..."

Potem śmieje się głośno przez kilka sekund, po czym kontynuuje.
„Niestety, uprzedziłem cię, że ja i Mania, którą przyszedłeś tu poznać, zgodziliśmy się na idealną umowę! Moja najdroższa siostra okazała się znacznie bardziej entuzjastycznie nastawiona do mojego projektu niż Thanatos i Hypnos. Nasze interesy tak bardzo się zbiegły, że od razu się połączyliśmy, nie zdając sobie z tego sprawy. Bez żadnych formalności, ani nawet leniwego pocałunku."
Geras znów wystawia swój brudny, purpurowy język, obślizły i dziurawy, przeżarty przez potwornie głodne, żółtawe robaki.

„Co mi teraz dają te piękne węże zamiast włosów? Dają mi odświeżający młodzieńczy wygląd, który nie jest aż tak nieprzyjemny. Pokażę ci..."
Geras podnosi się, ściąga kaptur i pokazuje swoje monstrualne włosy złożone z wielu małych węży, które szalenie wiją się w każdym kierunku.

„Najbardziej udane zapożyczenie od meduzy Gorgony, furii lub innych harpii… Nigdy nie powinieneś rezygnować z kobiecości, która tak dobrze pasuje ci do cery! Niedługo powinno to wrócić do mody!

W tej niesamowitej fuzji duchów i energii stworzyliśmy nową istotę nocy. Nie bardzo wiedzieliśmy, jak go czy ją odróżnić, ponieważ Ektoplazma jest wciąż dziewicza i przezroczysta, uwolniła się i uciekła z prędkością dźwięku. Ale my doskonale wiemy, co stworzyliśmy. Mieszanka Śmierci i Starości z jednej strony. Program tak ciężki i ważki, że nie mogłem powstrzymać się od dodania do niego nuty Szaleństwa po drugiej stronie!!! W rzeczywistości moja ręka była tak ciężka od artretyzmu, że rzuciłem tam całe szaleństwo - jako pasażera. Dość powiedzieć, że o tym koktajlu obrzydliwości będzie głośno. Obłąkane stworzenie, które będzie w stanie nawiedzić i stopniowo pożerać umysły śmiertelników. Oczywiście w najlepszym przypadku.

Wyczerpująca, męcząca, nudna i przyprawiająca o zawrót głowy wibracja, która z łatwością powinna pokonać najbardziej delikatnych i wyrządzić wiele szkód innym. Będziemy wtedy mogli zebrać miliony uszkodzonych lub nawet zniszczonych dusz, które przechowamy, a raczej pogrzebiemy z ogromną przyjemnością w przepaści. Nasze mutacje, nasze nowe mocne strony są konsekwencją waszych mutacji, waszych nowych mocnych stron.

Chcieliście „zabić śmierć"? Równowaga światów opiera się de facto na równowadze sił. Kiedy siły życia nasilają się, siły śmierci ustępują, ale nigdy na bardzo długo. Są to dwie strony tej samej monety, która kręci się i kręci, bardzo rzadko zatrzymując się na krawędzi. Niektóre siły istnieją tylko dlatego, że inne też istnieją, ale zamierzamy na tym poprzestać. Nasza tytaniczna praca dopiero się zaczęła. Nadal musimy utrudniać ludzką egzystencję, zanim definitywnie zamkniemy każdą duszę w niekończącym się koszmarze. Zamierzamy połączyć się z Chorobą, która obecnie przeżywa stan łaski! Z naszych wnętrzności powinno narodzić się prawdziwe arcydzieło!"

Malioth nagle odzyskuje bardzo wyraźnie przytomność...
„Choroba? masz na myśli Happokritę? Choroba nie jest twoim przyjacielem. Happokrita konkuruje z tobą... Nie potrzebuje was, jest potężniejsza od ciebie. Może dotknąć każdego, kiedy chce, podczas gdy ty jesteś bardziej u schyłku życia... Jesteś jesienią... Ona jest czterema porami roku!"

Geras: „SPRZECIW"!

„Już ci wyjaśniłem, jak bardzo jestem „powolną śmiercią". To ja wykonuję prawie całą robotę. Chorobie jest ciężej z młodymi ciałami, w pełni zdrowia! Nawet jeśli potrafi otwierać szczeliny... Spójrz trochę... Spójrz, ile udało mi się w ciągu stulecia. Długość życia podwoiła się! Naprawdę myślisz, że ona może się czymś chwalić? Teraz ode mnie zależy, wziąć sprawy w moje ręce, przywrócić porządek... Moim marzeniem jest połączenie Starości, Szaleństwa, a także Choroby. Magiczne trio, które wywoła fenomenalny Chaos u osób starszych, ale nie tylko. Choroba nie może dłużej ignorować faktu, że to ja dokonuję i wykonuję ciężką pracę na rzecz Parkinsona, Alzheimera i innych chorób degeneracyjnych. Możemy pracować ramię w ramię.

Malioth: „SPRZECIW"!

„Choroba może równie dobrze powiedzieć, że to ona, przeżuwa całą pracę! Że to ona atakuje, osłabia i zajada organizmy. Bakteriami, wirusami, wirusami zombie, które powoli, ale pewnie, chociaż czasem śpiące, wkradają się w każdą komórkę i przygotowują się na ten ważny dzień."
Geras dymi i zaczyna krzyczeć...

„Nie igraj ze mną! Wiem kim jestem i wiem skąd pochodzę. Ale teraz moje moce są szeroko otwarte, będę Chorobą... Tak... Chorobą, z Happokritą lub bez. Nadejście zła stulecia jest bliskie. Starzy pozostaną starcami, a Szaleństwo ogarnie ich duszę. Ono ich wygryzie do ostatniego neuronu, do ostatniego wspomnienia. Przekaż moje pozdrowienia dla Hypnosa... i Thanatosa. Powiedz moim braciom, że tym razem to dla nich koniec. Jestem bardzo zły. Wszyscy powinniśmy grać w jednej drużynie, przynajmniej po tej samej stronie".

„Aha... a co do puszki Pandory przyjacielu, powiem ci kiedyś, gdzie ona jest. W takim razie, niech to będzie moja przynęta."
Geras zbliża się do Maliotha. Bardzo groźny ze świecącymi oczami, wężowymi włosami unoszącymi powietrze ze wszystkich stron, uderzające o siebie... Podekscytowany Geras, bardziej przerażający niż kiedykolwiek! Malioth natychmiast kładzie rękę na swojej piersi! Tu, gdzie znajduje się jego tatuaż z lwem.
Potem się budzi... Po jasnej stronie. A raczej to Thanatos go budzi.

Malioth: „Jestem wyczerpany..."
Thanatos: „Odpocznij teraz, twoja dusza była poważnie zagrożona, aby doszło do takiego spotkania, ale to już jest koniec.

Rozdział 19. Spotkanie z Oizysem

W planie następna nowa eksploracja marzeń dla Maliotha. Tak jak to było w szukaniu Choroby i Szaleństwa, Thanatos przygotuje go do udania się bezpośrednio do swojego kontaktu. Podczas snu.

Thanatos: „Oizys jest jedną z najciemniejszych, najmroczniejszych i najbardziej bolesnych istot. Ale jest też chyba najbardziej kruchy, żeby torturować umysły, jak nikt inny. Co daje mu pewną pobłażliwość, która może okazać się pomocna do manewrowania

nim. Możemy wyciągnąć od niego jakieś informacje, których nie moglibyśmy uzyskać od Happokrity.
Tym razem nie trzeba brać tabletek nasennych. Ich regularne stosowanie jest zbyt niebezpieczne. Malioth musisz pomyśleć o szczególnie przygnębiających i wywołujących niepokój rzeczach. Wystarczy pomyśleć na przykład o zmianach klimatycznych, o tej Ziemi, która wszędzie zaczyna płonąć. O tych wszystkich narodach, które będą cierpieć, czasami umierać z powodu piekielnych warunków życia! Pomyśl o tej przyszłej katastrofie, która się szykuje. Wiesz o tym aż za dobrze, ale musisz zaostrzyć to uczucie, te tragiczne emocje."

Następnie Malioth ponownie kładzie się do łóżka, rozmyślając. Zasypianie zajmuje mu prawie dwie godziny. Pojawia się w świecie mostów! Mosty są zaplątane jeden w drugi. Małe, wielkie, długie. Zbudowane z drewna, z metalu, z kamienia. Czasami olbrzymie, czasem malownicze. Kolosalna plątanina, która idzie we wszystkich kierunkach, przypomina sieć, architekturę neuronów w ludzkim mózgu. Przecinają się na wzdłuż, na szerokość, w poprzek, głęboko, do góry nogami. Niektóre pasy ziemi, często wijące się w strome ścieżki łączą jeden most z drugim. Niesamowita struktura, w której wszystko jest tylko mostem prostym lub przekręconym.
Wydaje się, że ta wyjątkowa grawitacja zniknęła w tym powietrznym wszechświecie! Tu i ówdzie krąży kilka złowrogich ptaków.
Całe ptactwo jest więc a priori do góry nogami. Pozostaje tylko stwierdzić, do góry nogami w stosunku do czego? Wrony kraczą bez przerwy. Ulewny, nieustanny deszcz wydaje się wprowadzać w rytm, nadając im tempa. To zadziwiające miejsce. Deszcz nadchodzi czasami z góry, czasami z dołu, częściej z boków lub wręcz spryskuje prosto twarz. Co gorsza Malioth jest nagi, zupełnie nagi. Problem polega więc nie tyle na byciu mokrym i opryskiwanym bieżącą wodą, biciem podmuchami wiatru, co na ewentualnym zmarznięciu. I przede wszystkim na poważnych innych niedogodnościach, aby tylko wyraźnie widzieć, co się dzieje wokół.

Malioth musi nieustannie przecierać oczy. W końcu, zmuszony jest trzymać ręce przed twarzą jak małą tarczę, szukając po drodze jakiejkolwiek osłony, która mogłaby posłużyć jako ochrona - jakiegoś prowizorycznego parasola. Niestety, poza ziemią, błotem i kamykami, nie ma nic więcej do zebrania.
I pełno tu ślimaków a nawet kilka rechoczących ropuch. Malioth idzie bardzo powoli, wąską ścieżką prowadzącą do rozległego i bardzo starego kamiennego mostu. Prawdopodobnie starożytnego. Niezbyt szerokiego, ale składającego się z trzech wspaniałych łuków. Gdy nagle jakiś głos w jego głowie odbija się echem:

„Dołącz do mnie… Tu jest dobrze".

Choć do przejścia zostało mu tylko kilkadziesiąt metrów, dostrzega pod jednym z łuków, kilkadziesiąt leżących, zwiniętych w kłębek ciał! One drżą i kichają. Nie mają niczego pod ręką, co mogłoby je rozgrzać. Nic nie jest w stanie ich pocieszyć, gdyż są całkowicie nagie i potwornie brudne, mimo deszczu, który nieustannie ich zalewa. Śpią lub próbują spać nawet na ziemi. W warstwie błota i brudu. Nie bardzo rozumiemy na czym leżą, ale jest to bardzo obrzydliwe i odrażające.

„A więc jesteś!" Podnosi się głos w jego głowie.
Naga, kobieca postać ukazuje się przed Maliothem. Chuda na pograniczu anoreksji. Jej ciało, podobnie jak twarz, wydaje się poszarpane, zaorane. Brud, błoto, deszcz tworzą rodzaj wizualnego efektu. Wszelkiego rodzaju przepływy rzeźbią jej ciało na kilka warstw, jakby była z gliny. Twarz wydaje się nie mieć ust!?! Inne słowa odbijają się echem w głowie Maliotha…

„Jestem Oizys. Bogini nieszczęścia. Bogini niepokoju. Bogini depresji. Ale także Bogini nędzy! Czasami zastanawiam się, czy naprawdę jestem użyteczna!?!" - powiedziała z zakłopotaną miną, której towarzyszyło westchnienie.

„Jestem córką Nyks i Erebe. W konsekwencji jestem siostrą Hypnosa i Thanatosa jak również Gerasa… oraz wielu innych stworzeń nocy z którymi ostatnio się spotkałeś lub które spotkasz. Moje wieczne łzy szczodrze spływają z deszczem tu i wszędzie indziej (westchnienie) To rzeczywiście jedyna rzecz, która jest tak we mnie hojna (ponowne westchnienie) może też razem z moimi westchnieniami... - zaszlochała.

Nieustanny, a nawet zacinający deszcz pada tu bez końca. Żeby nikt nie zauważył, jak płaczesz. A i ty nie zobaczysz nikogo płaczącego! Bez ust nie możesz narzekać ani krzyczeć. Możesz tylko cierpieć… w ciszy… rozmyślać bez końca trzęsąc się w brudzie, robactwie i wilgoci. Tulić się do kilku innych skazanych na nędzę. Pomiędzy krakającymi wronami i ropuchami. Jesteśmy sami w tym świecie, w którym nie wiemy co przyniesie jutro."

Wtedy wpatruje się w Maliotha przez kilka sekund, po czym kontynuuje…
„Tak, nie musze ci tego powtarzać ani kazać myśleć… zgniła pogoda, zgniły świat, kiepski dowcip… Świat jest nędzny… Wiem, że szukasz pudła Pandory, prawda? Nie ma szans, żebyś go tu znalazł. Byłoby to zbyt niebezpieczne dla równowagi, a raczej jej zachwiania w tym deszczowym świecie. Przede wszystkim nie ma szans na znalezienie tutaj czegokolwiek innego poza miłością do płazów.

Skoro już przy ty jesteśmy, czy wiedziałeś, że właśnie tutaj przybywają na odpoczynek „Bufo Alvarius"? Przez niektórych nazywane także ropuchą Proroka, przez innych ropuchą świtu. Spędzają swoje ziemskie życie zasadniczo na jednej z najbardziej suchych pustyń na świecie. Pustyni Sonora, na północnym wschodzie Meksyku. Zdecydowaną większość czasu, dziesięć z dwunastu miesięcy pozostają głęboko ukryte pod ziemią! Wychodzą tylko w nocy, kiedy jest wystarczająco chłodno. Dlatego najczęściej możemy je zobaczyć o wschodzie słońca… nie na długo, co mogłoby być dla

nich prawdziwą torturą. Najwyższe piekło, niemal udręki uczyniło z nich niesamowite pustynne ropuchy!
Tworzą one Nyxinę, czyli wasze „DMT" najpotężniejszą z ziemskich środków halucynogennych. Wariant znany jako Bufotenina, który jest wciąż dziesięć razy potężniejszy i bardziej skoncentrowany od Nyxiny! Jest to środek psychodeliczny wywołujący odmienny stan świadomości, wizje i zmiany percepcji stosowany u was, ludzi. W celach religijnych, duchowych i mistycznych, pozwalający ci podróżować z twojego świata do naszego i vice versa. Używany od starożytności, zwłaszcza w starożytnych Królestwach Chin. Następnie w średniowieczu, w Europie przez czarownice. W obu Amerykach, wśród Inków i innych cywilizacji mezoamerykańskich poprzez obrzędy szamańskie. Czyż natura nie jest cudowna? Te maltretowane ropuchy, torturowane, bo pozbawione całej wody i wilgoci, której potrzebowałyby do radosnych igraszek, pozwalają duszom przenikać z jednego do drugiego świata. Póki przy tym jesteśmy, może trzeba stworzyć robaki piaskowe robiące przyprawy, które pozwoliłyby przemierzać wszechświat? Ale nie...tak nie, to nie wcześniej niż za kilka tysiącleci i niekoniecznie w tym wszechświecie, w tej czasoprzestrzeni. Czasami to skomplikowane!!!
Te Bufo Alvarius wytwarzają dużo Bufoteniny w swoich ciałach, a raczej na powierzchni swoich ciał poprzez ślinianki przyuszne, wyraźnie widoczne gruczoły na ich szyjach. Następnie używają go dla siebie jako broni obronnej - jako jadu. Co okazuje się śmiertelne, jeśli zostanie przyjęte w zbyt dużej ilości. Nyxina i jej pochodne są obecne wszędzie w świecie zwierzęcym, a nawet roślinnym - w szczególności, Ayahuasca, czyli Lniana duszy lub pnącze dusz. Występująca oczywiście wszędzie, ale w bardzo małych ilościach. Wiele stworzeń wytwarza ją w małych ilościach w nocy, podczas snu. U ludzi w większej ilości jest wytwarzana w 49 dniu życia! I szczyt produkcji tej wyjątkowej substancji, niczym wielki Big Bang następuje w chwili ludzkiej śmierci!
Tak czy inaczej... myślałeś, że pomożemy ci w poszukiwaniach? Który spośród nas chce wrócić do więzienia? Na zawsze? Wszyscy

żeśmy uciekli szybciej niż błyskawica Zeusa! Dziwne uczucie egzaltacji ogarnęło mnie na kilka sekund. Trzęsłam się tak bardzo, że wciąż się trzęsę za każdym razem, gdy o tym pomyślę."

Oizys zostaje nagle opanowana przez silne emocje, które sprawiły, że lekko się cofnęła, złożyła się w sobie, trzęsąc się… Zanim doznawszy strasznego rozczarowania, szybko zdając sobie sprawę, że nie ma nic bardziej nieszczęśliwego niż ludzka udręka.

„Jeśli jesteśmy złem przeklętym, najbardziej haniebnym, najbardziej antycznym, najbardziej autentycznym od zarania dziejów, musisz zauważyć, że człowiek jest dla nas potężną wylęgarnią! To wy jesteście z pewnością pierwszą formą życia, której należy się bać, która doprowadza do całkowitego wyginięcia wszystkich innych form życia w tym środowisku! Czy aż do tego stopnia was zachęcamy? Rozsiewam nieszczęście od tysięcy lat i dłużej… Zaparzam, destyluję, inkubuję wszędzie moje przenikliwe i chwalebne, mroczne słabości. Wszędzie, gdzie tylko mogę.
I czuję, że nadchodzi ostateczny Chaos, a po tej niszczycielskiej apoteozie pozostaną tylko karaluchy, może szczury i oczywiście bakterie… Totalna nędza! Będę wtedy potężniejsza niż kiedykolwiek! Triumfalna. Błyszczą… Wspania... Hummm… W każdym razie będę na szczycie! Bardziej samotna niż kiedykolwiek.

Jednak mocno wierzę w nędzę, ale z tobą prawdopodobnie radziliśmy sobie zbyt dobrze i pewnie będę miała tego dość. Przygnębiasz mnie, byłabym prawie chora, ale nie wolno mi. Jaki jest sens bycia niespokojnym, przygnębionym, depresyjnym, jeśli nie zachorujesz? Wszyscy chorują oprócz mnie. Bez nadziei na upadek, podniesienie się, by w końcu stanąć na nogach. Może skończę zamykając się sama w puszce Pandory?!? Czekając, aż pojawi się nowy gatunek, który ponownie może zostać objęty naszą złowrogą opieką. To przygnębiające i beznadziejne…

Nie mam żadnych pragnień, jestem wyczerpana, przygnębiona i zdesperowana. Mówią, że to co najgorsze nigdy nie jest zbyt pewne, to trochę jest myślenie o szczycie miernoty. Pytanie, na które każdy będzie mógł próbować odpowiedzieć pewnego dnia, tam na Ziemi... poprzez kwestionariusz Prousta!!! Czy kiedykolwiek pytano samą nędzę, jaki może być ten jej najwyższy stopień? Bardzo sprawiedliwie jest odpowiedzieć, że najwyższym szczytem nieszczęścia jest „Miseria". Czyli chciano mi tylko złożyć hołd?

Prawda jest taka, że nie znam odpowiedzi, nigdy się nie dowiem. Jeśli chodzi o nędzę, nigdy nie przestaniemy kopać i ten szczyt będzie dla każdego wyjątkowy według wszystkich tych wartości i własnego poczucia godności. Chcę również powiedzieć, że jeśli mówimy, że nie ma szczytu nędzy większego niż sama nędza, oznacza to, że rzeczy się zmieniają, raz po raz i się odwracają. Wczorajsze wady mogą być moralnością jutra. Samotność wydaje się niebywale ponura. Samotność absolutna. Skończenie samotnym, kiedy marzy się o dzieciach, o rodzinie? Ale spójrz na mnichów buddyjskich jak i innych religijnych ludzi, którzy poszukują duchowości. Mogą żyć w warunkach skrajnego niedostatku, całkowicie skoncentrowani na sobie, na swojej wewnętrznej sile. Jakby niczego nie potrzebowali. Pozostają im najświętsze potrzeby życia - picie, jedzenie i spanie. Które jednak uzupełnimy, potrzebą ubierania i dbania o siebie.

Tylko śmierć może nas wybawić z nieszczęścia. Mój drogi, tak drogi, Thanatos. Albo medytacja. Myślę, że popadłam w jeszcze większą depresję. Jestem na końcu końca. To jednak powinno mnie uszczęśliwić! Ale nie powinnam też zadowalać się szerzeniem miernoty we mnie i wokół siebie, bo gorzej się czuje.
Słuchaj, chcę być jeszcze bardziej nieszczęśliwa. Chcę zdradzić moje najwyższe zasady! Czy nie byłoby to największym nieszczęściem, rodzajem samobójstwa? Czyż nie byłoby to moim jedynym przeznaczeniem? Chociaż jestem nieśmiertelna proszę również o możliwość zakończenia moich przeklętych dni. Jestem gotowa

skierować cię na drogę puszki Pandory, ponieważ tego właśnie przyszedłeś tutaj szukać. Wiem, gdzie ona jest, bo wiem również, gdzie jest Elpis. Jesteśmy bliscy sobie, zawsze byliśmy.

Znajdziesz puszkę Pandory w głębi Tartaru, za bagnami rozpaczy, lodowych sadzawkach pełnych bezgłowych ciał; między rzekami błota i strumieniami lawy. Po zmierzeniu się z mantykorami, hydrami i innymi uskrzydlonymi demonami, tylko wtedy będziesz mógł rozwiązać zagadkę oprawcy, aby uzyskać dostęp do klucza otwierającego sanktuarium Pandory. W tym ostatnim będziesz musiał jeszcze pokonać smoka, a następnie Cerbera, Ogry, potem Tytanów. Po tych wszystkich przygodach, jeśli jeszcze żyjesz, możesz w końcu dostać w swoje ręce pudełko... Znaczy się dzbaniak."

Mija długa cisza, podczas której Malioth wydaje się stoicki. „Nieeeeeeeee, tylko żartuję, znajdziesz puszkę Pandory tam, gdzie się ponownie pojawiła! Nie musieliśmy tego ukrywać! Ona została w Carlile, w Britanii - jako główny dowód w śledztwie w sprawie niewyjaśnionej śmierci młodego Johnsona. Została umieszczona pod pieczęcią. Wyjątkowo długo przechowywana przez władze.
W Carlile więc, z wszystkimi konsekwencjami zdrowotnymi, psychologicznymi i politycznymi, jakie można sobie wyobrazić w rejonie. Britannia stała się teraz nowym punktem wyjścia, ogniskiem niezgody, centrum nerwowym epidemii i wielu innych nieszczęść... Nigdy nie będziemy w stanie wystarczająco podziękować Dawidowi Cameronowi za ogłoszenie w 2013 roku, referendum w sprawie wyjścia Wielkiej Brytanii z Unii Europejskiej. Przyszły Brexit. Koniec względnej osmozy, początek potężnych nerwic i martwic w tej wciąż rodzącej się europejskiej jednostce. Niesamowicie zawiedziona nadzieja!
Nie trzeba było więcej, aby obudzić Elpis, zamkniętej w puszce Pandory. Wszystko zło ponownie wywyższone przez ten historyczny brak jedności! Obietnica mroczniejszej, bardziej niepokojącej przyszłości... istotny fakt i symbol świata, który nie chce już być

braterski. Myślę, że znasz resztę… puszka Pandory pojawi się ponownie wiosną 2013 roku na tej ziemi Britannia od teraz dla nas świętej, po tym jak ludzkość głosem wielkiego szefa firmy Google ogłosi, że chce „Zabić Śmierć”!!!

Geras i ja przeżywamy obecnie okres egzaltacji, delikatnie mówiąc. Możesz już sobie iść…”

Rozdział końcowy.

…Z powrotem.
Thanatos wydaje się zmartwiony. Patrzy na Maliotha przez kilka sekund, po czym dodaje:
„Nadszedł czas, abyśmy ujawnili ci prawdę, a tym samym przyspieszyli twoje szkolenie i integracje…”
Nie odrywając od niego wzroku kontynuuje:
„Wracaj do snu i choć za mną…”
Malioth znowu zasypia…

Obydwoje wchodzą pod ogromną, granatową kopułę usianą małymi migoczącymi światełkami, jakby gwiazdami. Na ziemi, wokół nich, dziesiątki może setki sylwetek, które zgadując po ich małych, świecących oczkach byłyby „chińskimi cieniami”? Wyglądają jak humanoidalne stworzenia z dużymi skrzydłami. Stoją tam cicho, czasem rozkładając skrzydła, jakby chciały je wyprostować. Posuwają się w kierunku miejsca, które prawdopodobnie może być środkiem tej kopuły, a tam - absolutne zdumienie!!! To Śmierć na nich czeka!?! Ponury żniwiarz tu jest, stoi z kosą w dłoni. Bez ruchu. Pod maską ledwo można dostrzec jego wzrok. Po obu jego stronach spokojnie leżą gigantyczne koty. Ogromny, biały tygrys o niebieskich oczach i nieco mniejszy, niesamowity lew, z bardzo gęstą i błyszczącą grzywą. Następnie Malioth zwraca się do tego, kogo uważał do tej pory za Thanatosa! I zaskoczony gotowy go zapytać…

Hypnos uśmiechnął się i mówi...

„W tej chwili zgadłeś! Nie jestem Thanatos, ale jego bratem Hypnosem. A o to nasze rodzime koty... To długa historia - mówi, wskazując palcem na dwie dzikie bestie.

Często zdarza się, że odwracamy nasze role, nawet jeśli Thanatos jest znacznie mniejszym żartownisiem niż ja. Nasze moce często się mylą. Sami jesteśmy zdezorientowani z różnych punktów widzenia, ponieważ jesteśmy sobie tak bliscy.
Następnie szepce cicho do ucha Maliotha... W rzeczywistości jest on bardzo swojski. Między dwoma misjami uwielbia polerować swoje ostrze, z pasją, która nigdy nie słabnie."
Normalnym już głosem wznawia... „Mój bracie, mój najdroższy bracie, jeśli znów mnie tu teraz widzisz, to dlatego, że mogłem wykonać moje dzieło... w końcu!... powiedzmy raczej, że jest aktywne. A więc drogi Malioth, jestem ci oczywiście winien wyjaśnienie. Zaigrałem na tobie, oczywiście, ale w słusznej sprawie. To było naturalne, że podczas twojej śmierci, nawet tej symulowanej, to właśnie Śmierć cię przywitała i przyjęła. Co byś sobie pomyślał inaczej, gdybym to ja, absolutny władca snów i złudzeń, cię przyjął!?! Trzeba było natychmiast dotrzeć do sedna problemu z siłą przekonania i powagą, ponieważ ja Hypnos, strażnik snów tak jak i Thanatos, strażnik zaświatów, jesteśmy zagrożeni.

Jesteśmy z pewnością Bogami... ponurymi dla niektórych, oświeconymi dla innych! Jesteśmy przede wszystkim Bogami wyzwolenia świadomości... jej odejścia, ku czemuś innemu, dużo większemu. Ba! Nieskończonemu! Ku światu, w którym zasady nie są już takie same, gdzie wasza świadomość jest znacznie wzmocniona, jak ślepiec, który rozwinie swój słuch, gdy inne ziemskie zmysły zasną. Kiedy przychodzicie nas przytulić, pocałować, porzucacie swoją fizyczną powłokę, jak również wszystkie sygnały, które ona wam przesyła. Przychodzicie do nas. Dla jednych to będzie na kilka godzin, jedną noc, a dla drugich na całą wieczność.

To połączenie z nami jest możliwe dzięki twojej szyszynce. Bardzo małemu gruczołowi w twoim mózgu, który koordynuje rytm. Kto mówi rytm, mówi czas… kto mówi czas, mówi przestrzeń czasu. Szyszynka jest jedynym organem w ciele, który ma do czynienia z czwartym wymiarem: czasoprzestrzenią. Jest to zatem narząd skonfrontowany z innym wymiarem niż ten postrzegany przez wasze zmysły. Podczas tych połączeń wydzielasz za pośrednictwem tego gruczołu, który ma kształt szyszki sosnowej, Nyxinę, a raczej dimetylotryptaminę w twoim świecie. Bardziej znaną jako DMT. Mówi się, że to środek psychotropowy, prawdopodobnie najpotężniejszy znany halucynogen, byłoby rozsądniej powiedzieć Psychopomp. Ja i Thanatos jako dzieci i strażnicy nocy, wiemy o czym mówimy.

Jest to przede wszystkim substancja, esencja naszej boskiej opiekuńczej matki, która w radykalny sposób otwiera i uwalnia twojego ducha. Wasza kondycja życiowa pompuje do mózgu wiele zasobów i energii. Mózg, który jest prawie przesycony, aby móc cię utrzymać. Aby cię utrzymać przy życiu w bezpieczeństwie… Wyobraź go sobie jako superkomputer… który jest podlewany, przepełniony, tuczony na siłę, zalewany tonami mniej lub bardziej istotnych programów! Od ogólnej teorii względności Einsteina przez zakupy, telefonowanie do mamy, przygotowanie obiadu, ponowne czytanie małego księcia. Wybór jest ogromny. Każdy mózg tego potrzebuje. W ciągu dnia „mistyczna” pojemność twojego mózgu ugina się przed wszystkimi realizacjami tych programów. Chyba, że wejdziesz w medytację lub trans.
Wszystkie żyjące gatunki zwierząt pompują ogrom swoich zasobów dla swojej somy, swojego życia, przeżycia i reprodukcji, aby zapewnić ciągłość gatunków! Jest to niezbędne z pewnością, ale całkowicie

zaślepiające cię na ogrom, złożoność i głębię psychoenergetycznego świata, który cię otacza.

Kiedy zostajesz uwolniony od tych ograniczeń somatycznych, mózg doświadcza pewnego rodzaju przypływu świadomości. Przynajmniej bardzo cennego i duchowego wzniesienia otwierającego waszą wizję na inne światy. Ale może być oprócz tego prawdziwą eksplozją, tsunami, fajerwerkami wyzwalającymi nadświadomość. Oprócz zdrowej regeneracji jednego dnia lub nocy lub z jednej nocy na drugą... z jednego życia na drugie, twoje ciało a w szczególności umysł wydziela tę substancję w bardzo małych ilościach podczas fazy snu. Za to w bardzo dużych ilościach w tak zwanej fazie bliskiej śmierci, takiej jak zatrzymanie akcji serca, czyli szczególnie w momencie śmierci. To nie tylko substancja, która otwiera umysł, to również energia, która otwiera most i transportuje wasz umysł wasze ciało astralne między dwoma światami modyfikując delikatnie waszą percepcję, wasze spostrzeżenie rzeczywistości. Przeprowadza was ze „świata dnia" do „świata nocy". Z Nyx do Hemera. Bierze was i przeprowadza z jednego do drugiego wymiaru. Z tego widzialnego przez wszystkich, do tego niewidzialnego, mniej dostępnego. Zarezerwowanego. Ale, który jak możemy sobie poważnie wyobrazić jest wspaniały, fascynujący przez swoją złożoność.

Wasze możliwości spostrzeżenia są związane z waszym organizmem, z waszymi detektorami sensorycznymi. Działającymi sprawnie oczywiście, ale minimalnie, bo pobierają dużo energii. Na przykład twój mózg bardzo rzadko wykorzystuje więcej niż 10% tych możliwości w tym samym czasie. Nie dlatego, że nie może zrobić więcej, ale dlatego, że szybko wyczerpałby twoje baterie, nie mówiąc o zwarciu. Jednak... czasami zostajesz wzmocniony w rzadkich, bardzo rzadkich przypadkach. Naturalnie, powiedzmy, ponieważ zawsze możesz oszukiwać za pomocą pewnych nielegalnych substancji.

Wtedy twoje neurony są wzmocnione, nadmiernie podekscytowane, osiągając około 120 proc. swoich standardowych pojemności. Czasami blisko 150 procent lub nawet więcej przez kilka bardzo krótkich chwil! Najczęściej to przyspieszenie nastąpi w twoich snach, w bardzo ekstremalnie krótkich okresach. Chociaż ocenisz ten czas na dużo dłuższy, rozpamiętując go. Czas płynie inaczej w dość przypadkowy sposób, ale zazwyczaj znacznie szybciej. Z jednym, godnym uwagi wyjątkiem, gdybyście byli obserwowani z zewnątrz przez ludzi lub maszyny, czas byłby wtedy synchronizowany dla wszystkich stron!

Odchodzisz od świata dnia, materii, korpusu, ciała, gdzie jesteś przykuty - do wolnego świata nocy, do świata dusz, gdzie wszystko jest nieskończonością.

Zawsze znajdą się sceptycy, którzy zakwestionują te niewidzialne mosty. Naukowcy, ci przeziębieni i cierpiący na duchową ślepotę. Można uznawać się za inteligentnego, mając klapki na oczach i otwartość umysłu, bliską zeru. Może niektórzy nie mają rozumu reszty... Chcę pomówić o świadomości... sam Kartezjusz zdefiniował szyszynkę jako „siedzibę duszy". Miejscem zamieszkania tej niesamowicie tajemniczej i nieuchwytnej istoty. Jaką jest dusza ludzka.

Niezliczone kultury w twoim świecie i waszej historii nazwały szyszynkę - „trzecim okiem". Według wierzeń hinduskich, tybetańskich, egipskich i innych, była łącznikiem życia po życiu, świata umarłych. W starożytnym Egipcie szyszynka była uważana jako brama łącząca różne wymiary. Uważana za prymitywny narząd czuciowy, szyszynka działałaby jak „antena" odbierająca wiadomości. Nauki humanistyczne zwróciły uwagę na zdolność niektórych zwierząt (wszystkie kręgowców posiadają szyszynkę) do postrzegania ziemskich pól elektromagnetycznych, które pomagają im zlokalizować się podczas migracji. Ta zdolność postrzegania byłaby związana w szczególności z obecnością kryształów w tej szyszynce.

„Trzecie oko" było znane co najmniej od tysiącleci wraz z pojawieniem się cywilizacji, a zwłaszcza od pierwszych pism klinowych lub innych hieroglifów, które je wyjaśniają. Dopiero od niedawna, od bardzo niedawna zaczęto odkrywać cały niezwykły potencjał tego małego gruczołu. Co, gdybyśmy chcieli podsumować, nie można by było znaleźć lepszego «przejścia» z Dnia na Noc. Vice versa dla zwierząt dziennych, czy dla zwierząt nocnych! Bo spać można też w dzień.

Jest to zatem istotny element Nyxhemerionu... ciągłe i powtarzające się przejście z Nyx - nocy do Hemery - dnia. Ciągła przemiana... Przynajmniej wtedy, gdy jesteśmy na tej płaszczyźnie elementarnej, a która nadaje tempo... od dnia do nocy we wszystkich możliwych interpretacjach, czy to fizycznych, metabolicznych, ezoterycznych, mistycznych, metafizycznych.

Istoty ludzkie są tak ślepo zakotwiczone w rzeczywistości Dnia, że prawie całkowicie zapominają o Nocy. A jednak Noc należy do ciebie... również. Jest ona nie tylko konieczna, niezbędna, ale także hojnie i skutecznie z niej czerpiecie, aby wzmocnić się na cały dzień.

„Sen jest pożyczką udzieloną przez Śmierć na rzecz utrzymania Życia" - mówił Schopenhauer"

Thanatos przerywa Hypnosowi.
„Czy przypadkiem nie było to ulubione wyrażenie profesora Nathana?
Hypnos ciągnie dalej...
„Jeśli nie śpisz, umrzesz. Jeśli będziesz spać za dużo, umrzesz. Jeśli nie śpisz wystarczająco lub spisz źle, osłabisz swoją energię życiową, podobnie jak energię psychiczną. Może wtedy nie umrzesz od razu,

ale będziesz żył znacznie krócej, w gorszych warunkach. Twój „wiek snu" staje się wtedy zauważalnie niższy niż twój wiek chronologiczny. Oba oczywiście dostosują się w dół.

Z bardzo długiej perspektywy w kronikach biologicznych, szyszynka jest pozostałością po gadzim trzecim oku. U ssaków, w tym u ludzi nasadka utraciła tę funkcję foto receptora i tylko komórki siatkówki przyczyniają się do postrzegania światła otoczenia. Dlatego u niektórych gadów i płazów, trzecie oko jest więc światłoczułym narzędziem zlokalizowanym na szczycie czaszki. Powiedzmy raczej ultraświatłoczułym. Grzechotnik potrafi rozróżniać dwie sygnatury termiczne z dokładnością rzędu do jednej 1000 stopnia!!! Czyniąc go potężnym drapieżnikiem.
Trzecie oko jest dla różnych gatunków polem percepcji o wyjątkowej ostrości, która wprowadza w rzeczywistość niesamowicie „powiększoną" i niedostrzegalną dla innych... Dla jednych staje się substancją zwyczajnie, czysto halucynacyjną, dla innych halucynacją. Jednak to nie ma nic wspólnego z halucynacjami, które są definiowane w psychiatrii jako percepcja zmysłowa bez obecności wykrywalnego bodźca. Na przykład widzenie obiektów, które są fizycznie nieobecne lub słyszenie głosów, gdy nikt nic nie mówi. Jest to oczywiście tylko kwestia zdolności percepcyjnych. Wszystko jest powiedziane w pojęciu wykrywalnego bodźca albo i nie. Nawet jeśli nie ma gorszego ślepca niż ten, który nie chce widzieć... istoty ludzkie, odcinają się nawzajem, krok po kroku od tego, co może składać się na te ultra wrażliwości, które są lub były tak naturalne.

Szyszynka ma membranę, która przechwytuje obrazy takie jak ten z tyłu siatkówki oka. Jest wypełniona wodą, jest najbardziej magnetyczną częścią ludzkiego ciała. Złożona z kryształów apatytu, które wychwytują fale i pole magnetyczne. Apatyt ma na swojej powierzchni wiele elektronów i odpycha pole magnetyczne. Kiedy pole magnetyczne zbliża się do gruczołu, dotyka jednego z kryształków, które odbija się na drugi i tak dalej, aż pole zostaje

uwięzione. Im więcej kryształków ma dana osoba, tym więcej będzie miała okazji do wychwytania fal elektromagnetycznych. Te kryształy wibrują, rezonują zgodnie z przechwyconymi falami elektromagnetycznymi.
Podobnie jak antena, ten gruczoł jest zdolny na przykład do wychwytywania promieniowania elektromagnetycznego z Księżyca. Gruczoł, będący szczególnie wrażliwy na wszystkie fale, niezależnie od tego, czy są widoczne, czy nie. Jednak wyraźnie niewidoczne przez większość czasu dla istot ludzkich. Wykrywa on wymiary jak mały radar pozwalający niektórym ludziom wejść na poziom czysto psychicznych bytów w celu komunikowania się.
Jasnowidzenie (przewidywanie wydarzeń, które jeszcze się nie wydarzyły), Telepatia (komunikacja za pomocą myśli) i (umiejętność kontaktu z innymi wymiarami) - czyli Medium."

Hypnos zatrzymuje swoją wypowiedz i przeraźliwie ziewa!
„Przepraszam bardzo, że powiedziałem to tak wiele razy. Chciałem tylko wyjaśnić, że to nie sen, a raczej nuda. Nie chcę, żebyś to brał do siebie. Thanatos i ja wykonujemy bardzo powtarzalną pracę, ale dobrze nam również komunikować się w sposób bardziej prymitywny, nawet jeśli to tylko symulacja, która jest konieczna. Wróćmy do tematu… hiper wrażliwość na fale prowadzi do wrażliwej symulacji fizycznej i mentalnej poprzez produkcję hormonów. Zwykle z exegeses sapientes, niesamowicie entuzjastycznymi, zrodziła się mitologia ludzi, przechodzących metamorfozę w noce pełni księżyca. Co ostatecznie byłoby tylko swoistym powrotem do źródeł sprzed kilkuset tysięcy lat. Ale gdybyśmy byli bardziej „Księżyc do Księżyca", moglibyśmy również przywołać kobiecy cykl owulacji, trwający mniej więcej 28 dni! I nieco więcej porodów w pełni księżyca.
Epifiza zbiera pola elektromagnetyczne, takie jak te z Księżyca i Słońca i nie tylko z wymiaru, w którym żyjesz, ale także z innych wymiarów wszechświata. Umożliwiając w ten sposób dostęp do pól duchowych i subtelnych. Fale trzech wymiarów, w których twoje

ciało grawituje. Czwarty wymiar to czas i kolejnych siedem innych wymiarów, które większości z was są wciąż zupełnie nieznane, ponieważ jest ich w sumie jedenaście.

Epifiza jest wyraźnie trzecim okiem i powinniśmy nawet nazwać ją narządem lepszego widzenia. Jest to jedyny organ ciała, który ma do czynienia z czwartym wymiarem: czasoprzestrzenią, jak lubimy to powtarzać w nieskończoność.
Jako aktywowana przez światło, szyszynka kontroluje i koordynuje różne biorytmy ciała. Działa w harmonii z hipotalamusem, który kieruje pragnieniem, głodem, pragnieniami seksualnymi oraz zegarem biologicznym, który determinuje proces starzenia. Kiedy się budzi, czujesz ucisk u postawy mózgu. Najmniejsze zakłócenia ma niefortunne konsekwencje dla twojego organizmu, dla twojej witalności. Fizycznej lub psychicznej. Zmienność gruczołu w wieku dziecięcym, może spowodować wcześniejszą dojrzałość płciową. Jego zwapnienie oczywiście doprowadzi do wielu zaburzeń, które przyspieszą starzenie, kreując powoli i zdecydowanie zamykanie sił regeneracji Nyxhemerionu.

Jeśli wiele gadów, ptaków, ssaków morskich używa swoich gruczołów do wychwytywania tych pól magnetycznych w celu obrony, polowania lub przemieszczania się podczas migracji, istnieje na ziemi gatunek ssaków, który również dużo to wykorzystuje. Są to kotowate, które są dużymi, bardzo dużymi śpiochami. Dlatego są szczególnie związane z duchami. Produkują one więcej DMT niż jakikolwiek inny gatunek.
Najostrzejsi z spośród nich mogą widzieć duchy w dzień i w nocy, chociaż wolą jako dobrzy myśliwi oczywiście w nocy. Najbystrzejsi z najbystrzejszych mogą nawet wyczuć nadchodzącą śmierć na kilka chwil przed wielkim odejściem. Na pewno słyszałeś o tym kocie? Nazywa się Oskar, kot, który kładł się obok umierających na dwie do czterech godzin przed ich śmiercią. Koty w swoim życiu widzą dziewięć razy otwierające się im przejście... zanim się zamknie. A

żeby być precyzyjnym, widzą je dziewięć razy otwierające się i osiem razy zamykające się. Cecha, która czyni z nich mądrych obserwatorów i naszych największych fanów."

Hypnos raptownie odwraca się do dwóch wielkich kotów leżących spokojnie obok siebie - „Jak nasi dwaj przyjaciele, Zeus i Hades".

Jeden z nich, biały tygrys otwiera lekko paszczę, jakby chciał skinąć głową, odsłaniając swoje wspaniałe kły!

„Energia Nyxiny, czyli DMT jest absolutnie kolosalna z psycho energetycznego punktu widzenia. Jest to najpotężniejsze i najważniejsze źródło energii eterycznej dostępnej dla człowieka. Ale na długo zanim staniesz się mężczyzną, Nyxina dosłownie będzie przyspieszać rozwój płodu. Konkretnie w siódmym tygodniu, szyszynka uruchomi swój pierwszy przypływ DMT. Dokładnie w momencie, gdy tworzony i umieszczany jest wasz układ optyczny razem z tworzeniem się siatkówki, soczewki i nerwu wzrokowego. Jesteś wtedy w stanie zobaczyć świat widzialny. I świat niewidzialny. Jak najlepsze Medium w waszym świecie z wyjątkiem tego, że brak praktyki stłumi twoją subtelną wizję.
Nyxina otwiera pole między waszym a naszym światem tak potężne, że jest natychmiast dostrzegalne przez wszystkie duchy i inne istoty psychiczne zamieszkujące nasz wszechświat. Duch lub kilka, nawet przyjdzie wtedy i złoży czułe pocałunki na tej nowej biologicznej istocie. Siejąc i nawożąc prawdziwe dziewiczą glebę.

W kontekście konsumpcji rekreacyjnej z kolei, prawdopodobnie zobaczysz anioły lub inną formę potężnej i promiennej istoty. Zgodnie z twoimi osobistymi przekonaniami, twoją kulturą, otaczające duchy zmaterializują się w odpowiednich formach, aby nawiązać kontakt preferujący intensywne jak i natychmiastowe połączenie do stworzenia ciepła, wielką empatię, a nawet Miłość! Przyjazne „głosy" będą ci licznie towarzyszyć.

Jednakże w zwykłym śnie te duchy są znacznie bardziej zamknięte i ukryte. Morfeusz i jego tysiąc braci Oneroi przybierają wszystko, małe i duże rzeczy. Pozornie i najczęściej te rzeczy są bardzo realne, ale czasem też zupełnie absurdalne. Jest to najdelikatniejsza forma, najbardziej czuła z połączeń, ponieważ musi przede wszystkim pozwolić ci być ci silniejszym po powrocie do rzeczywistości. Nie będziemy rozmawiać z tobą bezpośrednio, co najwyżej możemy ci szepnąć kilka słów do ucha, ale przede wszystkim sugerujemy rzeczy za pomocą niezliczonych zagadek i innych metafor. Nowi Sherlockowie będą świetnie się bawili przy ich rozszyfrowywaniu. Zwycięzcy - wzrastając jeszcze w duchowości i dostępem do szerszego i uprzywilejowanego tego, co eteryczne. Czy to nie Szaman lub wyrocznia tak bardzo chce? Tej niewidzialnej granicy między naszymi dwom światami, która musi dalej, trwale podtrzymywać cykl życia.

Jeśli chodzi o ostatni fragment, to mój brat Thanatos jest odpowiedzialny za powitanie i towarzyszenie ci. Zawsze zgodnie z twoimi przekonaniami, twoją kulturą przybierze postać ponurego żniwiarza z bardzo ostrą kosą. Z twarzą, która zamrozi ci krew w żyłach, jeśli nie byłeś jeszcze całkowicie wychłodzony, albo o wiele spokojniejszej Santa Muerte o twarzy anioła, z kwiecistą, złotą koroną i w satynowej, zwiewnej sukience. Może tez wcielić się w Anubisa, opiekuna grobów, mumifikacji oraz życia pozagrobowego, nawet jeśli teraz jest to znacznie rzadsze. Jest też Yama dla Buddystów, Shinigami lub bardziej znany jako Izanami - forma omenów śmierci w Japonii.
To także dzięki Nyxinie, możesz uzyskać dostęp do wyższych poziomów świadomości. Wyjść ze swojego świata do naszego to tylko jeden etap. Jednak to inny temat, do którego przejdziemy innym razem.

Jeszcze tylko kilka istotnych szczegółów na temat Nyxhemerionu. Ten ostatni opiera się na ciągłej i zrównoważonej przemianie między dniem a nocą w okresie 24 godzin. Przemiana między siłami światła i siłami ciemności. Między siłami życia i mocami śmierci. Jedne karmią drugich, te same karmią następne. Dwie strony tej samej monety, która kręci się w nieskończoność, doskonale, przeciwstawnie, ale nierozłącznie. Idealna równowaga aż do dzisiaj.

Niestety ludzie nie śpią już tak długo ani wystarczająco dużo ani wystarczająco cicho i spokojnie. Starzy są co raz bardziej starsi. Jest ich coraz więcej, ich marzenia się kurczą i stają się coraz ciemniejsze. Jeśli chodzi młodszych, ich sen też jest coraz bardziej chaotyczny. Uzależnienie od pracy, pieniędzy, ekranów, narkotyków, tabletek nasennych. Energia psychoenergetyczna wytwarzana przez Nyxinę, której potrzebuje królestwo do konstytuowania się i do utrzymania jest coraz słabsza. Coraz bardziej niewystarczająca. Nasze Królestwa kurczą się, pękają i nie możemy dać ci wiele, aby naładować baterie, żeby rozwinąć zmysły i umysł. Trzeba obudzić waszą świadomość i was uśpić. Wystarczająco mocno, tak jak ani mniej, ani więcej niż kilkadziesiąt lat temu i tak jak to zawsze było. Inaczej przyśpieszymy bardzo błędne koło, w którym mniej snu spowoduje u ciebie więcej zaburzeń, które one same spowodują mniej snu.
Niestety, zbliżamy się do krytycznego progu, przy którym wszystko może zdecydowanie zakłócić równowagę. Bez możliwości powrotu.

Rozdział Noc. N plus 8

Wąż i Wstęga.

Hypnos i Thanatos stoją przed Maliothem i teraz na zmianę z nim rozmawiają. Prawie jednym i tym samym głosem i tą samą myślą, tak doskonały jest podział i równowaga ich narracji.

Dwa symbole doskonale reprezentują nieskończoność dla całej ludzkości.
Dwa symbole, gdzie wszystko się zaczyna lub kończy… lub zaczyna ponownie…

„Oboje jesteśmy dziećmi Nyks - nocy. Jako bracia bliźniacy zostaliśmy określeni jako Bogowie Psychopompy, towarzyszące, prowadzące i eskortujące dusze na drugą stronę. Zanim nie wrócą ponownie raz zarazem, aby prowadzić ich na zawsze. Jesteśmy wiecznymi strażnikami nieskończoności. Noc jest nieskończona. Jesteśmy dziećmi Nocy. Pełnimy wieczną służbę. Jesteśmy braćmi bliźniakami. Zjednoczonymi i związanymi na zawsze z nocą. Jesteśmy N i 8. (N i Huit). Jesteśmy wężem i wstęgą!"

Thanatos jest N. On jest wężem.
Hypnos jest 8 - jest wstęgą.

Dlaczego wąż i wstążka?
Ponieważ są to dwa symbole nieskończoności. Zjednoczone na zawsze otaczające się echem, dające się mnożyć. Czyż nie mówimy, że sen to „mała śmierć"? a śmierć to „wieczny sen"?
Tylko nieskończoność w różnych rytmach. Dlaczego wąż i wstążka są nieskończone?
Płaska krzywa w kształcie ósemki od łacińskiego „lemniskus" co oznacza wstążkę. W końcu nazwiemy ten symbol wstęgą Möbiusa - matematyka, który dokładnie opisał ją po raz pierwszy. Wstęga

Möbiusa ma tylko jedną stronę. Gdybyś chciał ja przemierzyć, nigdy byś tego nie skończył.
Hieroglif oznaczający „węża" zainspiruje literę Nun w alfabecie fenickim! Litera Nun, która zainspiruje literę Nu w alfabecie greckim, zanim zainspiruje N w naszym alfabecie.

Dla starożytnych Egipcjan pierzenie się węży było czymś całkowicie fascynującym. Rzeczywiście, podczas swojego wzrostu, wąż ściśnięty w łuskach, które nie rosną, będzie musiał kilkakrotnie opuścić swoją zewnętrzną warstwę. Egipcjanie widzą osłabionego węża, opuszczającego swoją starą skórę, by „odrodzić się" w młodości. Następnie pojawia się on ponownie, bardziej energiczny niż kiedykolwiek z nowymi, błyszczącymi łuskami!
Egipcjanie mogli go więc przyswoić jako symbol odnowy i odrodzenia. Wąż zrzuca skórę, by znów stać się pięknym! Stąd znaczenie tych gadów w tekstach pogrzebowych. Wąż, który wciąż się odradza, staje się Ouroboros, czyli wężem, który gryzie swój ogon. Symbol obecny w większości wielkich cywilizacji przeszłych lub obecnych. Od Egipcjan do Wikingów, poprzez Chiny czy Azteków. Wydawałoby się, że pierwotnie Ouroboros był uważany za wyznaczającego granicę między „Noun" a uporządkowanym światem, otaczającym całokształt świata istniejącego.
W naturalny sposób staje się symbolem cyklu czasu i wieczności.

Ponadto Ouroboros był czasami przedstawiony jako okrążający wschodzące słońce, rodzące na horyzoncie niebo. Aby prezentować odrodzone gwiezdne ciało dnia, każdego ranka przy wyjściu Noun. Był więc postrzegany jako symbol odmłodzenia i zmartwychwstania, stąd jego obecność na trumnach. Wydaje się, że idealnie przypisano mu rolę ochronną. Co więcej, ponieważ zjada własny ogon, uznano go również za symbol samozniszczenia i unicestwienia.

Istnieje zatem subtelny niuans między dwoma symbolami reprezentującymi nieskończoność. Jeden z nich jest tylko nieskończonością podczas gdy drugi byłby cyklem ciągnącym się w nieskończoność. Cyklem kreującym rytm, więc czasowość. W przypadku Ourobosa, czas liniowy zorientowany jest w jednym kierunku. Tym co niektórzy będą nazywać strzałą czasu. Podczas gdy dla drugiego, nic z tego. Żadnego rytmu, żadnego kierunku. Czysta i nieprzerwana nieskończoność, która całkowicie wymykałaby się pojęciu czasoprzestrzeni.

Noc jest nieskończona, jest także przedsionkiem dwóch światów, a raczej dwóch przeciwstawnych wszechświatów. Gdzie w jednym istnieje materia, ponieważ istnieje grawitacja, ponieważ istnieje czas... I w drugim, gdzie nie ma żadnej materii, nie ma grawitacji ani czasu. Thanatos - wąż, nawiązuje połączenie grając przemytników między tymi dwoma wszechświatami. Podczas gdy wstęga - Hypnos, oferuje ci odwiedzanie tych dwóch stron tak często jak potrzebujesz, bez możliwości pozostania tam. Bo w jednym przypadku jak i w drugim tylko sobie przemykasz.

Obecnie zachowujemy symbole N i 8, które obydwa reprezentują nieskończoność!!! Skrócenie fonetyczne tych dwóch symboli nieskończoności daje w ten sposób słowo noc, „NUIT" - w języku francuskim, ale to niesamowite skrócenie jest również niezwykłe w 27 innych językach indoeuropejskich, co sprawia, że jest to słowo tak nieskończone, jak magiczne, mistyczne dla dużej części światowej populacji i nie bez powodu...

Od „Night" po angielsku, przez „Noche" po hiszpańsku, „Notte" po włosku, „Nikhta" po grecku, „Nacht" po niemiecku i holendersku, „Nashj po persku, „Noite" w języku portugalskim lub „Noc" po polsku. Oraz „Noctis" po łacinie i „Nakti" w sanskrycie.

„Musisz wiedzieć, kim jesteśmy, ponieważ wyjaśniamy ci również, kim ty jesteś. Przynajmniej będziemy próbować cię umieścić na torze.

Żebyś wiedział, dokąd idziesz, musisz oczywiście wiedzieć, skąd przyszedłeś…"
Aby zrozumieć proces musisz mu towarzyszyć, postępować wraz z nim, nigdy go nie przerywając. Wiele tajemnic stopniowo znika, gdy dajemy sobie możliwość eksperymentowania, doświadczenia. Noc nie jest tajemnicą, jest kluczem do naszej podświadomości, który skrywa wiele tajemnic. Zdecydowana większość ludzi nawet na to nie spojrzy, nawet chociaż trochę… pozostając tylko na widzialnej powierzchni. Ograniczając się do oglądania piany fal, gdy cały Ocean tylko na nich czeka.

„Jesteśmy strażnikami nocy i nieskończoności, ale ty też jesteś *nieskończony* i to wśród najbystrzejszych, bo oświeconych. Jesteś *świadomy*, jesteś Buddą!"

Widziałeś w swoich snach przebłyski, fragmenty innych żyć, nie wiedząc dokładnie o co w tym wszystkim chodziło, ponieważ te skrawki innych żyć są najczęściej zagłuszane potrzebami i koniecznością tworzenia symulacji i innych szkoleń poprawiających rozwój osobisty! A zatem poprawę twojego istnienia. Mózg tworzy i produkuje to, czego potrzebuje. Używa programów, których potrzebuje, z kilkoma ograniczeniami, à priori: pamięcią oraz liczbą i jakością programów. Sortuje i archiwizuje to co mu się wydaje niezbędne. Wymazuje w dużej mierze, ale nigdy całkowicie te programy, których już nie potrzebuje. Tak subiektywny, zwłaszcza, że jego potrzeby, te przemiany zmieniają się w czasie, wpływają na niego wewnętrznie jak i zewnętrznie, ewoluują waszą świadomość. Wpływają na pojemność mniej lub bardziej ograniczoną, jak na komputery. Chyba że…

Chyba, że mózg też ma swoją chmurę. Swoją wirtualną chmurę pamięci!?! I tak też jest! Wasza pamięć nie jest całkowicie wewnętrzna. Jest zewnętrzną nocą. W nocy i w snach możecie szukać odpowiedzi, których nie można znaleźć w dzień! Jest to tym bardziej prawdziwe w przypadku gatunków z „neuronami de Von Economo". Z czego moglibyśmy zrobić nowy artykuł, równie bogaty jak dla szyszynki, tak ich rola jest nieoceniona w pojawieniu się świadomości... Daleko poza inteligencją. Trzy gatunki małp mają te super neurony i czwarty to homo sapiens. Walenie i słonie także posiadają te super neurony.

Zacytujmy Kukulé jednego z najwybitniejszych, największych współtwórców wiedzy o ludzkości… „Aby zrozumieć, nauczmy się śnić".

W 1865 roku chemik August Kekulé Von Stradonitz śniąc na jawie przed kominkiem, wyobraził sobie Ouroborosa, czyli węża gryzącego własny ogon, aby na końcu zwizualizować, po tygodniach, miesiącach nieudanych badań strukturę benzenu i innych „cyklicznych" związków! Kekulé relacjonował w ten sposób: „Obróciłem krzesło w stronę ognia i zapadłem w pół sen. Atomy znowu poruszyły się przed moimi oczami. Długie łańcuchy, niektóre często ściślej związane były w ruchu, splatając się i wijąc jak węże. Ale uwaga, co to było? Jeden z węży złapał się za własny ogon i ta postać drwiąco wirowała mi przed oczami. Obudziłem się w mgnieniu oka" - opowiedział o tym po raz pierwszy, 35 lat po swoim śnie, na bankiecie na jego cześć.

Wiele lat wcześniej, w 1858 roku kolejny sen pozwolił mu odkryć strukturę cząsteczek organicznych.

Thanatos spogląda na Hypnosa.

„Musisz przyznać, że ta historia jest zdecydowanie moją ulubioną! To trochę jak wąż na wstążce, prawda?"

Hypnos z szerokim uśmiechem: „Tak, ja też lubię tą historię, „Yesterday" Paula McCartney'a"

…I Hypnos zaczyna nudzić po angielsku. "Yesterday, all my troubles seemed so far away… Now it looks as though they're here to stay, Oh, I believe in yesterday."

W tym samym tonie co Kekulé i w tym samym czasie mówi się, że w zimie, nocą 17 lutego 1869 roku, Rosjanin Mendelejew wybudził się gwałtownie i nabazgrał w pełnych obrotach układ okresowy pierwiastków. Miałby zobaczyć we śnie i odkryć rozwiązanie na pytanie, które dręczyło go tyle lat - „czy istnieje naturalny sposób organizacji sześćdziesięciu trzech znanych wówczas pierwiastków chemicznych, z których składa się wszechświat?"
Pole nieskończoności jest tak żyzne. Ci, którzy się z nim połączą, mają wtedy dostęp do wszystkiego, co może wytworzyć nieskończoność. Zaczynając od własnego istnienia...

Malioth, ty też jesteś nieskończony! Twoja świadomość się budzi, najprawdopodobniej już wkrótce otworzysz się na pamięć „doskonałą" Ujawniającą wszystkie twoje przeszłe życia, takie jak Kalb-al-Acrab, kapłan babiloński w czasach Peryklesa w Grecji. Hanzo Hashasi le Shinobi w epoce Sengoku w Japonii czy nawet Impian, Szaman Senoi w Malezji w poprzednim życiu. Wymieniając tylko najważniejsze życia, które naznaczyły twój rozwój. Być może także twoje przyszłe życia, o których niestety możemy rozmawiać, co najwyżej bardzo ukradkiem.
I znowu, jeśli to wszystko nie wydawało ci się już trochę za dużo, musisz sobie powiedzieć, że to tylko pierwszy krok. Ponieważ Doskonała Pamięć ujawni z czasem wiele innych rzeczy. Pamięć komórkowa, pamięć genetyczna, zaostrzona interocepcja, otwierająca przed tobą najdrobniejsze sekrety wszystkich najmniejszych części twojego ciała. Z twojego umysłu. Zanim otworzysz się na resztę świata!!! Przekraczając czas i przestrzeń, Luc Besson nie jest zbyt daleki ze swoją „Lucy". Ale nie mamy potrzeby przemieniać cię w klucz USB.

Wszystkie wspomnienia staną się ekspansywne i to w sposób wykładniczy! Będziesz mógł świadomie komunikować się z najmniejszą żywą komórką w swoim ciele! Jak czytanie w niej... żadne informacje nie będą w stanie ci uciec do tego stopnia, że

będziesz mógł nawet pogłaskać jakąś formę przewidywania. Czas rozpływa się w nieskończoność…
W innym Wszechświecie prawdopodobnie nazwalibyśmy cię Kwisatz Haderach i spożyłbyś przyprawę tak jak inni spożywają nyxinę. Ale każdy dzień ma swoje zmartwienia, ponieważ przywrócenie i integracja twoich poprzednich wcieleń może spowodować ogromne zamieszanie w twoim umyśle. Mimo, że z naszej perspektywy wydajesz się, na pierwszy rzut oka wystarczająco solidny, aby otrzymać taki szok! Wszystkie żywe istoty są nieskończone, ale nie mają dostępu do tej pamięci. Przede wszystkim też trzeba być gotowym, chętnym i zdolnym. Chcieć i móc jeszcze i jeszcze, na zawsze. Na planie ziemskim „objawionych", jest niecała setka! Z silną koncentracją w Tybecie.

William Szekspir to człowiek bez granic, „nieskończony", nawet jeśli w dzisiejszym życiu można by powiedzieć, że się pomylił. Niektórzy czerpią z tej sytuacji wyjątkowe korzyści. Inni nie są wystarczająco silni psychicznie, aby poradzić sobie z tyloma wspomnieniami… tyloma emocjami! Wyobraź sobie, jak bardzo można by wtedy zwielokrotnić ciężar istnienia! Bo wraz z tymi wspomnieniami wracają też do ciebie emocje. Te dobre, ale i te najbardziej bolesne i musisz udźwignąć wszystko, bez żadnego wybierania. Przez większość czasu dotykanie i smakowanie z tej „idealnej pamięci" łączy się z duchowością, spokojem i pogodą ducha.
Malioth Impian Hasachi…

Zaproponowaliśmy ci, ja i mój brat, zrobienie dodatkowego kroku w twoim duchowym wznoszeniu się. Przyspieszyliśmy rozwój twojej świadomości, łącząc cię bezpośrednio z nami. Noc… Nieskończoność. Teraz otworzymy cię na „pamięć doskonałą"! Nie byłeś zbyt daleko od naturalnego dostępu do tego, w tym życiu lub następnym, ale jesteśmy w sytuacji awaryjnej, ponieważ potrzebujemy ciebie, twojego sumienia, twojej nadświadomości, aby stawić opór

Gerasowi. I wszystkim innym złym istotom, które chcą zniszczyć nasze światy.

Istnieje radykalny sposób, byś rozpamiętał wszystkie swoje wspomnienia. Musisz umrzeć... Naprawdę. W tym momencie, kiedy twój mózg zdaje sobie sprawę, że zbliża się koniec, utworzy monumentalne wyładowanie Nyxiny, powódź godną biblijnego potopu w porównaniu z tym, co byś produkował przez resztę swojego życia. O wiele ważniejsza niż pierwsza powódź w siódmym tygodniu życia płodu dla interpołączenia. Ta druga i ostatnia powódź otwiera drzwi jak nigdy dotąd między dwoma światami, skanując najgłębsze zakamarki twojej pamięci. Wydobywa najbogatsze treści, najsilniejsze emocje. Podczas kiedy patrzysz, jak przemijają najwspanialsze chwile twojego życia, prawdopodobnie po to, by uspokoić twoją duszę w obliczu nieznanego. Twoja nasadka... Twoja Szyszynka po raz pierwszy w swoim życiu staje się „nadajnikiem" bardziej niż odbiornikiem! Thanatos jest natychmiast powiadamiany o twoim bliskim przejściu przez tunel i czeka na ciebie cichutko po tym jak już byłeś w stanie przejrzeć wszystkie swoje wspomnienia. Po tym, jak czasami byłeś w stanie porozmawiać z pewnymi krewnymi, którzy już odeszli. Których już nie ma. Tak to jest w przypadku Jednego Życia. Tego obecnego.

Ale możemy, będziemy mogli w tym momencie transferu wstrzyknąć dziesięć, dwadzieścia razy większą dawkę Nyxiny żebyś zapamiętał oczywiście swoje ostatnie życie, ale i te poprzednie! Im bardziej ładowalibyśmy tą dawkę, tym bardziej wracałbyś do starych, bardzo starych wspomnień zakopanych głęboko w podświadomości. Nie ma przeciwwskazań do maksymalnej dawki. Twój mózg służy wówczas jedynie jako antena! Nie ma żadnego niebezpieczeństwa, chyba że, z jakiegoś powodu musiałbyś jakimś cudem wrócić do swojego świata. Ta metoda działa niewiarygodnie dobrze, technicznie. To bardziej po stronie twojego zdrowia psychicznego trzeba być ostrożnym. Będziemy postępować, nieskończenie łagodną metodą, krok po kroku, ponieważ przypominanie sobie wszystkich żywotów na raz jest niebezpieczne. Nie chcemy cię zamienić w Bill'ego Milligana. Jeśli nie masz jeszcze tysiąca i jednego życia, co by stworzyło bardzo ładny tytuł książki, ty masz grubo ponad dwadzieścia cztery! Będziemy praktykować łagodną metodę. Sprawimy, że przeżyjesz swoje poprzednie życia krok po kroku. Będziesz miał wrażenie spędzenia tam kilku dni, czasem kilku tygodni, ale dla płaszczyzny ziemskiej będzie to tylko kilka minut. Kilka minut dla życia, kilka godzin dla tych trzech ostatnich tysiącleci! Będziesz wtedy musiał tylko nam powiedzieć STOP! Albo i jeszcze..."

Hypnos dodaje...
„Od którego życia chciałbyś zacząć?
Kalb-al-Acrab Babilończyka, sprzed 2400 lat temu? Jeszcze bardziej wstecz? Mathayus, Akadyjczyk? - ponad 3000 lat temu! Hanzo Hasachi le Shinobi? - około 500 lat temu?"

Na twarzy szkicuje mu się uśmiech:
„Albo Anne Marie Caroline Diberre w pełnym Renesansie?"

Thanatos zbliża się coraz bardziej do Maliohta. Staje przed nim oko w oko z wciąż lodowatym wzrokiem.

„Uważaj, by nie fantazjować zbyt wiele o tych przeszłych życiach... rozumiem, że możesz ekscytować się, myślą o przeżywaniu, a raczej ponownym przeżywaniu tak wielu, różnych żyć. Uwierz jednak, że z pewnością przeszłość może być wszystkim oprócz lepszej niż teraz. Uważaj zwłaszcza na epidemie, wojny, głód, przemoc i wszelkiego rodzaju śmierć, która się czai, gdziekolwiek byś się nie udał, chyba że jesteś królem, ale i to niepewne. Życie w przeszłości było wszystkim oprócz spokojnej rzeki. Śmierć była wszędzie, trzeba było żyć. Trzeba było przede wszystkim przeżyć! Życie tych, którzy nadal szli było usłane trupami."

Hypnos: „Sprawimy, że ponownie przeżyjesz przeszłość, budząc twoją bardzo głęboką pamięć, ale nie zapominajmy o najważniejszym zadaniu - sprawimy, że będziesz także badał przyszłość... przyszłości... setkę prawdopodobnych przyszłości. Tylko jedna z tych przyszłości będzie wyrocznią! Na Twojej tymczasowej osi czasu oczywiście. Bo tutaj.... Hmmmm...

Wszystko dzieje się tutaj, nie ma entropii, nie ma prawa Murphy'ego, nie ma efektu motyla, nie ma prawa serii. Jedno się dzieje i również jego odwrotność. Biegniesz, ale nie posuwasz się naprzód! Najgorsza rzecz jest zupełnie pewna, jak wszystko inne nie jest! Posmarowany masłem suchar nie spadnie na ziemię posmarowaną stroną. Ani z resztą nic innego, jeśli nawet da radę spać...
Jesteśmy, jak już teraz wiesz, rodzajem programu szkoleniowego do nabywania reakcji, umiejętności, wiedzy! Wzbogacamy twoją głęboką pamięć. Wszystkie możliwe problemy zostały już poczynione i zaproponowane. Myślimy o tym, jak to możemy inne programy, sprawić dostępnymi. Nie możemy wszystkiego przewidzieć, ale wszystko musimy sobie wyobrazić i przekazać to innym, którzy chcą się rozwijać. Do ciebie należy załatwianie tej sprawy. Zadanie jest dla ciebie ogromne, ponieważ ogromny jest twój potencjał. Tak ogromny, że nie bardzo wiemy od czego zacząć, mimo gdy niebezpieczeństwo czyha już, tuż za naszym progiem... W końcu można nawet powiedzieć, że do owczarni wkroczył wilk!"

Hypnos i Thanatos następnie patrzą na siebie przez kilka sekund. Zwracają się do Maliotha.

Thanatos: „Sprawimy, że będziesz żył w apokaliptycznej sytuacji, jeśli nie pewnej, to bardzo prawdopodobnej. Nie jest nawet pewne, czy puszka Pandory wystarczy, aby wszystko zatrzymać. Jak w 1915 roku z pojawianiem się w Europie „Choroby sennej" (Nagana Afryki) z jednej strony i pojawieniem się syndromu gwałtownej nagłej śmierci nocnej, niewyjaśnionych zgonów w Manili w Azji z drugiej strony.

Demony snu rozpoczną nowe, przerażające wyzwanie, aby dowiedzieć się, kto jest najbardziej śmiercionośny. Czy może bierzemy te same demony i zaczynamy od nowa? Choroba, Starość, Depresja i Niepokój.

Musisz się przygotować na to, bo pętla się zaciska, a czasu mamy mało…

Raz… Dwa… Trzy… ŚPIJ!

Epilog. Przebudzenie

Malioth pojawia się na jednej z paryskich ulic. Pogoda jest ładna, niebo jest czyste, całkowicie niebieskie i jeśli trochę spuścisz wzrok i spojrzysz dalej, zauważysz, że z kilku pięter budynku wydobywa się dym! Nieco dalej jakiś sklep budowany jest plądrowany przez kilku nadmiernie podekscytowanych i krzyczących osobników. Kilku gapiów obserwuje tę scenę z daleka, co dla niektórych jest przerażające. Malioth zbliża się do jednego z nich, ten patrzy na niego i mówi: „Z każdym dniem będzie coraz gorzej. Ludzie w końcu będą się zabijać."

Malioth: „Ale co dokładnie się dzieje?"
Obserwator zdziwiony i z naszkicowanym bardzo lekkim uśmiechem: „Jak to możliwe, że ty nie wiesz? Śpisz czy co?"

Malioth: „Tak śpię… cóż…nie, nie wiem już sam. Straciłem pamięć, nic nie pamiętam z dzisiejszego ranka! To, dlatego przychodzę do ciebie…
Zaskoczony obserwator: „Ahhh, to można stracić pamięć? Na pewno mniejsze zło… musisz mieć szczęście… Trochę."
Tymczasem świat pogrąża się w chaosie. Nikt już nie może spać, mówiąc dokładniej, nikt już nie może zasnąć. Tabletki nasenne nie

działają. Ludzie próbują defibrylatora jak w filmie na Netflix „Przebudzenie" To też nie działa! To trwa już od czterech dni i ludzie naprawdę wariują. Jeśli nie znajdziemy rozwiązania, wszyscy przez to przejdziemy. Zwariujemy, pozabijamy się nawzajem i nie zostanie nikt na Ziemi! A potem, jeśli my nie zaśniemy, ci, którzy spali, już się nie obudzą!!! Niektórzy umrą, całkowicie szaleni lub zabijając się nawzajem! Inni śpiąc, bo nikt nie będzie mógł ich nakarmić.

Aneks.

BANGUNGUT lub „Batibat"

Fenomen nagłej śmierci podczas snu, oficjalnie zidentyfikowany już w 1915 roku w Manili. Związany z „Batibatem", demonem zemsty występującym w folklorze Ilocano - lokalnym języku Filipin. W folklorze tagalog, innym języku Filipin to stworzenie nazwa się Bangungot lub Bangungut. Przybiera postać groteskowo otyłej zamieszkującej drzewa starożytnej kobiecej duszy.
Zwykle wchodzi w kontakt z ludźmi, gdy drzewa, na których mieszkają są ścięte i wtedy zostają pozbawione dachu nad głową. Zwłaszcza gdy ich drzewo zamienia się w słup podtrzymujący dom. To powoduje, że emigrują i zamieszkują w pozostałościach tych drzew. Zabraniają ludziom spania w pobliżu swojego stanowiska. Kiedy osoba śpi nieopodal Batibata, przekształca się on w swoją prawdziwą postać i atakuje osobę. Dusi swoją ofiarę, dominując jej przestrzeń snu, powodując paraliż senny i koszmary na jawie. Aby odeprzeć Batibata, trzeba ugryźć kciuk lub poruszać palcami u nóg. W ten sposób osoba obudzi się z koszmaru wywołanego Batibatem.

HMONG

Lud Hmongów pochodzi z górzystych rejonów południowych Chin (regionu Guizhou) oraz północnego Wietnamu. Nazywany również „Miao" co w języku mandaryńskim oznacza młode pędy. Te ludy koczownicze, tradycyjnie słabo zintegrowane, określają siebie mianem ludzi gór. 300 lat temu migrowali z Chin do Wietnamu, Laosu, Tajlandii i Birmy.

Troska o zachowanie tożsamości kulturalnej i kulturowej oraz niezależności skłoniła ich do zaangażowania się w różne konflikty, takie jak wojna w Indochinach z Francuzami, wojna w Wietnamie z Amerykanami czy wojna domowa w Laosie.

Według miejscowych wierzeń Hmongowie przy narodzinach otrzymują trzy dusze:

Pierwsza, daje życie jednostce i pozostaje wśród żywych po jej śmierci.

Druga, udaje się na stałe do krainy przodków lub Królestwa Zaświatów.

Trzecia natomiast przechodzi reinkarnację i zajmuje ciało innego człowieka lub zwierzęcia.

Najważniejsza ceremonia pogrzebowa nazywa się Kruoz-sse, co można przetłumaczyć jako "Fresk życia". W kontekście ceremonii pogrzebowej Hmongów oznacza ono symboliczny fresk lub mural, który przedstawia życie zmarłego oraz jego rodzinę i społeczność. Ten fresk często jest malowany na płótnie i wystawiany podczas ceremonii pogrzebowej jako hołd zmarłemu.

Chodzi też o wskazanie drogi dla drugiej duszy. Podczas procesji recytowane są pieśni sakralne przy akompaniamencie fletu i bębna.

Przed erą naukowo-medyczną lud Hmongów wierzył, że choroba wynika z relacji między stabilnymi duszami i niestabilnymi duszami istot ludzkich. Stabilne dusze muszą być utrzymywane w ciele, ponieważ to one generują siłę, wigor i zdrowie. Niestabilne dusze generują choroby i muszą być wskrzeszone.

Hmongów jest dziś około 12 milionów na świecie, w tym 10 milionów w Chinach i 1,2 miliony w Wietnamie. Pozostałe 800 000 jest podzielonych między Laos, Tajlandię, Birmy a obecne Stany Zjednoczone, Francję i Australie.

SUNDS

Syndrom nagłej niewyjaśnionej, nocnej śmierci, po raz pierwszy został zauważony w 1977 roku. Wśród uchodźców Hmong z Azji Południowo Wschodniej do Stanach Zjednoczonych i do Kanady. Syndrom został ponownie zauważony w Singapurze, kiedy retrospektywne badanie zapisów wykazało, że 230 zdrowych tajlandzkich pracowników zagranicznych, mieszkających w Singapurze zmarło nagle z niewyjaśnionych przyczyn w latach między 1982 i 1990.

W latach 70 tych i 80 tych, XX wieku, kiedy rozpoczęła się epidemia tego nocnego syndromu, wielu mieszkańców Azji Południowo Wschodniej nie było w stanie odpowiednio oddawać czci z powodu wojny partyzanckiej przeciwko rządowi Laosu ze Stanami Zjednoczonymi.

Hmongowie wierzą, że kiedy nie czczą odpowiednio i nie wykonują prawidłowo rytuałów religijnych lub zapominają o ofierze, dusze przodków lub dusze wioski nie chronią ich, pozwalając w ten sposób dotrzeć do nich złemu duchowi.

Ataki te powodują koszmar, który prowadzi do paraliżu sennego, gdy ofiara jest przytomna i odczuwa nacisk na klatkę piersiową.

Często zdarza się również posiadanie stanów REM (szybkie ruchy gałek ocznych) Występujących poza sekwencją, w której występuje mieszanka stanów mózgowych, które normalnie są oddzielone.

Po wojnie w Wietnamie rząd Stanów Zjednoczonych rozproszył Hmongów po całych kraju do pięćdziesięciu trzech miast.

Gdy zaczęły się te koszmarne nawiedzenia, zalecono Szamana do psychicznej ochrony przed duchami ich snu.

Jednak, ofiary te, rozproszone w pięćdziesięciu trzech różnych miastach, nie miały dostępu do żadnego Szamana, który chroniłby je

przed syndromem. Hmongowie wierzyli, że odrzucając rolę szamana zostali zabrani do świata duchów.
Inni Hmongowie wierzyli, że zostali ukarani przez duchy swoich przodków za opuszczenie ojczyzny. Ich niepokój koncentrował się na niemożności czynienia dobra poprzez duchy przodków, ponieważ jesteś nieobecny lub dlatego, że nie masz odpowiedniego sprzętu do wykonywania właściwych rytuałów.
Śmiertelna choroba, później sklasyfikowana jako zespół nagłych, niewyjaśnionych nocnych zgonów. (SUNDS) była szeroko badana przez Centrum Kontroli Chorób.
Jednak fala zgonów Sunds, wśród tych mieszkańców Azji Południowo Wschodniej i zwłaszcza grupy Hmong jest nadal niewyjaśniona.
W czasopismach medycznych, pewien lekarz zasugerował, że zmarli Hmongowie, zostali zabici przez własne wierzenia w świat duchów, czyli jako nocne ataki duchów.
Zespół nagłej nieoczekiwanej śmierci nocnej był uważany przez etiologię (nauka zajmująca się przyczynami chorób) za wyjątkowo fizjopatologiczną.
Badanie przyczyn choroby, skoncentrowało się na czynnikach wpływających na uchodźców Hmong w Stanach Zjednoczonych, takich jak tradycyjne wierzenia, wpływ wojny, migracja i szybka akulturacja ujawniło zdarzenie, które może spowodować śmiertelny syndrom.
Nadzwyczajne nocne doświadczenie, tradycyjnie znane jako „koszmar" i rodzimy dla Hmongów, wydaje się działać jako wyzwalacz śmiertelnego zaburzenia.
W nauce mówimy o „nadzwyczajnym ataku" powodującym SUNDS.
„Sleep paralysis" autorstwa Shelley R. Adler, profesora na Uniwersytecie Kalifornijskim w San Francisco. Jest to główna i referencyjna książka na temat informacji dotyczących paraliżu sennego i innych nocnych tajemnic.

PARALIŻ SENNY:

Folklor i wierzenia…
Duch, wiedźma, potwór…
Na Filipinach nazywa się Bangungot lub Batibat.
Digeuton w Indonezji, co oznacza „naciskany, chwytany za".
Karabasan w Turcji.
Djinns w Egipcie.
Alpe w folklorze krzyżackim i niemieckim.
Wiedźma lub „stara czarownica" w wielu kulturach.

Bèi guǐ yā, w Chinach, co oznacza być zmiażdżonym lub uciskanym przez ducha.
Węgrzy znają to jako Boszorkany nyomas „ucisk czarownic".
Pandafeche we Włoszech, w egionie Marches i Abruzzes.
Amnuntadore w folklorze Sardów. Trud w rejonie Tyrolu w północnych Włoszech.
Jannara w rejonie Sanio.
Popobawa w Zanzibarze i u wybrzeży Tanzanii.
Trauco w Chile.
Tintin na równiku.
Liderc na Węgrzech.
Amazoński Delfin Boto, w Brazylii.
Tokoloshe w Afryce Południowej (w folklorze Zulusów, nocą gryzł stopy swoich ofiar)
Mara w Szwecji (klacz).
Ynglinca w Skandynawii.
Pori w Indiach.
W nowej Fundlandii Duch, który przychodzi nazywany jest Olg Hag (starą wiedźmą) a doświadczenie paraliżu sennego - ag rog, hag ridden.
Holendrzy nazywają tą obecność jako Nichtmerrie, czyli nocną klaczą lub klaczą nocy. Wspomniana klacz pochodzi od niemieckiego machr lub stary norrois mara. (Byt nadprzyrodzony, najczęściej żeńskiej płci, który kładzie się na piersiach ludzi dusząc ich.)

Cauchmar po francusku, Nightmare po angielsku, niemiecki Nichtmahr, częściej weszły do języka potocznego, aby opisać przerażający sen. Wszystkie wyrażenia, etymologicznie mówiąc, odnoszą się do ducha, który miażdży i depcze. Etymologia mahr lub mare do „nightmare" lub „cauchemar" jest niejasna, ale termin ten jest owocem drzewa z języka indoeuropejskiego, prawdopodobnie od moros (śmierć) lub mer (polować) albo jeszcze mar (kuc, potłuc, zmiażdżyć).

W nocy, jest to Biała Klacz o niebieskich oczach i czerwonym sznurku na szyi. Zwykle idzie za nią dziewięć źrebiąt lub ona sama ma dziewięć głów, bo cyfra dziewięć to diabelska liczba.

W Średniowieczu, ludzie próbowali udaremnić koszmar, rzucając ziarna jęczmienia wokół swojego łóżka. Klacz była zbyt zajęta liczeniem tych ziaren i nie zwracała uwagi na nic innego.

Zjawisko jest to znane ludowi Hmong z Laosu, który przypisuje te zgony złemu duchowi, dab tsuam. Przybiera on postać zazdrosnej kobiety. Ta podobna do wiedzmy istota siada na twarzy lub klatce piersiowej ofiary, aby ją unieruchomić i udusić. Kiedy tak się dzieje ofiara zwykle doświadcza paraliżu.

INCUBUS

Inkubacja, definicje:

Inkubacja jaja to okres, w którym zarodek rozwija się aż do wylęgu.

Okres inkubacji, czyli czas, jaki upływa między zakażeniem a pojawieniem się pierwszych objawów choroby.

Inkubacja - rytuał wróżbiarski starożytnych religii i niektórych Chrześcijan, najczęściej polegający na spaniu w sanktuarium lub innym świętym miejscu lub w jego pobliżu, aby uzyskać w formie snu, receptę uzdrawiającego Boga.

Incubus to demon w męskiej postaci, który zgodnie z mitologicznymi i legendarnymi tradycjami kładzie się na śpiących kobietach w celu odbycia z nimi czynności seksualnych. Jego odpowiednik żeński to

Succube, będącym prawdopodobnie tą samą istotą, która fizycznie dopasowuje się do swojej ofiary.
Pierwsze wzmianki o Inkubisie pochodzą z Mezopotamii wśród Sumerów, około 2400 lat przed naszą erą, poprzez bohatera Gilgamesza. Którego legendarne historie zainspirują kilka wieków, później wiersze Homera przez Iliadę, a następnie Odyseję.
Mówimy też o Lilu, demonie, który niepokoi i uwodzi kobiety we śnie oraz Lilitu jego żeńskiego odpowiednika, która pojawia się mężczyznom w ich erotycznych snach.
Lilitu będzie lepiej znana jako Lilith w kulturze żydowskiej, a następnie chrześcijańskiej.
Lilith w żydowskich legendach, była pierwszą żoną Adama! Jeszcze przed Ewą! Stworzona z gliny jak sam Adam, podobnie jak Pandora w mitologii greckiej.
W IX wieku, święty Augustyn, jeden z ojców kościoła łacińskiego poruszył ten temat w „De Civitate Dei" - Państwo Boże.
Miał on zbyt wiele rzekomych ataków ze strony Incubi, by temu zaprzeczyć. Zadeklarował więc: „Istnieje również bardzo ogólna plotka. Wielu zweryfikowało to na podstawie własnych doświadczeń, a ludzie godni zaufania potwierdzili doświadczenia opisane przez innych, że leśne duchy i leśne istoty, potocznie nazywane inkubatorami, często dopuszczają się złych napaści na kobiety."
Przez wiele wieków kobiety, które zaszły w ciążę w klasztorach, były regularnie palone.
Mówi się, że magik Merlin narodził się ze związku śmiertelnej kobiety i Incubus.
Nigdy nie mów podczas intymnych relacji, że chciałbyś się podporządkować lub inkubować, bo gorzko tego pożałujesz!

SENOI PRIVITIVISM

Impian oznacza: marzenie lub sen.
Populację Senoi szacuje się na około 90 000 mieszkańców podzielonych na kilka grup.
W latach 30 tych, antropolog Kilton Stewart rozpoczął badania odizolowanego plemienia Senoi w górskiej dżungli malezyjskiej.
Ich sposób życia opierał się na snach, ich interpretacjach oraz ich asymilacji. Co pozwoliło im w końcu na życie psychiczne i duchowe, które nie mogłoby być zdrowsze przez ograniczenie problemów, przemocy, konfliktów, nerwów i nerwic.
Edukacja opierała się na zrozumieniu snów. Każdego ranka, Senoi opowiadali sobie swoje sny. Ich dzieci nauczyły się o tym pamiętać, myśląc, że świat marzeń jest bardziej płodny, bardziej satysfakcjonujący niż prawdziwe życie.
Dzięki uświadomieniu sobie i zapamiętywaniu snów, nauczyli się je kontrolować. Samodzielnie nawigować po nich i wtedy mówimy o świadomych snach. Dzieląc się swoimi marzeniami, Senoi wspaniale opanowali swoje emocje i rozwinęli swoją kreatywność. Codziennie wykorzystywali swoje marzenia do poprawy życia codziennego na wszystkich obszarach. „Ludzie Snów" są źródłem legend i mitologii, ponieważ pierwotnie opisywany lud prawdopodobnie całkowicie zanikł. Wskutek drugiej wojny światowej oraz okupacji i zniszczeniu sił japońskich. Jeszcze bardziej prawdopodobnie przez wymuszoną absorpcję i asymilację we współczesnym społeczeństwie zwaną „konsumpcją" oraz likwidacji ich siedlisk poddanych intensywnemu wylesianiu.
Wiedza o historii Senoi przekazywana ustnie jak dla większości populacji zwanych „prymitywnymi" lub „pierwotnymi" zniknęła wraz ze zniknięciem lasu. Dlatego pozostajemy przy badaniach i obserwacjach zgłoszonych przez samego Kiltona Stewarta.
Szeroko kontrowersyjna teoria od lat osiemdziesiątych XX wieku, dzięki nowym antropologicznym badaniom przeprowadzonym w szczególności przez G. Williama Domhoffa na ludziach, którzy, jeśli nie zniknęli, to zostali całkowicie przemienieni.

Teoria kontrowersyjna z wielu powodów, zwłaszcza, że sam Kilton Stewart był kontrowersyjny, przebywał czasem z ludźmi zafascynowanymi, a czasem z zaciekłymi przeciwnikami. Nikt nigdy nie wiedział, w czym tak naprawdę siedział, ale pozostaje faktem to, że ta mitologia odbiła się szerokim echem na świecie, a zwłaszcza w USA.
Echa, które wskazywałyby na to jak bardzo człowiek chciałby mieć kontrolę nad wszystkim, zwłaszcza wtedy, gdy wydaje mu się, że à priori jest mu to całkowicie niedostępne. W literaturze można znaleźć ewokacje tego plemienia i legendy o nich.
W utworach Bernarda Webera można znaleźć wzmiankę tego ludu marzeń, który trzyma się dość mocno tej wersji, nawet jeśli jest hojnie wzmocniona.
W mitologii Lovecrafta, w „Wezwaniu Cthulhu" mówimy o ludziach „tho tho" którzy mieli zostać osiedleni na wyspach Filipin przylegających do Malezji. Lud praktykujący kult zwany Angut, zapewniając wyjątkowe miejsce snom. Rozwinęli prawdziwą technikę eksploracji nowego, niewyobrażalnego terytorium mentalnego. Adepci mogą dowolnie sterować swoimi snami jako prawdziwi władcy swojego snu. Mniej szczęśliwi niż Senoi (lub po prostu całkowicie dotknięci przez „lovecraftowa" klątwę). Niestety otarli się o siły zła, których z pewnością nie powinni byli napotkać.
Stali się głównymi ofiarami Bangunguta i innych złych istot.

MIT PANDORY.

Oto co mówią a oto, co powszechnie jest znane. Zeus wydał rozkaz stworzenia Pandory, pierwszej kobiety, aby zemścić się na ludziach, którzy otrzymali ogień skradziony przez Prometeusza.
Została ona wykonana z gliny i wody przez Hefajstosa. Wtedy Atena dała jej życie, nauczyła umiejętności manualnych i ubrała ją. Afrodyta dała jej piękną urodę. Apollo obdarzył ją talentem muzycznym. Hermes nauczył jej kłamstw i sztuczek perswazji, zaszczepił w niej

ciekawość. W końcu Hera wzbudziła w niej zazdrość. Otrzymuje imię Pandora, co po grecku oznacza „obdarzona wielkimi darami".
Zeus ofiarował rękę Pandory Epimeteuszowi, bratu Prometeusza. Epimeteusz przyjął Pandorę, podczas gdy jego brat zmusił go złożenia obietnicy, że nigdy nie przyjmie niczego od Bogów, a zwłaszcza od Zeusa, jeśli nie chce poznać katastrofalnego losu. Pandora przyniosła w swoim bagażu tajemnicze pudełko, którego Zeus zabronił jej otwierać, jednocześnie prosząc, by nigdy się z nim nie rozstawała. Pudełko zawierało w sobie całe zło ludzkości, w tym Starość, Chorobę, Wojnę, Głód, Nędzę, Szaleństwo, Występek, Oszustwo, Namiętność, Dumę i Nadzieje. Pandora uległa jednak ciekawości, które obdarzył ją Hermes i otworzyła pudełko, uwalniając w ten sposób całe zło. Gdy się zorientowała chciała zamknąć pudełko z powrotem. Niestety. Było już za późno. Zło powiało w wirze i rozprzestrzeniło się. Niewidzialne i ciche, tak żeby ludzie nigdy nie wiedzieli, kiedy nadchodzi. Tylko wolniej reagująca Nadzieja, a raczej Elpis, pozostała tam zamknięta.
Od tego dnia, tysiąc nieszczęść otacza ludzi ze wszystkich stron świata.
Wiedza o tym, czy w rzeczywistość było to pudełko lub słoik, w którym znajdowało się zło, ma niewielkie znaczenie. Z drugiej jednak strony, mówienie tylko o Nadziei jest wielkim błędem, ponieważ Elpis, córka Nocy, jest także ucieleśnieniem lęku i strachu.

DMT (Dimetylotryptamina) albo Nyxina (W powieści)

Zidentyfikowany już DMT w roślinach jest również wytwarzany w mózgu ssaków, podsumowuje główny autor Jimo Borjigin z wydziału Fizjologii Molekularnej, specjalista w produkcji melatoniny w szyszynce. W małym narządzie w kształcie szyszki sosnowej, znajdującej się w Centrum Mózgu, które jest „siedzibą duszy" według filozofa Kartezjusza.
To trzecie oko jak go również nazwiemy, jest owiane tajemnicą.

Obecnie wiemy jednak, że szyszynka kontroluje produkcję melatoniny, a tym samym odgrywa kluczową rolę w modulacji rytmów okołodobowych, czyli wewnętrznego zegara organizmu.
Jednak w latach 90, badacz Rick Strassman z Uniwersytetu w Nowym Meksyku zasugerował, że ten gruczoł produkuje i wydziela DMT. Wykorzystując złożony proces docierania do szyszynki, zespół był w stanie potwierdzić obecność DMT.
Ta praca pokazuje, że neurony mózgowe wyposażone w dwa niezbędne enzymy uczestniczą w produkcji DMT i te neurony nie ograniczają się do szyszynki: znajdują się również w innych częściach mózgu. W szczególności w korze mózgowej właściwej i hipokampie, obszarze kluczowym dla wyższych funkcji mózgu, w tym uczenia się i pamięci.
Mimo tych ścieżek, rola DMT w mózgu pozostaje nieznana. Wszystko, co mówimy, to to, że odkryliśmy neurony, które wytwarzają tę substancję chemiczną w mózgu i to na poziomach podobnych do innych neuroprzekaźników.

DMT: 49 dzień.

Jest to odkrycie doktora Ricka Strassmana, który po dziesięcioleciach badań i setkach eksperymentu z DMT oferuje nam lekturę „Dmt: Molekuła Ducha" (oryginalny tytul: „DMT: The Spirit Molecule").
DMT: 49 dzień życia płodu.
Dzień ten stanowi punkt zwrotny między istotą czysto biologiczną a istotą fizyczno-duchową. Około 49 dnia wraz z powstaniem nerwu wzrokowego rogówki i siatkówki nadchodzi pojawienie się szyszynki, lepiej znanej jako trzecie oko oraz jego pierwszy błysk produkcji DMT. Najbardziej fundamentalny: Pierwsza produkcja DMT w 49 roku w dniu, która dosłownie działa jak boski Piorun! Prawdopodobnie wysłany przez samego Zeusa. W 49 dniu płód jest ostatecznie połączony przez to, co uważa się za siedzibę duszy!

To też od tego 49 dnia pojawia się zróżnicowanie płciowe!!! Świt świadomości nowej istoty biologicznej i płciowej. Początek bytu, tworzenie tożsamości.
Przypadek czy zbieg okoliczności?
Mówi się, że według Tybetańskiej Księgi Umarłych, Bardo Thodol (święty tekst) to reinkarnacja trwa dokładnie 7 tygodni lub 49 dni. Opisując Stany świadomości, percepcje, które następują po sobie w różnym okresie, od Śmierci do Odrodzenia.
Jeden z wniosków doktora Ricka Strassmana jest taki, że DMT może pozwolić naszemu mózgowi postrzegać ciemną materię z innych równoległych wszechświatów zamieszkiwanych przez świadome istoty.

Printed in Great Britain
by Amazon

23820980R00106